【北京青年文艺评论丛书】

新时代文学与
中国故事

李云雷 著

北京市文学艺术界联合会 编

团结出版社

图书在版编目（ＣＩＰ）数据

　　新时代文学与中国故事 / 李云雷著. -- 北京 : 团
结出版社，2021.10
　　ISBN 978-7-5126-8632-8

　　Ⅰ．①新… Ⅱ．①李… Ⅲ．①中国文学－当代文学－
文学评论 Ⅳ．①I206.7

　　中国版本图书馆 CIP 数据核字(2021)第 038973 号

出　版：团结出版社
　　　　（北京市东城区东皇城根南街 84 号　邮编：100006）
电　话：(010) 65228880　65244790
网　址：http://www.tjpress.com
E-mail：zb65244790@vip.163.com
经　销：全国新华书店
印　装：三河市东方印刷有限公司

开　本：160mm×230mm　　　16 开
印　张：20.25
字　数：255 千字
版　次：2021 年 10 月　第 1 版
印　次：2021 年 10 月　第 1 次印刷

书　号：978-7-5126-8632-8
定　价：76.00 元

丛书序

通向文艺评论家之路

王一川

在社会各界对文艺评论（或文艺批评）提出更多要求和更高期待的当前，怎样做文艺评论，才能发挥其在当前公共文化艺术生活中的特定作用，显然已经成为一个广受关注的话题。北京市文联和北京文艺评论家协会组织出版"北京青年文艺评论丛书"，是一件及时的好事，便于青年文艺评论家将其新著集束起来与社会公众分享，也可展现北京青年文艺评论力量的旺盛生长势头。在此约略汇集我所了解的中国文艺评论家（或批评家）及其评论文字的范例作用，结合需要做的评论工作，感觉在通向文艺评论家的道路上，有些东西可以提出来相互交流和讨论。

从事文艺评论，无论是在当前还是在过去，最基本的或起码的一点要求在于，它应当是对文艺作品或相关文艺现象的一种艺术发现。文艺评论必须面对文艺作品或相关文艺现象而发言，不能在空缺这个基本的"史实"或"事实"依据时单纯按照某种居高临下的观念发议论，那样就不能叫作文艺评论了。没有文艺作品的文艺评论，无异于言之无物或无的放矢之论。丧失文艺作品或相关文艺现象这个"物"或"的",也就几乎等于丧失文艺评论本身了。更重要的是,文艺评论在面对文艺作品或相关文艺现象时,应当体现出评论者的艺术发现。文艺评论家的艺术发现,意味着从文艺家创作的作品艺术语言系统和艺术形象系统中挖掘和阐发出蕴藏于其中的新颖的人生真理蕴藉,从而是对文艺作品的创造性的一种新的二度创造。这种艺术发现固然可能属于依托艺术家的艺术发现而进行的一种二度创造,但同样也可能意味着文艺评论家自己的一种独立新发现。因为,正如"形象大于思想"所表述的那样,文艺作品的艺术语言和艺术形象系统中诚然可能蕴含着意义,但这种意义常常并不直接以理性方式呈现,而是融化于艺术语言和艺术形象系统中,等待或召唤来自观众或评论家的知音般发现和击赏;或者并不一定被文艺家本人理性地觉察到而又确实存在于他创造的意味深长的艺术语言和艺术形象系统中,或者被他有意识地掩映在作品艺术形象系统中,都有待于观众和评论家去唤醒。这就需要文艺评论家发挥自己的艺术发现能力去加以透视。清代叶燮在《原诗》中有关杜甫诗句"碧瓦初寒外"(《冬日洛城北谒玄元皇帝庙》)的语词与意义间关系的解释,就体现出细致而深刻的艺术发现:一旦联系诗人的生活"境会"或"情景"细想,就能"默会想象"到它的独特而深厚的意义。可以说,文艺评论家的所有思想表达或诗歌理论建树,假如不是建立在这种对于作品意义的艺术发现基础上而只是空发议论,那就缺乏充足的依据,也就不会是真正有见识的文艺评论了。

进一步说,文艺评论家的这种艺术发现,还应当具有独具只眼的特点或水平。独具只眼,是说文艺评论家应当具备独到的眼光和独特见地,从作品中提取出独特的人生真理的光芒。这是要求文艺评论家的艺术发现有着独一无二的真理洞察力。也就是说,这种独一无二的艺术发现会把文艺作品中蕴藏的人生真理有力地阐释出来,唤起社会公众的共同关注。叶燮对杜甫的"千古诗人"地位的评论,以及对苏轼诗歌在诗境上"皆开辟古今之所未有，天地万物，嬉笑怒骂，无不鼓舞于笔端，而适如其意之所欲出。此韩愈后之一大变也，盛极矣"①的阐发，至今也仍然具有独特价值。宋代罗大经关于杜甫《登高》中"万里悲秋常作客，百年多病独登台"这联诗句的"八意"之说，到今天看来也仍然具有其精准性和深刻性，为人们揭示该联诗句的兴味蕴藉提供了重要的思路。

真正有力的文艺评论还应该传达出文化关怀，也就是评论者通过文艺作品而对社会人生意义系统表达自己的独特思虑、评价或期待等态度。孔子评论《诗经》的《关雎》为"乐而不淫，哀而不伤"，还提出"兴于《诗》，立于礼，成于乐"，"《诗》可以兴，可以观，可以群，可以怨"等诗学阐发，借助这些《诗经》评论而传达出他的以"克己复礼"为核心的恢复周代礼仪制度的意义深远的文化规划或文化关怀。这样的文化关怀早已成为儒家诗学或评论的传承久远而富于影响力的传统。宋代朱熹就据此而推衍出自己的以"涵泳"和"兴"等为代表的诗学理论及文学评论，其重心在于让读者领悟其中寄寓的文化关怀意味。当代文艺评论家更应当在评论中倾注自己的当代文化关怀。

不仅如此，文艺评论还应该借助于文艺作品评论而表达出时代的社会正义呼声，也就是特定时代有关社会公平、公正、正义等的良知。司马迁通过对左丘明、屈原等名人及其名著的个体发生的研究而提出"愤而著书"之说，韩愈倡导"不平则鸣"，柳宗元标举"文以明道"，苏东坡倡导"有为而作"，李贽主张"童心"等，这些古代史学家和文学家都在自己的文艺评论中寄寓深切的社会正义呼声。可以说，把社会正义呼声通过文艺作品评论而婉转地传达出来，早已成为文艺评论家的一种传统。

---

① （清）叶燮：《原诗》，《原诗 一瓢诗话 说诗晬语》，北京，人民文学出版社1979年版，第9页。

如果要问文艺评论的文章或著作中最要紧的是表达什么，无疑应当是批评个性。批评个性是评论者的独特人格风范在其评论文字中的独具魅力的闪光。李健吾指出："批评的成就是自我的发现和价值的决定"，要求从评论文字中见出拥有独特个性的"自我"的价值。李长之则强调文艺评论家的批评个性要更多地体现为独特的"批评精神"："我觉得文艺批评最要紧的是在'批评精神'"。而"批评精神"的要义就在于"不盲从"，也就是绝不盲目相信或跟从非理性、非科学的观念或时尚流，务必坚守正确的或正义的信念。"伟大的批评家的精神，在不盲从。他何以不盲从？这是学识帮助他，勇气支持他，并且那为真理，为理性，为正义的种种责任主宰他，逼迫他。"① 批评个性堪称评论家或批评家的独立人格在其批评文字中的结晶体及其闪光，文艺评论要紧的就是以独立批评个性的姿态而传达出与众不同的人生真理洞见。

文艺评论者之所以会如此投入地追求如上几方面，目的并不在于自说自话、标新立异或顾影自怜，而在于把文艺作品中可能潜藏的人生真理蕴藉或可能包孕的人生真理萌芽，敏锐地阐发出来，与社会观众分享；进而再缝合到已有文化传统的链条之中，使之成为其中的新生成分而传递给当代人及后人。由此可以说，文艺评论者应当自觉地成为艺术世界通向观众和文化传统之间的公正使者或桥梁。这也正是文艺评论所承担的社会责任或社会义务之所在。文艺评论者要充当这样的使者，就当代而言，特别需要具备一颗艺术公心。他可能有时难免有所偏爱或偏心，因为文化关怀、社会正义及批评个性等使然，但毕竟不能简单地走向偏颇或偏废，而是需要始终保持一种当前艺术公共领域应有的社会公平、公正、正直、良善、

---

① 李长之：《批评精神》，《李长之文集》第 3 卷，石家庄，河北教育出版社 2006 年版，第 3、23 页。

友爱之心灵。鲁迅指出："我们曾经在文艺批评史上见过没有一定圈子的批评家吗？都有的，或者是美的圈，或者是真实的圈，或者是前进的圈。没有一定的圈子的批评家，那才是怪汉子呢。"①鲁迅明确倡导批评家置身于以真善美为代表的艺术公正之"圈"。照此要求和期待，当代文艺评论者需要熔铸成以自觉的真善美追求为代表的艺术公心，如此才可能与被评论对象即艺术品或其"饭圈"保持必要的距离，发出公正持平的评价，从而有可能在文艺家与观众之间、在不同观众群或相互对峙的"饭圈"之间以及在当前文艺作品与文化传统之间，架设起一座相互平等对话和沟通的公正桥梁。文艺评论者有时诚然可能会遭遇一度被误解的命运，但历史老人终归会还他以应有的艺术史公正地位。

我所理解和期待的文艺评论，应当像上面所说的那样（不限于此），在对艺术品的独具只眼的艺术发现中传递时代赋予的文化关怀和社会正义等使命，表达批评个性，自觉地成为艺术世界通向观众和传统的公正使者。这些意思，说起来似不难，做起来实不易，不过事在人为，如果都能自觉向其靠拢，或许就会形成新的文艺评论合力。值此新一辑"北京青年文艺评论丛书"付梓之际，写下上面这些话，期待向年轻有为的同行朋友们学习，与他们共勉。

（王一川：北京师范大学文艺学研究中心暨文学院教授，北京文艺评论家协会主席）

---

① 鲁迅：《批评家的批评家》，《鲁迅全集》第5卷，北京，人民文学出版社2005年版，第449页。

序

为了信仰的文学

孟繁华

　　十余年前的 2009 年,《南方文坛》的"今日批评家"栏目要推出青年批评家李云雷,云雷让我写一篇关于他的评论。那时和云雷已经很熟了,于是便写了一篇《新时代的新青年——李云雷和他的文学批评》。后来和云雷、一枫等青年朋友走得很近,经常一起参加活动,也一起喝酒聊天,聊天也多与文学有关。云雷是一个不大喜欢说话的人,所谓"君子讷于言而敏于行",说的就是云雷这样的人吧。十多年过去之后,云雷已经是一位著名的文学评论家了。我们经常看到在各种文学学术刊物和其他媒体上云雷的文章及言论。面对当下各种纷繁复杂的文学现象、作家作品以及理论问题,都可以听到云雷的声音,或者很多刊物或媒体希望听到云雷的声音。这样,云雷自然就站到了文学批评的前沿,他是这个时代为数不多又个性鲜明的一线青年批评家。

　　我们评价一个批评家的水准,总会与他是否具有很好的艺术感受力,是否有准确专业、生动的批评语言，是否有宽阔的文学视野和历史感，是否有能力进入时代核心的文学话题等有关。如果是这样的话，李云雷就是一位这样的文学批评家。这本《新时代文学与中国故事》的批评文集，凡四辑，分别命名为："新时代文学""中国故事""细读"和"重读经典"。

对核心文学话题的参与，是云雷文学评论的一大特点。前些年，他对"底层写作"的持久关注和表达的观点，是评论这一文学现象重要的参照。近年来，他对"新时代文学"和"讲述中国故事"连续发表看法，是正面论述这一现象的重要评论家。他的《新时代的文学"新"在哪里》，显然隐含着潜在的对话对象。或者说，如何评价这个时代的文学，看法并不一致。关于"当代文学价值评估"的争论，持续了十余年，至今仍然莫衷一是。云雷显然是站在肯定的立场。他说："相对于'新中国前30年文学'，'新时代文学'之新在于尊重文学的相对独立性，在于'创作是自己的中心任务，作品是自己的立身之本'的提出。新中国前三十年的文学，有的称之为'十七年文学''文革文学'，有的称之为'共和国文学'，笔者将之称为'新中国文学'。'新中国文学'在延安文艺的基础上，建成了一种'人民文学'的体制，这一体制的长处在于以工农兵等最广大的人民群众为服务对象，形成了独特的美学风格，涌现出了柳青、赵树理等人民作家，并发展出了一套较为完善的评价体系与一套较为完整的生产—传播—接受体系。但其弊端也较为明显，一是在文学与政治的关系上，过于强调政治的决定性作用，而忽略了文学的相对独立性，二是以批判、运动的方式管理文艺，将艺术问题上升为思想问题、政治问题，造成了文艺界较为肃杀的氛围。新时期之后，研究者对'新中国文学'有深刻的反思，尤其是对其弊端有着深入的认识，但对'人民文学'的价值取向、美学风格与评价体系等正面价值却认识不够。"这一评价是基于文学史的经验。如果没有文学史的视野，只能就事论事意思不大。这本文集中，只要我们看看云雷使用的关键词，诸如"新时代文学""人民文学""现实主义""中国故事"等，就知道云雷一直站在文学批评的最前沿，他关注的是这个时代核心的文学话题。

云雷是一个有鲜明立场的批评家。他毫不掩饰个人的文学立场。他对柳青、贺敬之、陈映真、路遥、萧红的评论，赞赏有加。实事求是地说，肯定一个作家、一种倾向或一种现象，远比否定要困难得多。他在《柳青精神：当代中国文学的一种传统》说："在《创业史》刚刚出版时，敏锐的评论家就注意到了其整体感与创造性，同样是写合作化题材，柳青的《创业史》与赵树理的《三里湾》、周立波的《山乡巨变》不同。如果说《山乡巨变》更注重地方性特色，《三里湾》更注重碎片式的复杂经验，那么《创业史》则提供了一种整体性，这种整体性来自于作家对时代的理解，也来自于其世界观与创作方法。作者以现实主义精神观察与描摹生活，但又不拘泥于现实，而是将对过去、将来的理解融入到当下的现实之中，让我们在当前现实的脉动中，可以感受到历史的脉络和未来的趋向。在这个意义上，柳青《创业史》所讲述的中国故事，既是现实主义的典范，又充满着理想的光辉。"这毫不犹豫的全称肯定判断，在当下大概也没有几人。我们无论是否同意他的全部看法，但他鲜明的立场是值得同行尊敬的。

另外一点对评论家来说也许更重要，那就是评论家对作家作品的艺术个感受力。一个评论家选择哪些作家作品为研究和批评对象，也大体隐含了这个批评家的个人趣味和美学原则。多年来，云雷一直坚定站在"底层写作"或文学的"人民性"一边。一般说来，散文评论是比较难的。特别是现代散文，没有既成的理论，作者要说的，基本都在文章里，留给批评家的空间不大。因此，散文评论主要靠评论家的修养和积累，所谓"高下立判"，大体在评论家的感觉判断里。李修文的散文《山河袈裟》《致江东父老》一发表，好评如潮，但如何好则见仁见智。云雷在评论李修文的《山河袈裟》时说："《山河袈裟》让人想到鲁迅先生的《野草》和张承志的《荒芜英雄路》，除了它们都写作者思想转型的时期之外，更重要的是它们都是对生命的激情燃烧，对内在矛盾的充分展示，以及对人生道路的重新选择。在《野草》中，我们可以感受到鲁迅内心的绝望与悲凉，但是他深刻认识到'绝望之于虚妄，正与希望相同'，从而走上了'反抗绝望'的艰难道路。"云雷将李修文的散文同鲁迅、张承志的散文作了比较，看到了他们具有的共同特点。仅这一眼光，甚至不必具体分析，我们也大体了解了云雷的基本看法。当然也大体了解了李修文散文的思想和艺术价值。在比较中评价一个作家的成就，是云雷基本的批评方法。比如他评论石一枫、王祥夫等作家，都是这样的方法。有比较才有鉴别，作家的个性是在比较中被发现的；作家的分量也是在比较中被肯定的；能够构成比较关系，一个作家的地位也大体有了轮廓。

另一方面，云雷的文学研究和评论，有很强的历史感，这得益于他严格的学术训练。我们说，一个批评家可以有自己鲜明的立场和倾向性。但是，面对文学史——特别是经过了历史检验之后，我们有可能看清楚某些人物和事件的时候，一定要尊重历史事实。这方面，云雷在《重返历史的态度与方法——洪子诚〈材料与注释〉的启示》一文中有鲜明的体现。特别是对洪老师关于周扬某些材料的发掘，他也认为"让我们看到了周扬内在的不同层面，这些层面的充分展开，也展现出一个在历史之中丰富而复杂的周扬。"这样的思考和判断，对一个青年批评家来说，是非常可贵的。文集中的许多文章如《"新文学的终结"及相关问题》《"人民文学"的传统在当代——时代记忆文丛总序》《何谓"中国故事"》《如何开拓乡村叙述的新空间?——以世界视野考察当代中国文学》《少与多、小与大、简与繁、虚与实——徐怀中小说的艺术辩证法》《周克芹与当代中国文学的"转折"》《陈映真是一面精神旗帜》等，都是比较有分量的文章。之所以说有分量，是因为云雷说了别人没有说过的看法。

2020年12月9日，我和云雷等朋友一起到湖南常德参加"丁玲文学奖"的颁奖典礼。会议主办方安排了参观丁玲故居和丁玲纪念馆，我们先是到临澧县黑胡子冲，那是丁玲的老家；然后参观丁玲纪念馆。云雷对丁玲尊崇的神情给我留下深刻的印象。丁玲是一位有信仰的作家，也是一位充满了传奇色彩的作家。对丁玲的尊崇，也从一个方面表达了云雷的信仰吧。

是为序。

2021年1月18日于北京寓所

（孟繁华：著名文学评论家，北京文艺评论家协会原主席，中国文艺评论家协会顾问）

目 录
Contents

第三辑　细读

附录

第一辑　新时代文学

新时代文学，"新"在哪里？

　　习近平同志在十九大报告中指出，"经过长期努力，中国特色社会主义进入了新时代，这是我国发展新的历史方位。"这是对我国发展方位的战略判断，必将对我国各方面事业产生极大的影响，对于文学来说也是如此。现在不少学者在谈论"新时代文学"，但大多是在宽泛的意义上使用这一概念，即只是在自然时间的意义上谈论"新时代"，而不是在新时代的"本质"或"质的规定性"的意义上加以使用。在这个角度上，"新时代文学"就和曾被广泛使用的"新世纪文学"一样，只是一个时间标识，而没有更多"质的规定性"。在笔者看来，"新时代文学"既包含着自然时间的属性，也包含着其"质的规定性"，从"新时代文学"的视角去看，我们应该重新定义文学，重新确立文学优劣的标准，重新建立文学与现实、世界的关系。这是由于，"新时代文学"是中国文学发展到一个新阶段所产生的文学，而我们关于何为文学、何为好文学的理解与认识，仍是在此前阶段认识基础上所产生的，我们必须调整自己的思维惯性、知识结构与判断标准，以促进"新时代文学"的到来。那么，何为"新时代文学"呢？笔者以为，"新时代文学"尚需要在实践中形成，但我们可以在"新时代文学"与"新时期文学"、"新中国前30年文学"、"五四新文学"、传统中国文学的比较中，大体把握其性质与未来的发展。

相对于"新时期文学"，"新时代文学"之新在于"以人民为中心"。"新时期文学"的概念主要是指改革开放以来的文学，有的特指上世纪80年代文学，也有的延伸至90年代文学，笔者以为，在一个长时间段来看，可以将1978至2012年的文学称为"新时期文学"。"新时期文学"是在对"文革文学"批判反思的基础上发展起来的，文学在新时期之初走在时代前沿，率先反思"文革"及其文学，参与并促进了思想解放运动，在语言、形式等方面的探索中，拓展了现代汉语的表达能力。但是在上世纪80年代中期以后，我们的文学逐渐形成了一种精英化、西方化与现代主义式的审美标准，在90年代以后伴随着大众文化的崛起，则形成了一套以市场为中心的出版发行机制。以现在的视野来看，精英化、西方化与现代主义的审美标准，显然并不是"以人民为中心"的创作倾向，而是面向知识分子、评论家或海外奖项的写作，所谓"走向世界"只是走向欧美发达资本主义国家，是以外在的标准评价、规范中国文学。而市场化在促进通俗文学、类型文学发展的同时，也催生了大量低俗、庸俗、媚俗的作品，在整体上突出了文学的娱乐、消遣功能，而削弱了文学所具有的认识、启迪功能，让严肃文学在文学市场乃至整个社会领域逐渐边缘化，失去了对世界观的塑造、引领作用。在这个意义上，习近平同志在文艺座谈会上提出的"以人民为中心的创作导向"，具有现实的针对性。"新时代文学"在发展的过程中，应该在将"新时期文学"相对化、历史化，并在重新审视的基础上重建一种新的文学，重建一种新的文学评价体系，只有新的文学评价体系建立之后，"新时代文学"才能在良好的轨道上运行。

相对于"新中国前 30 年文学","新时代文学"之新在于尊重文学的相对独立性,在于"创作是自己的中心任务,作品是自己的立身之本"的提出。新中国前三十年的文学,有的称之为"十七年文学""文革文学",有的称之为"共和国文学",笔者将之称为"新中国文学"。"新中国文学"在延安文艺的基础上,建成了一种"人民文学"的体制,这一体制的长处在于以工农兵等最广大的人民群众为服务对象,形成了独特的美学风格,涌现出了柳青、赵树理等人民作家,并发展出了一套较为完善的评价体系与一套较为完整的生产—传播—接受体系。但其弊端也较为明显,一是在文学与政治的关系上,过于强调政治的决定性作用,而忽略了文学的相对独立性,二是以批判、运动的方式管理文艺,将艺术问题上升为思想问题、政治问题,造成了文艺界较为肃杀的氛围。新时期之后,研究者对"新中国文学"有着深刻的反思,尤其是对其弊端有着深入的认识,但对"人民文学"的价值取向、美学风格与评价体系等正面价值却认识不够。习近平同志在文艺座谈会上的讲话中,一方面强调"以人民为中心的创作导向",另一方面又指出,"文艺工作者应该牢记,创作是自己的中心任务,作品是自己的立身之本,要静下心来、精益求精搞创作,把最好的精神食粮奉献给人民。"正是从正反两方面总结了"新中国文学"的经验,才能够既坚持"人民文学"的价值取向,又将"人民"从群体概念落实到"一个一个具体的人",充分尊重艺术规律、尊重作家艺术家,这样才能迎来文艺的真正繁荣。在这个意义上,"新时代文学"在摒弃"新中国文学"弊端的同时,可以借鉴其价值取向、美学风格与评价体系,并结合新时代的条件进行新的探索与创造。

　　相对于"五四新文学","新时代文学"之新在于"文化自信"。这里的"五四新文学"是泛指,指的是 1919 至 1949 年的中国现代文学。"五四新文学"是在对传统中国文学与通俗文学批判的基础上发展起来的，它以"启蒙"和"救亡"相号召，通过新思想、新道德的引进，开拓了现代中国人的思想空间，塑造了现代中国人的灵魂，在20世纪中国历史上发挥了独特而重要的作用。但是另一方面，我们也可以看到，"五四新文学"本身也是文化不自信的产物，其文学的观念是参照西方文学的形式与标准而形成的，并在发展过程中受到西方文学、俄苏文学的极大影响。鲁迅对国民性的强烈批判，郁达夫面对日本人的自卑感，胡适"全盘西化"的主张等等，都可以说是文化不自信的表现，当然他们的文化不自信有着深刻的时代背景，在列强环伺、山河破碎的旧中国，这些中国最优秀的作家深刻地感受到了时代的痛苦，他们"掮起黑暗的闸门"，创造了中国的"新文学"，并使之成为现代中国文化的核心，在思想启蒙与民族解放中始终处于先锋位置，为促进中国社会的进步做出了重要贡献。但是今天，我们已处于一个完全不同的环境与语境中，对几代中国人来说迫在眉睫的"救亡"问题，对现在的中国人来说已经基本不构成问题了，虽然西强我弱的整体文化态势没有改变，但是伴随着中国在世界格局中位置的提升，中国人的文化自觉与文化自信越来越强，在这个时候回首新文学之初，就可以发现当时提出的不少思想命题，是文化自卑或文化不自信的产物，需要我们做出梳理、反思和调整，在新的现实的基础上提出新的思想命题。在这个意义上，"新时代文学"既要继承"五四新文学"思想启蒙与忧国忧民的优良传统，又要具备充分的文化自信，在新时代创造出新的经典。

相对于传统中国文学，"新时代文学"之新在于现代性，在于"创造性转化和创新性发展"。传统中国文学有一套完整的审美体系与评价体系，形成了一个自足的系统，这是当代中国人的文化背景与底色。但是经过现代性的巨大转折之后，传统中国文学离当代中国人的生活现实已很遥远，现在的中国人已经不可能再像古代中国人一样生活了，而只能置身于当代生活之中，但另一方面，传统中国文化对当代中国人的思维方式、情感结构以及审美的趣味、习惯、偏好仍有极大的影响，传统中国文学作为一个巨大的思想与审美资源，也可以为当代作家借鉴。伴随着中国人文化自信的增强，可以预期在"新时代文学"的发展中，当代作家必将越来越多地借鉴传统中国文学的资源，但在这里仍有一些问题需要注意：一是要避免简单地模仿，从模仿西方经典到模仿中国经典只有一步之遥，但模仿只能是模仿，并不能产生真正的杰作；二是要经过现代性的转化，并非传统文学的一切都是好的、都是值得借鉴的，我们需要在新的历史条件下做出自己的分析、判断、取舍，只有经过消化吸收之后，传统才能真正活在当下；三是要结合当代中国的实际，生活是文艺创作的唯一源泉，创作只有深入到当代生活中，以此为基础对传统文化进行"创造性转化和创新性发展"，才能创作出具有生机与活力的作品，才能在新时代真正延续中国文脉。

我们简单梳理了"新时代文学"相对于"新时期文学"、"新中国前30年文学"、"五四新文学"、传统中国文学的新颖之处，但这并非对后四者的否定，而是在充分肯定其历史功绩的同时，以今天的视野做出的分析与判断。中国文学的一个伟大之处在于总是能与世推移，不断创造出新的形式与新的形态，以书写中华民族的生活史与心灵史，"新时期文学""新中国前30年文学"等在过去的时代已完成了其历史使命，而"新时代文学"则刚刚开始，"新时代文学"是在一个新的语境中展开的中国文学，需要我们去创造。

新时代赋予文学以使命，新时代也带来了新的问题，需要文学去面对与解决。我们正走在前人所没有走过的道路上，我们正在创造新的历史，中华民族伟大复兴、社会主义市场经济、媒体的数字化移动化、人工智能对人类的挑战等等，在中国历史上是新兴事物，在人类历史上也是新兴事物。在一个充满无限可能性的世界上，"新时代文学"既要充分汲取历史的经验，又要勇于面对新的问题、新的现实、新的经验，以开阔的胸怀讲述新的中国故事，凝聚中国人的生活、情感与心灵世界，将中国经验熔铸为具有普遍意义与世界意义的经典，唯有如此，方不负使命。

（原载《人民日报》2018 年 2 月 6 日）

新时代诗歌要有新气象

随着中国进入新时代，中国诗歌也进入了一个新时代。新时代诗歌是什么样的？这是一个有待在时间与历史中展开的问题，或者说有待在实践中突显其本质。但有一点是肯定的，那就是新时代诗歌必定会与此前时代——"新时期""文革""十七年""五四"的诗歌有所不同，因为我们的时代氛围、思维方法、情感结构与生活方式都发生了巨大的变化，我们应将此前的时代"相对化""历史化""问题化"，并在此基础上探寻新时代诗歌发展的道路。但是要将此前的时代"相对化"并不是一件容易的事，尤其是新时期诗歌影响巨大而广泛，在很多人的感觉结构中，新时代是新时期的自然延续，新时代诗歌也是新时期诗歌的自然延续，其间并不存在明显的"断裂"，甚至不少人对世界的认知、对时代的感觉、对诗歌的审美感受都是在新时期培养形成的，很难超脱出来将之相对化与历史化，也很难根据时代的变化调整自己的感觉结构、思维方式与美学标准，这必定会为他们带来认知的局限。而新时代诗歌要真正得到发展，必然要走出新时期诗歌的美学规范，必然要展现出新时代的新气象。

对新时期诗歌的美学规范进行反思，涉及到诗歌的各个方面。但在我看来，其中最重要的问题是，新时期诗歌是"精英化"而不是"民众化"的，是"西方化"而不是"中国化"的，是"形式化"而不是"生活化"的。可以说这些构成了新时期诗歌审美的规则与潜规则，决定了什么是诗、什么是好诗的潜在标准。当然我们也应该历史地看待新时期诗歌的巨大历史作用，面对"文革"诗歌的假大空诗风和语言泡沫，新时期诗歌走在了语言变革与思想解放的前沿，极大地拓展了现代汉语的表现能力与思想空间。但从现在的视野重新看，我们可以看到新时期诗歌既有其荣耀，也有其局限，我们必须有清醒的认识，并进行反思、调整，才能为新时代诗歌的发展打开新的空间。

新时期诗歌的"精英化"最初表现在为"朦胧诗"正名，但由"朦胧诗"也可以存在转变到将"朦胧"、看不懂作为好诗的标准却走到了另一个极端，在这一观念的影响下，诗歌只是成了知识阶层审美的特权，或者某种审美趣味的标签，而将广大民众拒斥在诗歌创作、接受、欣赏的门槛之外，由此诗歌只是成了某个或某些诗歌小圈子内部相互辨认、彼此欣赏的符号，越来越学院化、边缘化、小圈子化，越来越与民众无缘，诗歌成了诗歌圈子的内部事务。近年来，底层诗歌、打工诗歌、草根诗歌等浪潮不断涌起，不断冲击着诗歌的精英化格局，但在整体上并未撼动精英诗歌的文化领导权。在今天，我们应该反思新时期诗歌"精英化"所带来的弊端，将诗歌从文化精英的垄断中解放出来，在诗歌与民众之间建立起有机的联系，让诗歌能够发出民众的声音，能够代表民众的声音。

新时期诗歌的"西方化"表现为中国诗人对西方诗歌、西方诗人的模仿与借鉴，西方诗歌尤其是现代派诗歌在新时期大量翻译出版，拓展了我们的眼界与精神视野，丰富了我们对诗歌美学的认知。但对西方诗歌的过分推崇也带来了新的问题，那就是我们在不知不觉中将西方诗歌及其中文翻译当成了诗歌的标准、好诗的标准甚至最高的标准，不少诗人以之作为自己诗歌创作的追求，这便走入了一个误区。言为心声，诗歌也只是一种情感、经验与思想的特殊表达方式，如果我们的欢喜悲伤、我们的生活也只能按照某种特定的流派与方法去表达，那只能是削足适履，不仅不能表达出丰富复杂的中国经验，而且也丧失了创新的冲动与动力。新世纪以来，伴随着我们提倡讲述中国故事、抒发中国情感，"西方化"的倾向得以扭转，不少诗人开始向古典中国寻找思想与艺术资源，这有助于打通古今隔阂，传承中国文脉，但如何将之与当代中国结合起来，仍然是需要我们不断探索的。

新时期诗歌的"形式化"表现在过于注重形式与技巧，而忽略了生活的丰富性。"形式化"将形式与内容割裂开来，将"怎么写"与"写什么"割裂开来，在其视域中，不仅很难容纳社会底层的经验，甚至很难容纳中国人的生活与情感。"形式化"的一个极端是"腔调化"，只有以某种特定腔调写出来的似乎才是"诗"，而在特定的腔调背后则是特定的姿态、特定的看待世界的角度与方法，或者说是中产阶级美学的一种表现。"腔调化"既抹杀了生活的复杂性，也抹杀了诗人的个性与特性。我们只有打破腔调化与形式化的窠臼，才能让诗歌真正恢复活力。

新时期诗歌的历史经验是丰富的，既取得了巨大的成就，也有不少弊端，我们只有冷静、客观地进行审视，将之相对化与历史化，才能为新时代诗歌的发展开辟出新的道路。在新时代，我们要扭转"精英化"的立场，将诗歌与人民的生活和内心连接起来，让诗歌成为广大民众可以创作、接受、欣赏的文学形式；我们要转变"西方化"的倾向，让诗歌讲述中国人的故事，抒发中国人的情感，凝聚中国人的精神；我们要走出"形式化"

的藩篱，让诗歌成为我们认识生活、表达生活、创造生活的重要形式。

新时代诗歌是中国新诗百年之后的再出发，我们相信，承继百年新诗的优秀传统，借鉴古典诗歌与西方诗歌，新时代诗歌在当代中国的实践必然会焕发出新的生机，展现出新的气象。

（原载《诗刊》2018 年第 10 期）

新时代文学：讲述新的"中国故事"

　　新时代文学对我们来说是一种全新的文学，为什么这么说呢？因为我们受到新时期文学的影响比较深，我们的文学教育都是在新时期文学的规范下形成的，我们文学研究的思路也受到新时期文学的影响，我们读书的时候读的是北大钱理群、陈平原、洪子诚老师的书，以及蔡翔、王晓明、陈思和老师的书，这些著作都是我们读书时的重要参考书。但我们应该注意的是，这些著作都是上世纪 80 年代以及 90 年代的著作，它们都是针对当时的问题进行的思考，尤其是 80 年代更明显，它们针对的问题的主要是刚过去的"文革"文学的弊端，以此展开对新时期文学的想象，是以这样的方式来提出新的问题、新的方向。所以我们现在重新看，不论是钱理群等人的《20世纪中国文学三人谈》，还是谢冕老师的《在新的崛起面前》，还有很多对现当代文学学科产生基础性影响的著作，我们如果回到他们的时代和问题意识，可以发现他们关注的问题和当时的时代思潮是紧密联系在一起的。但时过境迁之后，我们现在重新阅读这些著作，就应该从他们的著作里，不是简单地提取他们现成的结论，而是将之还原到当时的历史语境里，学习他们面对现实提出新问题的方法，最重要的是，我们要提出我们这个时代真正值得思考的新问题。

比如1980年代跟现在不一样的问题就在于，80年代文学的一个核心就是反思"文革"文学，由此延伸到对革命文学、社会主义文学的反思。这个反思逐渐深入，但是很快也走到了另一个极端，好像左翼文学、革命文学、社会主义文学都是全然不重要的，这是八十年代文学的集体无意识，就是它始终有一个想象中强大的对立面，它要从与这个对立面的战斗、决裂、挣脱中获得自由、激情和解放，但现在的问题并不存在这样一个对立面，现在哪里还有左翼文学、革命文学？如果我们还是抱持着自由主义的观念，将左翼文学当作假想敌，那就是刻舟求剑了，在新的时代，问题已经不再是原来的问题了。但是另一方面，为什么当代文学会发展到今天这样的局面，新时期文学对革命文学、左翼文学的批判与反思是不是有什么问题？

现在很多青年学者做的都是这样的反思，但也受到上一代学者的影响，比如蔡翔的《革命/叙述》这样重新阐释社会主义文学的著作，像洪子诚的《问题与方法》《我的阅读史》《读作品记》，这些都为我们展开了新的思想空间，也让我们对新时期文学有了不一样的理解。现在我们看新时期文学，就应该和在新时期之初看到的不一样。新时期之初大家都处于思想解放运动、新启蒙的运动之中，容易跟着潮流走。如果提出什么新鲜的见解，都能引起广泛的关注，比如说像"朦胧诗"，像著名的"三个崛起"，但是现在看这些文章的观点，我觉得应该有一个反思，他们针对"文革"文学提出的批评是有历史合理性的，但是随着时间的发展，他们又把文学导向了一个精英化、西方化、现代主义式的倾向。这些问题在当时看来或许不是问题，但是现在看则成为了我们面对的主要问题。到现在新时期文学精英化、西方化和现代主义式的审美标准都没有得到比较有效的清理，在文学界形成了一种文学规范，这种规范决定着什么是好的和坏的文学，甚至规定着什么是和什么不是文学。现在我们应该去反思这样的文学规范和标准，新时代应该从对这些问题反思中展开新的文学方向。

新时代文学要讲中国故事，要坚持以人民为中心的创作导向，我觉得这些都是有针对性的，针对的就是新时期文学的精英化、西方化的倾向。说到"中国故事"，我是文学界最早使用这个词的人之一，但是我说的中国故事主要是在文学上，在文学上主要是针对两种倾向，一种是上世纪80年代以来过于西方化的倾向，80年代以来我们讲的似乎都是西方故事，比如先锋文学、寻根文学等等文艺思潮影响下的作品。现在我们再来看这些作品，可以发现它们对抽象问题的讨论特别深刻，比如仇恨、欲望、死亡这些问题，但这些都是移植的西方文学的主题，现在看这些作品是不是写出了中国人的感情、中国人的生活，中国人的经验？或者中国人的生活是不是在这些作品中有所反映？我觉得是有疑问的。我觉得从这个角度来看，上世纪80年代的文学确实是过于西方化，现在要去了解80年代中国人的生活、中国人的内心世界，我们不会去看这些作品，反而会去看别的作品，比如像《平凡的世界》，像80年代的报告文学，这些当时不受重视的作品反而能为我们提供一些纯文学提供不了的东西。这是"中国故事"针对的一个倾向，就是当时过度西方化的倾向。

再一个就是过度个人化的倾向。在上世纪80年代初，我们从写"大写的我"到辨析"大我"和"小我"的关系，再到90年代文学中有个特别流行的术语，就是"日常生活"，或者"私人叙事"，这样的潮流、作品也大量涌现，这样的术语当有其的对立面的时候，是有其历史合理性的，提出这个问题是由于当时过于强调政治生活、公共生活，"日常生活"

或"私人生活"的出现为我们打开了一个新的空间。但是随着这个潮流影响越来越大，到了不需要论证其合理性的时候，作家、诗人的视野就越来越狭小，只限于日常生活和私人经验，而不能从中走出来。一个很明显的例子就是，到现在我们的作家，创作生命力最强的是50年代的作家，比如莫言、贾平凹、韩少功，张承志、王安忆等人，他们一直都在写，也一直在带给我们新东西。但是不知大家有没有注意到，在他们之后，60后、70后、80后作家，似乎没有产生能和他们相比的作家。我觉得其中最重要的原因就是他们没有50后作家的格局和视野。比如说韩少功的格局和视野，读过他的小说或散文的人，都知道他在关心什么问题，如果你把一个60后作家跟他比较，比如我们拿余华跟他比较的话，你就会发现余华尽管写过不少优秀的作品，但是他整体的格局来说还是无法和韩少功、王安忆这样的作家相比。至于对后来的青年作家的影响就更大了，比如70后、80后作家大都是写个人经验，很少写出超越于个人经验之上的东西。但其实写个人经验也可以包容很多东西，我们时代的变化其实在日常生活中也有不少体现，但是一个作家如果没有大的时代、世界的变化的视野，就不会意识到这样的变化。所以我说"中国故事"针对的是这样一种个人化的倾向，其实也是比较突出的问题。

针对西方化、个人化这两个倾向，所以我们才提出"中国故事"。但是"中国故事"出现之后，也产生了一些新的问题。我们的很多作家，从上世纪80年代学习、借鉴西方文学经典开始转向学习、借鉴我国古典文学经典，当然学习借鉴是很好的，但是要真正有创造性还是应该从我们的生活经验、生命体验以及时代经验中汲取营养。无论是西方经典或者是古代经典，其实只能给我们提供一个参照系的作用。我们照着它们去写不一定就能写出好的东西来，在这方面我觉得有好的例子，也有不好的例子：

比如现在贾平凹的长篇小说就很像《红楼梦》《金瓶梅》这样的世情小说；比如韩少功的一些随笔，包括长篇小说《日夜书》也是借鉴了笔记小说；比如莫言说他从《聊斋志异》里面汲取了一些营养，像王安忆的《天香》，也是有点像《红楼梦》。我们中国作家确实要汲取经典的营养，但是又要防止被传统化，不是"化传统"，而是被"传统化"了，我们传统的力量特别强大。比如说像贾平凹的《废都》，包括语言、叙事方式，看着就像明清时代的小说。这确实构成了一个很大的问题，当代作家怎么才能写出来既属于中国人的而又属于当代的语言、故事，或者人物？这确实是需要作家去创造、去摸索的。这是一个特别复杂的过程，现在作为一个新时代的开端，我们应该把很多以前对我们来说不构成问题的问题提出来，然后共同去探索新的发展方向。

第二点我想谈的是新时代文学与新中国三十年的文学对比，最近很多人都在谈"以人民为中心的创作导向"，但是怎么才能够有这样的创作出来？直到现在还没有特别有代表性的作品出来。不像《在延安文艺座谈会上的讲话》之后，很快就有赵树理，就有《白毛女》，很快就有能够证明这种倾向的经典作品出现，这是我们现在面临的一个很大的问题。当然，因为我们的情况比那时候更加复杂，文学艺术受制约的因素也更多，比如说以前受制约于政治，就是文学和政治的关系，现在除了文学和政治的关系之外，又受制于文学与经济的关系。相对于新中国三十年，还有一个问题就在于我们现在的文学基本上还是上世纪80年代那种精英化的文学出版—传播—接受方式。在新中国三十年，其实我们有一个系统的"人民文学"体制，一部作品无论从创作到发表到出版，包括到进入市场流通、接受，有一个完整的网络在起作用。但是现在没有这样的生产传播体系，像在上世纪50年代的一本小说，比如《青春之歌》就可以发行到五六百万册，可以发行到很边远的农村、工厂甚至边疆。我们现在的出版发行网络，其实能够做到，但它或者出于市场或者出于资本的考虑，就是不去做。所以我觉得我们的经典作品，要产生真正的以人民为中心的作品，需要我们重建一种以人民为中心的文化环境与体系，这可能是需要我们今后去努力的。

那时，很多作家确实是真正扎根到人民生活中去的。像赵树理、柳青、周立波，他们确实是能够扎根到人民生活中去。而我们现在的一些作家很难深入到生活中去，比如说到一个地方扎根几个月，或者扎根几年。但是整体上来说力度还不够，没有办法跟当地的民众形成一种情感的共鸣，不能够真正把一些故事、经验、人物汲取到创作中来。尤其值得关注的一点是，新时期以来对新中国三十年的文学基本上是持一种批评或者质疑的态度，所以对这一时期文学的、历史的经验研究也不够。不知道大家有没有注意到，从上世纪 90 年代以后，文学界基本上就没有什么争论了。上世纪 80 年代我们文学还有争论，围绕着一些具体的作品进行争论，围绕着改革文学、先锋派、伪现代派都有争论。但是 90 年代之后，就会有比如说像"70 后"、"80 后"作家这样的概念出现，70 后、80 后、90 后、00 后好像用一种自然而然的命名取代了以前的命名方式，取代了以前的什么呢？比如说"寻根文学""伤痕文学""改革文学"这样的命名方式。我觉得这是一个特别有意思，也是值得关注的现象，相对于那个年代，我们这个年代更注重自然或者生理的不可改变的因素，好像按部就班，按顺序就可以成为文学关注的对象。比如先锋文学，我们都知道苏童、格非、余华年龄是差不多的，但是马原就比他们要大很多。可见当时也有年龄的因素，但是年龄的因素是作为不太重要或者附加的因素在起作用。另外一个例子就是寻根文学，寻根作家有韩少功、阿城、李杭育等，其中也包括汪曾祺，但是汪曾祺跟他们年龄差别就更大了，差二三十岁，年龄差别这么大的人也可以归纳为一个文学流派，现在似乎是不可思议的。对于一个思想艺术流派来说，年龄不是重要的因素。但是现在呢，年龄反而成为了唯一重要的因素。不管你写的是什么，是什么风格，什么题材，都被归纳到70后、80后、90后里面来。我觉得这样一套概念和这样一种命名方式，其存在不是没有道理，但让我们更重视的是人的生理性的、不可更改的因素，而对作家的思想、艺术、题材的独特性关注是不够的。

我们现在要注重从人民文学里面总结经验，然后重建新的以人民为中心的文学。但是另外一方面，我们也要注意从中汲取教训，上世纪80年代以后我们教训总结得很多了，尤其是从那种个人化的、私人化的经验来总结。但是也有很多问题值得我们重新思考，比如说像伤痕文学，大家都知道《伤痕》这部小说，我也写过文章谈过。构成《伤痕》这个小说的冲突，是家庭伦理和革命伦理之间的矛盾，小说主人公因为参加"文化大革命"，跟她母亲之间产生了隔阂，然后等到"文化大革命"结束之后，这个矛盾才解决。作者就用这一种家庭伦理来解构了革命伦理，我觉得这可能是那个时代需要的一种阐释。但是如果我们从更长的历史阶段来看，"五四"正是要打破家庭伦理然后走向革命，无论是巴金的《家》也好，杨沫的《青春之歌》也好，那些革命青年正是因为冲破旧的家庭才走向了一种社会化的道路，才走上了革命的道路。所以我觉得应该纳入一个谱系里面来重新看待这个问题，而不是简单地用家庭伦理来反对或者批判革命伦理。新时代文学是不是可以从新中国前三十年人民文学的探索里面汲取经验？我觉得现在的研究还不够。蔡翔、洪子诚等人的著作，在这个方面有很深的开掘，也为我们打开了继续探索的空间。

第三点我谈谈新时代文学与"五四"新文学的关系。"五四"新文学，是建立在对旧的文学体制的批判的基础上形成的，基本是以一种断裂的方式，割断了我们跟传统中国文学的联系，但那个时候的中国作家，如果跟我们现在相比普遍是不自信的，尤其是面对外国作家，或者国外思潮的时候，是不自信的。比如鲁迅，大家看鲁迅的杂文也好，鲁迅的幻灯片事件也好，小说《狂人日记》《阿Q正传》也好，其实是站在一种既不是中国人的视角、也不是外国人的视角，而是介于中国人与外国人的视角，来看中国、看世界的。在鲁迅那个年代，不止鲁迅一个人，像郁达夫也是这样，例如他的《沉沦》。故事大家都知道，他在日本，去找妓女被人歧视，所以他说"我的祖国你要赶快强大起来呀"。虽然这是个人的故事，其实是跟整个民族国家的命运联系在一起的。还有胡适主张全盘西化，他也有一整套理论。可见那个时代的作家对中国文化是不自信的，那时的中国作家，不像当今的作家，背后没有一个经济强大的国家作为支撑。所以我们在面对现代文学的时候，应该有一种清醒的意识。

当然他们在那个时代起到了很大作用，但是我们在今天应该比他们更自信。尤其是经历了上世纪80年代集中地向国外作家学习之后，现在我们的作家已经在恢复自信。面对西方文学的时候也是这样，可能是因为经典作品在30年间已经翻译得差不多了，我们现在看到的年轻的国外作家，我觉得是和我们国内的作家水平差不多的。

至少我们国内青年作家的水准，不在国外青年作家的平均水准之下。举个例子，前段时间被翻译过来的一个日本作家青山七惠的作品，我看她的作品时，就觉得她比不上国内作家的作品。再比如说，前段时间被炒得很热的《温柔之歌》的作者，一个法国80后的作家。那的确是一部好小说，但我觉得她处理事情的那些方式，也并不比我们国内的青年作家更好。国内作家经历过长时段的对经典作家作品的消化吸收之后，自信心也在恢复。并且我觉得中国作家好的一点在于，那么多的翻译作品进来之后，打开了他们的视野。改革开放以来的中国巨大变革，确实是太有故事了，而且这些故事是前所未有的，别的国家也不会有的故事。中国这几十年的变化太大了，我们处于一个剧烈变动的时代。

刚才杨老师让我谈谈我的小说，我简单地说两句。我为什么要写小说？我觉得我的童年和少年时代，离现在的我已经太遥远了。举个例子，像我们现在用智能手机不过十年，往前十年，我们连手机都没有。更早之前，在乡村里我还经历过没有电的时代。大家可能很难想象，没有电的生活是什么样的一种生活？这都是年轻的同学没有经历过的。但是即使像我们经历过的人，现在再回想起来，好像也觉得会很奇怪，我怎么经历过那样的年代？——因为我们国家实在是变化得太快了。我写小说就是想将自己以前的记忆，用小说的方式把它留下来。那个时候农村的人际关系是什么样的，人和人如何相处？而现在则发生了巨大的变化，那曾经存在的一切都消失了。

我觉得这样一个时代带来的问题在于，一代人不可能再重复上一代人的生活。伴随着飞速发展的中国，每一代人的经验都是独特的。每一代人的经验都不能和另一代人沟通，或者说不能充分地沟通。比如说经历过"文革"的一代和没有经历过"文革"的一代，就很难沟通。经历过上世纪八十年代的，和没有经历过八十年代的，也很难沟通。他们不能深切地、经验性地、有同情性的理解。这是一个很大的问题。所以我觉得，在面对这么丰富、剧烈的变化的时候，我们的作家应该能从这些变化里边汲取有效的经验，进入到我们文学之中。并且通过文学研究，把这些经验集中起来，这是我们的文学应该做到的。我再谈个例子，比如我们读鲁迅的《故乡》，其实一个核心的矛盾就是，一个新型知识分子，受了新思想影响，回到故乡之后面对的还是旧秩序伦理所产生的矛盾。他内心的矛盾也好，生活中细小的矛盾也好，如豆腐西施、闰土等人物，都是作家思想与现实之间的矛盾。但现在跟鲁迅《故乡》不一样的是，我们这一代人，比如我回到故乡的时候，会发现故乡是一个比我想象中变化还要更加剧烈的乡村。鲁迅面对的是"不变的农村"，现在则是另一个问题，乡村变化得过于剧烈，已经超出了我们的想象和理解。其实中国现在很多事情都超出了我们的想象和理解，超出了我们的知识准备。我们还没有准备好怎么来处理这些变化。比如从五四以来，中国一直是以一个"落后者""追赶者"的形象出现的，我们基本上没有想过做一个胜利者，没有想过如果我们领导世界潮流的话，我们在文化知识上应该有什么准备。我觉得这也是我们现在需要面对和处理的，这是迫在眉睫的一个问题。

近代以来，中国的知识、思想、文学都是建立在我们落后的经验之上的。包括刚才说的鲁迅的视角，"几千年的历史就是吃人的历史"，还有阿Q的精神胜利法，的确是那个历史阶段的产物。现在中国人如果恢复自信之后，我们应该怎么想怎么做？如果是作为一个历史引导者的话，我们应该准备什么样的知识和思想？我们是不是应该将中国近代以来的思想做一个梳理：什么是我们失败的经验带给我们的知识、思想和文学？如果没有这样失败的经验的话，我们是不是会有其他的经验和文学？而这些，在我们的日常生活经验中，已经发生了很大的变化。我们现在去香港和台湾，心态就和上世纪八十年代完全不一样。上世纪八十年代我们去，是去看现代的高楼大厦和现代化的社会生活；现在我们去香港和台湾，就跟北京、上海是差不多的感觉。包括我们去国外也是这样。当然这些都是处于历史过程之中的一些变化，但是作为文学研究，我们如何去把握住这些变化，如何从这些变化中发掘出真正具有生产性的问题，都是我们需要去注意的。这是我说的第三点，新时代文学与五四文学相同和不同的地方，相对于五四那个时代的经典作家，我们处于一个新的起点上，所以我觉得我们讲的中国故事肯定与他们讲的不一样，但是我们要学会接着他们的故事讲，讲述新的中国故事。

第四点，谈一谈新时代文学跟传统中国文学有什么不一样，开始我也谈到了，我们现在很多作家学《红楼梦》、学《金瓶梅》、学《山海经》、学《聊斋志异》，学这些也很好，但毕竟这是几百上千年前中国人的著作，世界以及对世界的想象已经发生了变化，经历了五四和现代性洗礼之后的现代中国人已经不可能再回到那样一个世界。

现代文学的主题就是塑造现代中国人的灵魂，这是一个还没有完成的任务，我们处于这样的历史之中，其实我们既有作为"历史中间物"的一面，但同时我们又都是进入现代的中国人。但即使我们都处于现代社会之中，我们对世界的看法也不一样，所以我觉得重要的是，新时代文学怎么能够把我们现在的生活、经验、内心的情感世界凝聚到作品里面，这是比较困难的事情，也是比较值得做的事情，对于我们来说，可能要写一本当代的《红楼梦》可能是比较容易的，比如王安忆的《天香》、还有《甄嬛传》，都像《红楼梦》，但是我觉得能写出我们当代人的情感，而且具有凝聚力、普遍性的作品是很难的，当然也是对我们作家，对我们文学研究者一个很大的挑战，所以新时代文学有很多可以展开讨论的东西。

我刚才也就从四点简单谈了一下我的想法，我觉得文学研究应该发现新的问题，尤其我们不能够只是接受上一代学者的影响，他们的影响确实太大了，像北大，在洪子诚老师的书出了之后，很多人都在做上世纪 50—70 年代的文学研究，洪老师他们这一代学者的贡献很大，影响很大，但他们的问题和我们的问题不一样，生活的时代也不一样。我们应该提出什么样的问题？我们要从自己的生活现实出发提出我们的问题，比如说我们谈底层文学，就是跟当时对一些问题的讨论有关，当时讨论的底层有三农问题、下岗工人、打工者等问题，这些社会问题反映在文学作品里面，我们就提出了与以前的研究者不一样的问题，以前的研究者不太关注底层，但关注底层文学一旦成为一个大的文艺思潮之后，反而会有很多作家、学者、批评家来关注和研究，所以它才能够成为一个重要的社会文化现象。另外一个例子是"中国故事"，"中国故事"的命题提出来之后，有不同的意见，不同的争鸣，也有不少人反对，反对的人还是受新时期文学的影响，是比较精英化、西方化的，但是新一代学者该在他们的基础上不断扬弃，关注真正与我们有关系的问题，只有这样，才能真正做出基于我们个人的生活体验，而又与时代相通的问题，即使那些上世纪80、90年代对我们影响很深的著作，主要也是在解决他们那个年代的问题。但是怎么抓住我们这个时代的核心问题，是需要我们从生命体验出发，再经过理性思考才能提出来的。

（此文系在上海大学演讲的整理稿，摘要刊发于《社会科学报》2019年6月13日）

新时代文学：如何重建与读者的关系

　　文学需要读者，读者也需要文学。文学的创作、出版、传播、接受是一个完整的过程，艾布拉姆斯在《镜与灯》中认为，世界、作者、作品、读者是文学的四要素，缺一不可，而从接受美学的视野来看，一个作品的最终"完成"要靠读者的阅读来实现。事实也确实如此，"凡有井水处，皆歌柳词"，"凡有华人处，皆有金庸小说"，这既是一种阅读歌咏的盛况，也是作者与读者亲密关系的生动展现。

　　但是另一方面，文学为什么需要读者，读者为什么需要文学？或者说读者为什么要阅读？本雅明在《讲故事的人》中谈到，远古时期原始人围绕着篝火讲故事，这是阅读和写作的起源，正是通过听和讲故事，他们才驱散慢慢长夜，建立起共同体意识。如果通俗地说，只有通过阅读这种行为，在与他人交流分享彼此经验的过程中，一个人才成其为"人"，一个共同体中的"人"。举一个例子，在萧红的《生死场》中我们可以看到，小说中的二里半、老王婆、金枝有个人意识、家庭意识和地域意识，但只有面对日军的抢掠和残暴时，他们才意识到自己是"中国人"，才艰难地萌生出"民族意识"。阅读类似于这样觉醒的过程，可以让读者与他人、社会、世界产生关联并重新确定自己在其中的位置。

在五四时期，正是因为有了新文学共同体，在作者、作品与读者之间形成了一种密切互动的关系，新思想、新文化才能够吸引青年，很多青年正是因为读了巴金的《家》才走上了革命的道路；在延安与新中国前三十年，正是因为有了"人民文学"的倡导，新的民族意识与人民意识才能在社会上被广为接受，很多战士是看了《白毛女》，高喊着"为喜儿报仇"投入英勇战斗的，而围绕《青春之歌》《红岩》《创业史》等作品展开的广泛社会讨论，既阐明了新中国的来源，也探讨了"社会主义新人"等重要问题；在改革开放的历史新时期，正是因为有了改革共识，《班主任》《乔厂长上任记》《哥德巴赫猜想》《平凡的世界》等作品才能在社会上引起轰动效应，或者说正是这些作品以及围绕它们的讨论推动形成了改革共识，开启了思想解放与新启蒙运动，充分展现了文学的魅力与精神力量。

但是在新时代，文学所面临的环境发生了极大的变化，文学与读者的关系也发生了极大的变化，我们只有直面并分析这些新变化，才能重建文学与读者的关系。这些新变化主要包括：（1）影视、网游、手游等新型娱乐方式的出现，将潜在的文学读者分流，文学不再是唯一或者重要的娱乐方式；（2）网络、移动网络等新媒体的出现，网络文学的产生，也分流了大量文学读者；（3）在市场经济的环境中，以作者与出版社为中心产生了大量通俗文学作品或畅销书；（4）以文学期刊为中心的"严肃文学"或"纯文学"读者日趋减少，在某种意义上构成了一种危机。我们如何面对这样的危机呢？

首先，我们应该认识到，新媒体、新型娱乐方式、网络文学与畅销书的出现，是一种社会进步，它们可以满足读者（或观众、玩家）不同层次的审美娱乐的需求，也是社会文化日趋丰富多元的一种表现。其次，我们也要认识到，新型娱乐方式、网络文学与畅销书之所以吸引人，也在于其中体现出来的"文学性"，或者说它们事实上承担了文学所曾承担的某些功能。比如网络文学、畅销书阅读过程中所产生的阅读快感，比如某些影视、游戏所做的精心构思与细节设置，比如一些影视作品所产生的热烈的社会反应，有研究者甚至认为，影视已承担了19世纪长篇小说的社会功能。这些都可以说是"文学性"及其流变的反映，也是我们这个时代的新现象，值得我们做出分析与探讨。

那么，什么是文学性呢？关于文学性的定义众说纷纭，但我们可以从经典作品所体现出来的特质来加以把握，在我看来主要包括：故事性、艺术性与思想性。故事性是指文学从生活或历史中发现、提炼、构思、讲述故事的能力与特性；艺术性是指作品中所体现出来的美学趣味、风格，及其达到的艺术境界；思想性是指作品对人生、社会与世界观察思考并蕴含其中的思想结晶。如果我们以这三种特性来把握"文学性"，就可以发现"文学性"不仅表现在文学作品中，也体现在新型娱乐方式、网络文学与畅销书中，或者说"文学性"已经弥散在其他艺术形式中。比如电影、电视剧、游戏同样注重故事，网络文学与畅销书阅读快感的来源也主要在于故事情节的曲折、突变、反转以及讲述节奏的迅疾快捷。没有一个好的故事，也就没有好的网络文学、畅销书、电视剧与游戏，但相对来说，文学、电影等艺术性探索性较强的门类，却可以摆脱故事，可以不"为故事而故事"，而更能表达出创作者真切的生命体验，以及对时代、生活的观察与思考，而在这方面，文学又是最自由或最自足的，不像电影那样受到技术、市场以及多人协作等因素的限制。

正是在这个意义上，文学才更接近时代、生活以及创作者的个人生命体验，或者说文学可以写新人、新生活，可以将我们这个时代丰富复杂的经验、情感、思想赋形，使之成为一种艺术形式。从这样的角度，我们才说，"文学是一切艺术的母体"，文学所提供的经验、想象与故事滋养了其他艺术门类，不仅很多优秀的电影、电视、游戏改编自文学作品，也有不少优秀的网络文学、畅销书衍生自经典作品或者可以说是经典作品的"番外"。而从另一个角度来说，我们这个时代的读者或观众也可以影视、游戏、网络文学为桥梁，进入文学的世界，去看看文学所展示的独特风景，虽然接触的途径变了，但文学作为源头，作为艺术的"母体"，仍有其不可忽视的魅力。

除此之外，文学也具有其他艺术门类所不具备的优势，比如语言之美，唐诗宋词的优美典雅不说，现代汉语由古代文言演化而来，又融入了欧化语法，熔铸出新的适合表达现代中国人经验、情感的语言；比如艺术风格的独特，鲁迅、郁达夫、萧红、汪曾祺、柳青、赵树理，各有各的艺术风格与艺术世界；再比如思想探索的深刻性，鲁迅对国民性的批判至今仍有其价值，值得我们警醒，笔者曾观看过雷诺阿、黑泽明改编的不同版本的陀思妥耶夫斯基的《白痴》，仅就个人观感而言，我觉得这两位电影大师的影片所传达的思想及其深刻程度，甚至不到原著的十分之一。这里没有丝毫不敬的意思，而是说电影作为诉诸感官的画面与音响的艺术，在思想的表达及其深刻性上，可能确实不如更贴近人类思维的语言，或者说电影的深刻性不在于文学名著改编，而在基于自身特性的独特创造。

但是另一方面，当代中国文学进入新时代，面对新环境，也需要作出新的调整，重建与读者的关系，我们需要打破"纯文学"的清规戒律、打破雅俗文学的严格分野，在贴近读者、贴近生活的过程中逐渐发展出新的文学形式。在艺术史上，正是对通俗形式的发现与重视，才拓宽了人类的艺术视野，《红楼梦》《水浒传》等曾被士大夫视为通俗小说，只是在20世纪之后才成为经典，电影在最初诞生时也曾被视为"杂耍"或"西洋镜"，在一代代电影人不断的探索中，才最终被认可为一种艺术形式。独特的创造性也可以寓于通俗的形式中，鲁迅创造并提升了杂文这一文体形式，陀思妥耶夫斯基的小说借鉴而又超越了侦探小说，希区柯克在受到影评界批评时说，他只有"一边看着谩骂与嘲讽一边去银行取钱"，正是与观众的密切关系，使他可以蔑视批评界的陈规，创造出属于他的经典。就文学与媒体的关系而言，五四新文化运动的发生与源起，也与报纸、杂志等当时在中国新兴的传媒形式密切相关，正是因为有了面对公众的现代媒体，中国文学才摆脱了传统的私人酬唱或"雅集"，发展出一种与公众互动的"新文学"。在网络、移动网络等新媒体的环境中，我们的文学要继承新文学的精神，也要继承新文学的创造性，以新的方式面对新变化，吸引新读者。

习近平总书记关于文艺工作的系列讲话，已经改变并正在改变着文艺界的整体生态，单纯以消遣娱乐为目的或唯市场的倾向得以改变，更多作家艺术家将文艺视为精神与艺术上的事业，"以人民为中心的创作导向"蔚然成风。为读者服务也是为人民服务的形式之一，但文学为读者服务不是简单地迎合读者，而是以其深刻的思想性与优美的艺术性吸引读者，滋养读者，甚至创造自己的读者。新时代的中国文学，要适应新媒体的环境，要借鉴新型娱乐方式的长处，也要发扬文学自身的优势，只有这样才能重建与读者的关系，才能更好地为读者服务，才能创造出新的文学形式与新的文学经典。

（原载《人民日报》2019年12月23日）

现实主义：新视野与新时代

　　在新时代，我们讨论现实主义要有新的角度，要将新的现实、新的体验容纳进来，要有新的眼光、新的视野，只有这样，关于现实主义的讨论才不至于陷入理论的空转，才能激发起创作者的热情与勇气，才能在面对世界时找到我们的方位。

　　那么，什么是新的现实，我们都有哪些新体验呢？当代中国处于飞速发展与剧烈变动之中，置身其中的每一个人都能感受到中国日新月异的变化，从高铁、移动支付等"新四大发明"到中国经济的快速发展，在日常生活中我们就能感受到中国的强大与进步，但是另一方面，当代中国也存在着贫富分化、阶层固化等诸多社会问题，处于不平衡不充分的发展之中，这就是我们所面临的新现实。具体到文学来说，我们所面临的现实已不是鲁迅时代的中国、柳青时代的中国、路遥时代的中国，我们处于一个纷繁复杂而又无以名之的大时代，这对当代作家来说既是一种机遇，也是一种挑战。

　　当代中国经验的丰富复杂超越了以往任何时代，在世界史上也是绝无仅有的，各种矛盾与问题纵横交错，但又前途光明，可以说当代中国走在世界的前沿，探索着人类发展的道路。在中国，有传统与现代的矛盾。在一百年多前我们才推翻帝制，走上了现代化的道路，中国革命和改革开放的成功彻底改变了中国人的命运，但像中国这么大规模人口、这么快速的现代化历程却是人类历史上前所未有的，在价值观念、思维习惯、生活方式等方面，传统与现代之间充满着矛盾、纠缠与张力。托尔斯泰、陀思妥耶夫斯基等作家所面临的现实，是俄罗斯急剧现代化所带来的问题，传统信仰摇摇欲坠带来的人们在价值观念上的矛盾与冲突，在他们笔下得到了丰富深刻的思考与反映，但中国一百多年来人们在价值观念上变化的剧烈程度与断裂程度，远远超过了当年的俄罗斯，却尚未得到足够的思考。在今天，我们要做一个什么样的人，我们有哪些基本的价值准则？与传统中国人相比，我们发生了什么变化，我们在什么意义上还是中国人？我们理想的生活和世界是什么样的，我们是否愿意为了理想世界而牺牲个人的利益、生活乃至生命？这些问题可能大多数人都没有思考过，但作为一个作家，只有直面并执着思考这些问题，才能像托尔斯泰、陀思妥耶夫斯基一样切入时代的精神核心。

当代中国正处在快速城镇化的进程之中，传承数千年的乡土文明正在或即将消失，这对中国的影响将会是巨大的，也对我们的认知体系与思维方法提出了挑战。我们熟悉的"乡土中国"正在转变为一个陌生的、城镇化的中国，对于这个全新的中国，我们尚缺乏既有的知识与坐标去认知。中国在发生变化，中国的乡村与城市也在发生变化。20世纪中国的乡村经历了天翻地覆的变化，从土地改革到"合作化"，再到"家庭联产承包责任制"，围绕人与土地的关系，中国农民的命运也发生了巨大的变化，这在丁玲的《太阳照在桑干河上》、周立波的《暴风骤雨》、赵树理的《三里湾》、柳青的《创业史》、浩然的《艳阳天》、周克芹的《许茂和他的儿女们》、路遥的《平凡的世界》等作品中，都有着深刻而精彩的呈现。但我们这个时代中国乡村所面临的巨变，要远远超过以往的时代。以人与土地的关系而言，在过去的时代，土地是最重要的生产资料，乡村的变化也只是土地的所有权与使用权发生了变化，但人与土地的关系是深厚的，但在我们这个时代，土地作为生产资料的价值已经大大贬低，人与土地的关系也越来越淡薄疏远，这是中国历史上前所未有的；以人与人的关系而言，在传统中国和 20 世纪中国，乡村中的人际关系交织在宗族、阶级、伦理、地缘等不同层面，但在我们这个时代，这些因素已经越来越淡化，乡村中的人越来越"原子化"，很多青壮年离开乡村到城市去打工。面对这些变化，当代作家尚没有从整体上审视并呈现，我们只有具有历史的眼光，才能发现我们这个时代与以往时代的不同之处，只有具有世界的眼光，才能发现我们的城市化过程与巴尔扎克笔下的法国、狄更斯笔下的英国、德莱赛和斯坦贝克笔下的美国有何不同之处，才能真正讲述我们这个时代的中国故事。

近代以来，面对西方世界，中国人长期以来形成了一种落后者、追赶者的心态，对我们的文化、价值与生活方式缺少足够的自信。但自 2008 年奥运会以来，中国人的文化自信越来越强了，整体社会氛围和人们的自我意识也在发生变化，中国人正在变得更加从容自信，这是一个具有历史意义的变化。这样的从容自信是林则徐、魏源一代所没有的，是康有为、梁启超一代所没有的，也是鲁迅、陈独秀一代所没有的，这可以说是近代以来中国的一个巨大转折。在这样的历史时刻，我们需要重新认识中国人的价值观，需要以艺术的方式讲述中国人的生活、情感与心灵世界，讲述中国人艰难曲折的历史，纷繁复杂的现在与前程似锦的未来。但是要完成这一时代任务，也对我们的知识结构、思维方式、审美感觉等各方面提出了极高的要求。近代以来，除了极少数历史时期，我们已经习惯了讲述失败的经验，习惯了以弱者、落后者、追赶者自居。要对近代以来构成了我们思维、美学无意识的庞大知识体系进行反思、清理，是一个系统的、长期的工程。但值得欣慰的是，我们在自己的时代迎来了这一巨大的历史转折，我们可以在一个新的时代讲述新的中国故事，可以系统地整理历史，从容地把握未来。

（原载《长篇小说选刊》2018年第5期）

"新文学的终结"及相关问题

一、引子

  作为一个理论问题，"新文学的终结"已有不少学者论及，虽然他们的看法与态度大不相同，但都认识到了"新文学"处于严重的危机之中。在我看来，"新文学的终结"不仅是一个理论问题，也是一个我们置身其中的现实问题，这主要表现在：（1）"新文学"的观念遭遇到了前所未有的挑战，那种严肃的、精英的、先锋的文学观念，正在被一种娱乐化或消费主义式的文学观念所取代，或者说，在整体的大文学格局中，"新文学"的传统与地位正在被严重弱化；（2）"新文学"的体制也处于瓦解或边缘化的过程中，在新文学发展中形成的"文学共同体"也正趋于衰落或消散；（3）"新文学"的媒体也在发生变化，以往以报纸、期刊为核心的"新文学"的传播媒介，正在被网络化、电子化、数字化的新媒体所取代。

以上这些变化，可以说是自五四"新文学"发生以来所遇到的最大挑战，是一种前所未有的"断裂"，这一"断裂"远远超过以 1949 年为界的现代文学与当代文学的"断裂"，以及以 1976—1978 年为界的"文革文学"与"新时期文学"的"断裂"。我们可以说现代文学与当代文学的"断裂"、"文革文学"与"新时期文学"的"断裂"仍然是"新文学"内部不同传统之间的取代、更新或变异，它们仍然分享着共同的文学观念与文学理想。但是我们正在经历的这一次"断裂"却从根本上动摇了"新文学"的观念与体制，因而更值得我们重视并认真对待。但是另一方面，"新文学"的当前处境与空前危机，也提供了一个新的契机，让我们可以从一个更开阔的视野，重新审视"新文学"的历程，研究其总体性特征，分析其"起源"与"终结"，并探讨其未来的可能性。

二、"新文学"的建构与瓦解

在《中国当代文学史》《问题与方法》等著作中，洪子诚教授以"一体化"与"多元化"为总体思路把握当代文学的脉络。他认为当代文学的历程是"左翼文学"走向"一体化"以及这个"一体化"逐渐瓦解的过程。在他的描述中，在 1942 年尤其是 1949 年之后，"左翼文学"在取得了文化领导权之后，其内部在不断"纯粹化"，左翼文学的"正统派"（以周扬等人为代表）对胡风、冯雪峰、秦兆阳等左翼文学"非正统派"的批判，构成了十七年时期文学的主要思潮；而在"文革"时期，以江青、姚文元为代表的左翼文学"激进派"则更进一步，对周扬等"正统派"进行了激烈批判，占据了"文革"时期的文化领导权。而在"文革"结束后，左翼文学的"一体化"开始瓦解，新时期以后的文学呈现出"多元化"的发展趋势。

　　洪子诚教授的描述与概括是富于创见的，他令人信服地解释了"十七年文学"、"文革文学"与"新时期文学"之间的内在关系。但是在这里，也存在一个问题，那就是他对"多元化"持一种乐观而较少分析的态度。事实上，当他遇到金庸小说等通俗文学作品时，并不能像更年轻的一代学者那么顺畅地接受。在这里，可以看到洪子诚教授所能接受的"多元化"的限度——即"新文学"的边界。对于超出"新文学"边界的通俗小说与类型文学，他是难以接受的。

　　如果我们借鉴洪子诚教授的分析方法，在一个更大的视野中考察，那么就可以发现，1980年代以后的"多元化"是在不同层面展开的：（1）首先是"左翼文学"内部的多元化，这表现在左翼文学"正统派"与"非正统派"的复出与共存，以及胡风、丁玲、孙犁、路翎、萧红等左翼文学"非正统派"作家、理论家重新得到肯定性的评价；（2）其次是"新文学"内部的多元化，这包括巴金、老舍、曹禺以及沈从文、钱钟书、张爱玲等作家的重新研究与评价，以及创作界"寻根文学"、"先锋文学"等新思潮的风起云涌；（3）再次是超出"新文学"界限以外的"多元化"，在文学研究上体现为严家炎、范伯群、孔庆东等学者对通俗小说的研究，在创作上表现为金庸小说、琼瑶小说的流行，以及新世纪以来官场小说、科幻小说与网络文学中"穿越文学"、"奇幻文学"等类型文学的兴盛。

　　在这样一个整体性的框架中，我们可以发现，20世纪以来的文学史就是一个"新文学"建构、发展以及瓦解的过程。在这样一个过程中，"新文学"通过对"旧文学"（传统中国文学的文体与运行方式）的批判，通过语言文字的变革（文言文转为白话文），通过对"通俗文学"（黑幕小说、鸳鸯蝴蝶派小说等）的批判，建构起了"新文学"的历史主体性与文化领导权。在此之后，"新文学"内部形成了"为人生的文学"、"为艺术而艺术"等不同流派，在1920—1930年代，"左翼文学"通过对自由主义文学、民主主义文学、"为艺术而艺术"等不同艺术派别的论争与批判，确立了在文学界的主导地位。在1940—1970年代，左翼文学经历了上述洪子诚教授所说的"一体化"与"纯粹化"的过程。而在"新时期"以后，左翼文学的"一体化"逐渐瓦解，在1940—1970年代被压抑的自由主义文学、民主主义文学、"为艺术而艺术"等"新文学"内部的不同派别开始复兴与活跃。但是时间并不长久，"多元化"便突破了"新文学"的界限，被"新文学"压抑近一个世纪的通俗小说与类型文学卷土重来，在此后近30年的迅猛发展中，不仅以"畅销书"的形式占据了文学市场的大部分份额，而且借助网络这一新兴媒介，吸引了更多读者与研究者的目光。与此同时，延续了"新文学"传统的严肃文学或"纯文学"却处于越来越边缘化的处境。

如果我们认可这一分析框架，便会将"新文学"视为一个整体，视为一个动态的过程。但在这里，需要强调我们与黄子平、陈平原、钱理群《论"二十世纪中国文学"》、陈思和《中国新文学整体观》等1980年代著作的不同之处，这些著作虽然同样以20世纪的整体视野考察中国文学，但是：（1）这些著作立足于1980年代的文学现实，所针对的主要是左翼文学"一体化"造成的伤害，所强调的是文学的"现代化"，仍是在"新文学"内部讨论问题，而我们所要讨论的，主要是"新文学"的内部一致性，及其共同的观念与体制前提；（2）这些著作中的"20世纪"只是一个时间概念，而我们则强调"新文学"的动态过程，将"新文学"视为一种体制的建构与瓦解的过程；（3）这些著作主要讨论的仍然是文学的主题、美感特征、语言现代化的进程等文学内部问题，而我们则更重视"新文学"内部的互动关系，及其与思想、社会的互动关系。

如果从"新文学"当前遭遇的危机出发，将"新文学"视为一个整体，视为一个动态的过程，那么我们可以更多地关注与思考："新文学"在发生时何以能取得主导权？"新文学"内部的不同流派、不同阶段是否存在内在的一致性？面对当前的危机，"新文学"是否有可能重新整合内部资源与思想传统，从而获得新的生机？——对这些问题的思考，可以让文学史研究与当下的文学评论贯通，为文学史研究打开一个新的视野与问题空间，同时在历史梳理中，也可以更清晰地把握当前文学的现状与发展趋向。

三、"新文学"：观念与前提

站在今天的立场上，我们很容易将"新文学"作为一个整体来看待，也会发现很多以前视为理所当然的观念并不是"自然"的，而是有很多条件与前提。当这些条件与前提逐渐丧失的时候，我们才知道文学史上的某些争论虽然激烈，但争论的双方在实际上仍然分享着共同的前提。以周扬与胡风的争论为例，他们之间观点的分歧（及宗派纠纷）所造成的后果可谓酷烈，但是我们也可以看到，在整个 20 世纪文学史上，他们在文艺思想上的共同之处远远大于他们的分歧，他们的争论是"左翼文学"内部不同派别的论争；再比如，1920 年代鲁迅与梁实秋围绕"阶级性与人性"所进行的论争，也可谓剑拔弩张，但他们仍分享着共同的前提，那就是无论在哪一方看来，文学都是一种严肃的精神事业，他们之间的论争仍是

"新文学"内部的分歧。

那么在今天看来,"新文学"内部存在哪些一致性呢?如果将"新文学"作为一个整体来考察,以"新文学"建构之初所批判的"旧文学"与"通俗文学",以及现在"新文学"瓦解之际所出现的类型文学与网络文学作为参照,我们可以试着总结一下"新文学"所共同分享的观念与体制前提。

在我看来,在文学的基本观念上,"新文学"具有先锋性、严正性与公共性。

(1)所谓"先锋性",是指文学在整体社会生活及思想文化界中所处的位置,即在社会与思想的转折与变化之中,文学是否能够"得风气之先",能够对当代生活做出独特而深刻的观察与描述,能够提出值得重视的思想或精神命题,从而具有想象未来的能力与前瞻性。在这个意义上,从"五四"一直到1980年代,文学在整个社会与思想文化界一直处于"先锋"的位置,是"国民精神前进的灯火"(鲁迅)。"新文学"通过率先提出前沿议题,引导思想界与社会的走向,直接参与了现代历史的构造,参与了现代中国人"灵魂"或内心世界的改造,在中国社会的变革与发展中起到重要的作用。而从1990年代之后,我们的文学逐渐丧失了这样的先锋性,在今天,文学界所讨论的基本问题,不仅落后于思想文化界,甚至落后于社会民众,很多人只满足于文学内部或小圈子的自我欣赏与满足,对中国乃至文学体制发生的巨大变化视而不见,其"边缘化"的命运也就不可避免了。

(2)所谓"严正性",是指"新文学"将文学视为一种重要的精神或艺术上的事业。正如周作人在为文学研究会起草的宣言中所说,"将文艺当作高兴时的游戏或失意时的消遣的时候,现在已经过去了。我们相信文学是一种工作,而且又是于人生很切要的一种工作。""新文学"不是像通俗文学一样，要去迎合读者的阅读趣味，而意在通过艺术所具有的感染力，改变或提升读者对人生与世界的认识，在意识领域中引发读者对自我、世界或艺术自身的思考，同时对自身的现实与精神处境有一种新的体认。正是在这个意义上，文学才是一种精神或艺术上的事业，而不仅仅是一个故事或讲述故事的方法，文学才是一种"高级文化"，而不是一种消遣或游戏，而在今天，文学则更多地充满了商业化、娱乐性与消费性的因素。

（3）所谓"公共性"是指文学所产生影响的范围不限于私人领域，不是小圈子的互相欣赏，而是更为广泛的思想文化界及整个社会。"新文学"与中国社会，与现代中国人的经验及内心之间有着密切的联系，不仅记录了20世纪中国人生活方式与情感结构的变化，记录了中国人的"心灵史"，而且以其形象性将知识分子的思考与普通民众的关切联系在一起，形成了一种有机的互动关系，这也构成了中国现代历史的内在动力之一。而在今天，"文学"已经很难成为公共话题，或者说很难产生公共影响，这可以说是文学丧失"公共性"的一种表现。

正是由于具有先锋性、严正性与公共性，"新文学"不仅在新文化中占据中心位置，而且在整个社会领域中也有着广泛的影响力，在20世纪中国具有一种特殊的重要性。正是因此，也发展出了一种新的文学体制，如建国后形成的以作协、文学期刊和出版社为中心的文学生产—流通—接受机制，以大学中文系与研究所为核心的文学教育、研究、传播机构，以文学批评、文学史、文学理论为基础的文学知识再生产模式，等等。这些新的文学体制既是"新文学"发展的制度或机制前提，也与"新文学"一起，构成了现代民族国家及其公共空间的一部分，并在其构建与发展的过程中起到了不可替代的作用。

由于"新文学"的特性，在 20 世纪的大部分时间，"新文学"相对于通俗文学具有绝对的优势，我们所说的"文学"，一般也都是在新文学的意义上来使用的。也是在这个意义上，"文学"才被视为一个民族的心灵史，作家才被视为时代的良心或"人类灵魂的工程师"。正如金庸说他永远无法与鲁迅相提并论一样，金庸的小说在娱乐性、大众性等方面非鲁迅所能及。但是鲁迅文学作为一个民族的心灵史，对现代中国人灵魂刻画的深度、广度，及其在中国现代文化史上的重要性，却远非金庸及鲁迅同时代的张恨水、还珠楼主等通俗文学大家所能企及。我想也正是在这个意义上，画家吴冠中才会认为"一百个齐白石抵不上一个鲁迅"，他说，"在我看来，100 个齐白石也抵不上一个鲁迅的社会功能，多个少个齐白石无所谓，但少了一个鲁迅，中国人的脊梁就少半截。"① 在这里，鲁迅的重要性也显示了"新文学"在文化界的中心位置——即相对于其他艺术与文化形式，文学可以更有力地表达和构建民族精神。当然这里的文学是"新文学"意义上的文学，我们很难想象，也很难寄希望于通俗文学承担这样的功能。

而今天所面临的问题主要在于，我们一方面袭用着"新文学"的精神遗产，另一方面却背叛了新文学的理想与立场，不断破坏着"新文学"存在的前提条件。

这主要表现在两个方面，一方面在整体的大文学格局中，类型文学、通俗文学、网络文学等占据了文学的大部分份额。这些文学样式以消费娱乐的功能取代了文学的思考认识功能，文学不再被视为一种重要的精神或艺术事业，而只是一种消遣或消费，只是以想象远离了现实，以模式化的

---

① 《一百个齐白石抵不上一个鲁迅》http : //www.huajia.cc/gd/201006/2808503044.htm

写作取代了真正的艺术创造，可以说在文学的整体格局上现在又重新回到了"新文学"构建之前的文学生态。另一方面，仍延续了新文学传统的严肃文学或"纯文学"则趋于凝固保守，逐渐失去了与现代中国人经验与内心的有机联系，而且在新文学传统中形成的"文学共同体"——以文学为中心的作者、刊物、读者的密切联系——也趋于瓦解。正是在这个意义上，"新文学的终结"是我们正在经历的过程。

从五四到 1980 年代的中国文学，尽管有可以鲜明区分的不同阶段，以及不同思想、政治、艺术派别的争论、批判甚至运动，但无论是"为艺术而艺术"，还是"为人生的文学"或者"工农兵文学"，在将文学作为一种精神与艺术事业上，或者说在坚持文学的先锋性、严正性与公共性上，却是一致的。而这样的文学理想或文学观念，在今天却面临着巨大的危机，这可以说是我们时代文学所面临的最大挑战。

四、"新文学"的动力与运作机制

"新文学"在今天所遭遇的危机是全面的，这主要包括包括两个方面：一个是文学的基本观念，另一个是文学的运行机制。今天，这两方面都受到了颠覆性的挑战。相对于文学基本观念，文学运行机制的变化更不易察觉，这里重点考察一下。

在我们今天看来，"新文学"形成了一种特殊的运行机制，即：（1）文学的运行方式主要以文艺思潮的方式推进；（2）文艺思潮的形成主要以不同思想艺术流派的斗争、争鸣、批判等方式体现出来；（3）在文学思潮的不断变化中，不同时期的文学之间有较大的差异，形成了一个个

"断裂"。

自五四以来，中国文学主要以文艺思潮的方式推进，"新文学"是在对"旧文学"与通俗文学的批判中建立起来的。此后 1930 年代有左翼文学批判新月派、"第三种人"，也有"京派"与"海派"的论争，1940 年代解放区文学建立在对左翼文学及其他流派的批评与超越之上，"十七年文学"充满了社会主义文学内部的批判与运动，"文革文学"则以更加激进的批判方式推进，1980 年代文学也充满了不同思想艺术流派的斗争。但是自 1990 年代以来，可以发现，"文艺思潮"在文学界的影响渐渐趋于式微，文学在很大程度上不再以文艺思潮的方式推进。在新世纪的今天，同样很少看到具有广泛影响力的"文艺思潮"，也很少看到不同思想艺术流派之间的斗争、争鸣与批判，而不同时期的文学——1980 年代文学、1990 年代文学、新世纪文学之间也较少"断裂"，更多的则是思想与美学上的"传承"与"延续"。

那么，新世纪以来的文学主要以什么方式来运行呢？如果我们将讨论的范围限制在以文学期刊为核心的"纯文学"内部，便可以发现，即使在这一严肃文学领域，文艺思潮之间的争论也越来越少，取而代之的是一种貌似更加自然的方式——以代际划分的"60 后""70 后""80 后"，这样的年龄划分已经成为文学界最为重要的区分方式。虽然 30 年来中国社会发生了剧烈变化，以年龄相区分具有一定的合理性，但是可以看到，在中国现当代文学史上，年龄的因素从未被强调现在这样的程度。在 1980 年代，我们可以看到"伤痕文学""改革文学""寻根文学""先锋文学"等不同的文学思潮与流派，而在 1990 年代之后，我们很少再看到以不同的思想艺术追求命名的文学流派。这一状况的益处在于，整体文艺环境进一步宽松，具有独特追求的作家"个人"更加得到彰显，而其不足之处则在于：文艺界由于缺乏思想的交流、交融与交锋，整体上趋于保守与僵化；形成了一种"稳定"的文学秩序与美学观念，只有符合某些特定美学观念的创作才能为文学界所接纳，很难出现有创造性的"新人"；作家逐渐失去了一种开阔的历史与思想视野，也失去了发现新经验、创造新美学的动力，很难形成真正属于自己的独特的思想艺术观。

在以往的文学史研究中，我们对不同文艺思想派别之间的论争，以及不同时期文学之间的"断裂"较多注意，但却较少分析产生这些论争与断裂的前提。而新世纪以来，我们可以更清醒地意识到那些论争与断裂之所以产生，有着不可忽略的重要条件，这主要包括：（1）文学与社会现实、与思想界论争有着密切的联系，并在其中可以起到重要作用，文学不仅仅是"文学"，而是表达思想情感的重要方式，是人们精神生活的主要形式之一；（2）争论的双方都是严肃认真的，有的将文学作为追求真理的一种方式，有的甚至将捍卫某个文学观点与个人的生死存亡联系在一起；（3）文学的"断裂"与历史的"断裂"紧密相连，并构成了历史"断裂"的重要组成部分。在这个意义上，我们可以理解文学史上某些论争为什么会出现偏激的言论与严酷的事件，也可以理解文学问题为什么会成为一个时代最为核心的思想问题乃至政治问题。或者说，正是对社会现实与思想、政治问题的关切，才促成"新文学"的诞生，以及以思想论争的方式发展与推进的运行机制。当我们今天重新思考"新文学"传统的时候，应该注意到这些前提，而不是以"后见之明"对文学史做出简单的臧否，如同现在不少研究者所做的那样，这在十七年文学研究领域尤为突出。

王晓明在《一份杂志和一个"社团"——重评五四文学传统》一文中指出，"如果我们换一个角度，不但注意到五四那一代作家的创作，更注意到五四时期的报刊杂志和文学社团，注意到它们所共同构成的那个社会的文学机制，注意到这个机制所造就的一系列无形的文学规范，譬如那种轻视文学自身特点和价值的观念，那种文学应该有主流、有中心的观念，那种文学进程是可以设计和制造的观念，那种集体的文学目标高于个人的文学梦想的观念……如果把这一切都看成五四文学传统的组成部分，而且是非常重要的组成部分，我们对三十年代中期以后文学大转变的内在原因，是不是就能有一些新的解释呢？"[1]

在这里，王晓明敏锐地意识到了"文学机制"的重要性，但对五四文学传统的"文学机制"有着批判性的意见。在我们今天看来，有以下几点是应该重新思考的：（1）正是这一机制生产出了"五四文学"，我们不能轻易否定；（2）这一机制的重要作用，在于将文学与社会、思想乃至世界有机地结合在一起；（3）失去这一机制，文学的发展也就陷入了停滞与保守——停滞是由于思想论争的缺失导致文学丧失活力，保守是由于文学观念仅停留于停滞之时，不能再与新时代的新经验发生碰撞与交流，在现实中发展出新的美学。王晓明对"五四文学传统"中负面因素（那种文学进程是可以设计和制造的观念，集体的文学目标高于个人的文学梦想的观念等）的批评十分犀利，也是我们反思新文学传统时应汲取的教训。但是另一方面，当我们谈论"文学自身""个人的文学梦想"之时，仍是在"新文学"的内部——即"新文学"的基本观念与运行机制的基础上——来讨论的。当我们的时代远离"新文学"，不再将文学作为一项重要的精神或艺术事业时，也就无所谓"文学的梦想"了。

在这个意义上，"新文学"的运作机制中虽然存在种种尚待深入认识的弊端与教训，但以思想论争建立起文学与时代、思想、世界的密切联

---

① 王晓明《刺丛里的求索》293 页，上海远东出版社 1995 年 3 月版

系，这一基本的运作方式却是值得借鉴与珍视的。只有在这一运作方式中，文学才能取得活力，才有持续发展的动力。

五、"新文学终结"之后，会怎样？

可以说，我们正在经历"新文学"逐渐瓦解的过程，但是"新文学"尚未真正终结，那么我们可以设想一下："新文学终结"之后，会发生什么状况呢？

我想大体可以包括以下几个方面：（1）对于文学界来说，严肃文学越来越少受到人们关注，而通俗文学、类型文学则大行其道，文学界的生态将会重新返回"新文学"建构之前的状态，文学的功能将更多地转为消遣与娱乐，文学在整个社会领域的位置越来越边缘；（2）相应地，文学研究机构及生产机构（如作协、出版社、大学中文系等）在整个社会领域中的位置也会越来越边缘，文学研究不再与社会、思想界互动，而只成为一种专业研究领域；（3）对于整个社会来说，也将失去文学这一思想空间与公共空间。

在《日本现代文学的起源》的中文版序言中，柄谷行人说，"我写作此书是在1970年代后期，后来才注意到那个时候日本的'现代文学'正在走向末路，换句话说，赋予文学以深刻意义的时代就要过去了。在目前的日本社会状况之下，我大概不会来写这样一本书的。如今，已经没有必要刻意批判这个'现代文学'了，因为人们几乎不再对文学抱以特别的关切。这种情况并非日本所特有，我想中国也是一样吧：文学似乎已经失去了昔日的那种特权地位。不过，我们也不必为此而担忧，我觉得正是在这样的时刻，文学的存在根据将受到质疑，同时文学也会展示出其固有的力量。"柄谷所否定的是僵化的"现代文学"，"这个现代文学已经丧失了其否定性的破坏力量，成了国家钦定教科书中选定的教材，这无疑已是文学的僵尸了。"①可以说，在今天我们所经历的是与日本 1970 年代相似的状况，柄谷试图将"现代文学"及其认识装置"问题化"，从而使文学"展示其固有的力量"。但在我看来，当意识到"新文学"正在瓦解之时，我们更有必要从整体上分析其基本观念、运行机制，以把握未来的变化。

在中国数千年的历史中，传统文学从来没有像 20 世纪"新文学"这么重要，在经史子集的知识秩序中，文人的诗文集被排在最后，小说、戏曲更被视为卑下的文体。"新文学"将小说、戏剧、诗歌、散文提高到前所未有的位置，并赋予了其"新文化"的使命，在 20 世纪的启蒙、救亡以及精神构建中起到了重要的作用，这也是文学与作家为人尊重的原因。如果我们将"新文学"视为中国文学发展中的一种特殊与例外，而现在的文学状况是一种"常态"，那么也必须同时接受"卑下"的命运。

而在现实的生活中，我们也可以发现，当文学不再被当作一种精神事业，不再与时代、思想、世界相联系的时候，很多优秀的文学从业者与文学读者，也转身离开了文学。而当这一状况更加恶化时，"新文学的终结"就真的到来了。当然"新文学终结"之后，也可能会出现零星的文学天才，但他们的处境无疑会更加艰难。而大多数的文学从业者将会在生产—消费的资本逻辑中疲于奔命，"不仅收入得不到保障，很多年轻网络作家

---

① 柄谷行人著，赵京华译《日本现代文学的起源》第 1、3 页，三联书店 2003 年 1 月版

甚至因为熬夜写作、劳累过度而猝死"①，这样的新闻已不止一次出现在报端。在这里，文学与作家都被纳入资本主义生产逻辑之中，文学成为了消费品，作家则成为了文字劳工。

当然，"新文学"还有另一种终结的方式，也是一种理想的方式，那就是在维持"新文学"基本前提与运行机制的基础上，重建一种新型的文学与时代的关系，在变化了的中国与世界之中，发展出一种新世纪的"新文学"：一种新的中国与世界的想象，一种新的美学，一种新的文学运行机制。虽然在现实中，对这种可能性我们没有理由乐观，但无疑这是"新文学"最好的道路，或结局。

六、小结

本文从新世纪以来文学遭遇的危机出发，研究了"新文学的终结"对当前文学创作与研究可能产生的影响。通过上述分析，大体可以明确以下看法：

（1）当前文学所遭遇的危机，并非某个具体问题的危机，也并非短时期的危机，而是一种总体性危机，这一危机可以命名为"新文学的终结"。

（2）在这一视野下，可以将"五四"新文化运动至 1980 年代的文学视为一个整体（"新文学"），将 20 世纪中国文学视为"新文学"建构、发展及瓦解的过程。

---

① 《揭秘网络作家背后的辛酸和卑微》http://club.news.sohu.com/fazhi/thread/12ou907wp1o/

（3）在此基础上，我们总结了"新文学"的基本观念及其位置："新文学"具有先锋性、严正性与公共性；"新文学"不仅在新文化中占据中心位置，而且在整个社会领域也有着广泛的影响力。

（4）我们也分析了"新文学"运行机制的基本特征：以思想论争与文学革命建立起文学与时代、思想、世界的密切联系，并以其先锋性开拓新的精神空间。

（5）最后我们探讨了"新文学终结"所带来的两种可能：新文学终结之后，文学的生态彻底返回到五四之前；发展出一种新世纪的"新文学"。

在近一个世纪的时间内，中国的"新文学"伴随中国走过了最为艰难险阻的道路，从启蒙到救亡，从"为艺术而艺术"到"为工农兵服务"，中间经历了那么多波折与苦难，可以说"新文学"记录了中华民族的"心灵史"，开拓了20世纪中国人的精神空间，也为我们奉献出了最为优秀的作家和作品。而今，"新文学"自诞生尚不到100年，已经处于逐渐瓦解之中，在这样的历史时刻，当我们想到五四先贤的热血，不禁感慨万端，又只能勉力前行。但愿"新文学"能够顺利走过100年，也希望"新文学"的精神永存于世。

（原载《南方文坛》2013 年 05 期）

"人民文学"的传统在当代

——时代记忆文丛总序

　　20世纪中国最重要的事件是中国革命和改革开放，中国革命的胜利使中国彻底摆脱了半封建半殖民社会，获得了民族独立，"中国人民从此站起来了"；改革开放的成功则让中国走出了一穷二白的状态，奠定了民族复兴的基础。在21世纪的今天，我们正走在中华民族伟大复兴的征程上，当回望20世纪的时候，我们应该感激与铭记中国革命与改革开放，或许我们身在其中并不觉得有什么特别，但是放眼世界我们就会发现，并不是所有国家的革命都能够获得胜利，在20世纪末仍大体保持着19世纪末古老帝国版图的，只有中国；也并不是所有国家都能可以进行改革开放，都能够取得改革开放的成功，或者说能够顺利推进改革开放并使国势国运日趋向上的，也只有中国。中国革命和改革开放是20世纪中国最重要的遗产，也是我们在21世纪不断开拓进取、实现民族复兴最重要的根基。

　　"人民文学"是在中国革命的进程中产生，并对中国革命、建设、改革产生重要影响的文学。在这里，我们所说的"人民文学"是一种泛指，在不同的历史时期曾被称为"革命文学""解放区文学""十七年文学"等，又在不同的理论视域中被命名为"左翼文学""社会主义文学""红色文学"等，"人民文学"的概念既是对上述各种称谓的综合，也是在新的历史语境中的一种通俗性表达。"人民文学"与20世纪中国革命紧紧联系在一起，既是20世纪中国革命组织、动员的一种方式，也是其在文化上的一种表达。"人民文学"的重要性体现在它在转变观念、凝聚情感、社会动员与组织，以及寓教于乐等方面所发挥的作用，在1940—1970年代，中国内忧外患不断，生产力低下，群众的识字率较低、知识文化水平贫乏、娱乐方式简单，"人民文学"在那时起到了独特而重要的作用。作为一种文化政治传统，人民文学伴随20世纪中国革命以及建国后的社会主义建设实践而逐渐生成，并以不同方式在改革开放的历史语境中延续和变迁，它直接参与和内在于现代中国的进程，发挥着独特的革命文化能量，进而建构了新的社会主义文化经验和价值传统。

"人民文学"在1940—1970年代的中国文学界曾占据主流，但在改革开放的历史新时期，对"人民文学"的评价却发生了分歧与分裂，其中既有20世纪80年代、90年代、21世纪初等不同时期的差异，也有国家、文学界、知识界等不同层面的差异，以下我们对这些分歧简单做一下勾勒，并对"人民文学"在新时代的状况做出分析。

在20世纪80年代，伴随着对"文革文学"的批判与反思，中国文学进入了一个繁荣发展的新时期，文学思潮层出不穷，从"伤痕文学""反思文学"到"改革文学""知青文学"，再到"寻根文学""先锋文学"，获得解放的文学释放出无穷的活力。在政治层面，中国进入了一个思想解放的时期，文艺政策也从"为政治服务"调整为"为人民服务，为社会主义服务"。在知识界，则发生了一场声势浩大的新启蒙运动。文学上的种种变化，被后来的文学史家概括为从"一体化到多元化"的转变，所谓"一体化"是指"人民文学"从 1940 年代到 1970 年代逐渐占据主流、成为主体，并趋于激进化的过程，而"多元化"则是指"一体化"因文革文艺的泡沫化而终止，逐渐走向开放、多元的过程。在这一历史时期，曾被激进的文革文艺压抑的其他文艺派别获得了重新评价，这些文艺派别既包括左翼文学内部的周扬、冯雪峰、胡风等人的文艺理论，丁玲、赵树理、孙犁、路翎等人的小说，也包括左翼文学之外的其他派别，比如自由主义文学、新月派、京派文学等等，但在上世纪 80 年代，所谓"多元化"仍有其边界，大致限于"新文学"的范围之内，但这要到时代的进一步发展之后才能为我们知悉。1980 年代的文学大致以 1985 年为界，呈现出迥然不同的样貌，在 1985 年之前，左翼文学与现实主义仍然占据主流，而在 1985 年之后，先锋文学与现代主义蔚然成风，逐渐占据了文学界的主流，而这则伴随着文学评价标准的重大变化，那就是从革命化到现代化、从人民文学到精英文学的转变。在这一过程中，以"重写文学史"的兴起为标志，对"人民文学"的评价逐渐走低，以"写什么和怎么写"的讨论为中心，对现实主义作品的评价也逐渐走低，或许在一个渴望转变与新异的时代，这样的变化也是难免的，要等到一个新的时代，我们才能对之进行客观冷静的评价。

在 1990 年代，市场化大潮席卷而来，文学界与知识界也产生了分化与争论，1993、1994 年发生的"人文精神大讨论"突显了作家与知识分子面对市场大潮的分歧，一些作家与知识分子热烈拥抱市场化与世俗化大潮，而另一些作家与知识分子则在市场大潮中坚守道德理想，或者坚守个人的岗位意识。与此同时，大众文化迅速崛起，影视与流行音乐逐渐占绝了文化领域的中心位置，文学的位置开始边缘化。在文学界内部，伴随着金庸、琼瑶等通俗小说的流行，以前备受"新文学"压抑的通俗文学获得了重新评价的机会，从鸳鸯蝴蝶派到张恨水，从还珠楼主到港台新武侠，都获得了前所未有的关注。"多元化"的发展突破了"新文学"的界限，而逐渐开始向通俗文学、流行文学开放，文学评价的标准也逐渐向是否能够畅销，是否能够获得市场与读者的认可转移。在这样的潮流中，"新文学"的传统趋于边缘化，"人民文学"则处于边缘的边缘。但是在知识界，也出现了重新评价左翼文学的"再解读"思潮，他们从现代化、现代性的视角重新审视左翼文学的经典作品，对之做出了与革命史视野不同的阐释，不过这种解读更多借助于西方的"市民社会"、"公共空间"等理论资源，其中不乏深刻的洞见，但也有失之凿枘不合之处。发生在1997、1998年的"新左派与自由主义论争"，显示了上世纪80年代新启蒙知识分子的分裂，他们在如何认识中国、如何评价中国革命、如何看待中国与世界等诸多问题上产生了深刻分歧，自由主义者更认可西方的普世价值与世界体系，但是新左派借助于新的理论资源，更认可中国道路的主体性与独特性。这一论争是20世纪最后一场思想论争，也是迄今为止影响最大的思想争鸣，这一论争主要发生于人文领域，其中很少看到文学知识分子的身影。但这一论争涉及到对中国革命与红色经典的评价问题，也为人们重新认识红色文学打开了新的视野。

在21世纪最初10年，市场化大潮与大众文化的深刻影响仍在持续，但是在文学界内部，又出现了新的因素，那就是网络文学的迅速崛起，网络文学借助新的媒体形式，形成了一种新的文学生产、传播与接受方式，也形成了一种新的文学观念与文学模式。在观念上，网络文学打破了"新文学"以来的文学内涵，"新文学"将文学视为一种严肃的精神或艺术上的事业，无论是左翼文学、自由主义文学、"为艺术而艺术"，还是"改革文学""先锋文学""寻根文学"，中国现当代文学史上彼此相异与争论的诸多文学思潮，其实都分享着这样共同的文学观念，但是网络文学的出现却改变了这一共识，网络文学重视的是文学的消遣、娱乐、游戏功能，并将之推向了极致，而不再注重文学的教化、启迪、审美等功能，这极大地改变了文学的定位与整体格局。网络文学的盛行催生了穿越、玄幻、盗墓等不同的类型文学，并逐渐形成了一整套成熟的商业模式。与此同时，在更加市场化的环境中，通俗文学占据了越来越多的市场份额，"新文学"与"人民文学"的传统被进一步边缘化，主流文学界只有依靠体制的力量——作协、期刊、出版社才能够生存下来。在这种情形之下，"底层文学"作为一种新的文艺思潮兴起，对上世纪 80 年代以来日趋僵化的"纯文学"及其体制进行了批判与超越，在文学界与社会各界引起了广泛关注。有论者将"底层文学"与"人民文学"的传统联系起来，但围绕这一议题也发生了分歧与争论。在文学研究界同样如此，新世纪以来，左翼文学、延安文艺、十七年文学逐渐成为文学界关注与阐释的热点问题，更年轻的学者倾向于从肯定的视角重新阐释"人民文学"及其经典作家作品。

在 21 世纪第二个 10 年之初，市场化与大众文化进一步发展，网络文学及其商业模式则更趋于成熟，逐渐形成了"三分天下"的整体文学格局，即纯文学（严肃文学）、畅销书、网络文学三者各据一隅，纯文学（严肃文学）以期刊、作协、评奖为中心，畅销书以出版社与经济效益为中心，网络文学以点击率与 IP 改编为中心，各自形成了一套相对独立的文学运转与评价体系。但在 2014 年，这一整体格局开始发生转变。2014 年及其之后，习近平总书记发表《在文艺工作座谈会上的讲话》等一系列关于文艺问题的重要论述，他所提出的"坚持以人民为中心的创作导向""文艺不要做市场的奴隶""创作是自己的中心任务，作品是自己的立身之本"等观点，继承了我党"文艺为人民服务，为社会主义服务"的优秀传统，又对文艺界出现的新问题、新现象、新经验做出了分析与判断，为新时代文艺的发展指明了方向，已经改变了并将继续改变文学界的整体格局。

改变之一，是"人民文学"传统得到弘扬。自20世纪80年代中期以来，"人民文学"传统先后遭遇"先锋文学"、通俗文学、网络文学等巨大变革的挑战，日渐趋于边缘化，虽曾以"底层文学"的名义短暂复兴，但并没有得到主流文学界的认可，但"以人民为中心的创作倾向"提出之后，极大地扭转了文学界的整体状况，"人民文学"传统受到重视，红色文学的经典作品也得到重新阐释与更大范围的认可。

改变之二，是"新文学"的观念得以传承。中国的"新文学"虽然有内部不同派别的论争以及不同历史时期的巨大断裂，但却都将文学视为一种精神或艺术上的事业，这一点与通俗文学、类型文学注重消遣娱乐有着本质的不同，习近平总书记系列讲话中都将作家艺术家视为"灵魂的工程师"，将文艺视为中华民族伟大复兴进程中的重要力量，指出"文艺是时代前进的号角，最能代表一个时代的风貌，最能引领一个时代的风气"，在这一基点上鼓励探索与创新，这是对新文学观念与传统的认可、尊重与倡导。

改变之三，是"三分天下"的格局得以改观。"三分天下"是各自形成了一套相对独立的文学运转与评价系统，但习近平总书记系列讲话是对文艺界整体讲的，也是对文学界整体讲的，不仅包括纯文学（严肃文学）界，也包括通俗文学、网络文学等领域，目前通俗文学、网络文学领域已经发生了巨大的变化，比如官场小说的转型、科幻小说的兴起，以及网络小说更加关注现实题材，更加注重现实主义等，"三分天下"的格局有望在相互竞争与争鸣形成一种新的、开放而又统一的评价体系。

但是从另一个角度来说，现在的改变仍然只是初步的，一个突出的表现是《创业史》等人民文学的经典作品虽然得到了国家与政治层面的推崇，也得到了知识界愈发深入的研究，但是并没有内化为作家的重要写作资源与参照，很多作家心目中的理想作品仍然是中国古典、俄苏十九世纪批判现实主义以及欧美20世纪现代派作品，并未真正将"人民文学"作为自己可资借鉴的重要传统。

在今天，我们需要在新的时代背景下重新认识"人民文学"的与合理性与历史经验，重新梳理新中国成立前三十年与后四十年文学的关系，重新理解文学与人民、时代、生活的关系，面对21世纪正在渐次展开的历史，我们应该从"人民文学"中汲取理想主义等稀缺的精神资源，从而创造中国文学新的未来。

（此为时代记忆文丛总序，青海人民出版社2020年6月）

70后作家在当代文学史上的位置

——70后"走向经典"丛书序

　　70后作家从1990年代中后期进入文学界，到现在已经20年了。20年间，他们从当初文学的"新生力量"，已经成长为文坛的"中坚力量"。现在70后作家已经占据了重要文学刊物的半壁江山，也有一些70后作家推出了重要的长篇小说，在文学界引起了广泛的关注。但与此同时，他们置身其中的中国文学界已发生了天翻地覆的变化，这为他们的成长与"经典化"带来了新的挑战，也带来了新的机遇。

　　变化之一是网络文学的崛起。20年间网络文学从无到有，到蔚为大观，已经改变了中国文学的整体格局，但70后作家大多没有加入网络文学创作，而仍延续着"新文学"或"纯文学"的传统，坚守着自己的文学理想，他们的创作在网络文学的视野中是所谓"传统文学"，这固然有着轻蔑与意图超越的因素，但如果从长时段的历史来看，70后作家可以说是处于"纯文学"与"网络文学"夹缝中的最初一代作家，他们的理想主义让他们的坚守带有悲剧色彩。

变化之二是市场机制的出现。市场经济在上世纪 90 年代初出现，对于中国是一个新事物，也对文学界产生了极大的影响。市场机制不仅影响着文学的生产、流通、接受等外部环境，也影响到文学的内在评价标准。什么是文学，什么是好的文学？在单纯的市场逻辑中，只有能够畅销的文学才是好的文学，韩寒、郭敬明等 80 后作家的异军突起便借助了无坚不摧的市场逻辑。但文学作品不是简单的商品，而是一种带有审美意味的精神产品，这样特殊的商品如何进入市场？可以说至今我们仍在探索之中。但 70 后的创作处于市场机制带来的最初震荡时期，这对他们的创作产生了重要影响。

变化之三是文学位置的改变。在 1980 年代，中国文学在社会领域中处于先锋位置，那时文学一方面通过率先提出并讨论社会与精神议题，引领社会进步的潮流，另一方面也对文学自身的形式、语言、叙述方式进行探索，拓展了文学的表现能力，但进入 90 年代之后，伴随着大众文化崛起，文学在整体社会领域中的位置迅速边缘化，在影视、网络等强势媒体的压力之下，文学只能固守一隅，这为 70 后作家的成长造成了重重阻碍。

这种种不可预料的重大变化是 70 后作家的成长背景与环境，如此巨大的变化可以说是五四以来中国新文学史上所没有的，也是中国文学史上前所未有的。与 50 后、60 后作家相比，70 后作家身上延续了他们的文学理想，将文学视为一种精神或美学的事业；但是另一方面，70 后作家普遍接受了高等教育，这让他们的知识更加丰富系统，但在社会阅历与人生经验上他们则不如 50 后、60 后作家更加曲折、复杂与宽广。而与 80 后、90 后作家相比，70 后作家则经历过物质匮乏时代，大多是非独生子女，没有受到社会与家庭过多的关注与宠爱；但是他们也不像 80 后、90 后作家普遍受到大众文化与消费主义的影响，并不将文学视为娱乐、消遣之物。在多个层面的意义上，70后作家可以说是"过渡的一代"或者"独特的一代"。"过渡的一代"是指在70后作家身上，既有50后、60后作家的理想气质，也有80后、90后作家的务实品格，在文学的气质与观念上有一种"过渡"性质；"独特的一代"是指70后作家的经历与经验是独特的，无法复制的，他们置身于巨大的文化断裂带之上，无论是日常生活还是内心世界都经受了巨大的冲击，而他们的作品也正是在这种独特的环境中所绽放的花朵。

70后作家内部也是丰富复杂的，他们成名有先后，但每个人都是独特的。但是70后作家的成长与经典化之路并不顺利，他们所处的时代正是文学机制发生重大变化的时代，旧有的文学机制已经失效，而新的文学机制还没有建立起来，他们与中国文学一起处于摸索之中。如果与前后时代的作家比较一下，这一点将会看得更清楚，在60后作家开始写作的时候，一篇小说或一首诗歌就可以全国闻名，而在80后作家开始写作的时候，一部作品就可以畅销全国，但是70后作家没有这样的幸运，他们大多在写作之路上摸爬滚打了许久，才以自己的实力获得了文学界的认可。

现在年龄最小的70后作家也已迈入40岁的门槛，他们在很大程度上已经"完成"了自己，或者至少"完成"了自己的第一阶段，但相对于他们所取得的成就，他们"经典化"的程度尚嫌不够，尚未得到文学界与社会各界的足够关注。这也是我们编辑这套"70后走向经典丛书"的主要原因，我们希望通过这套丛书向社会展示70后作家所取得的成就，也希望这套丛书能有助于他们"走向经典"。在70后作家中，我们选择了付秀莹、魏微、石一枫、弋舟、李浩、海飞、刘玉栋、吴君等八位作家作为第一辑推出，以下我们对这些作家的创作历程与特色简要做一些介绍与分析。

付秀莹最初以《爱情到处流传》《旧院》等小说为文学界所熟知，其后推出长篇小说《陌上》《他乡》，引起了更多关注。其小说继承了《红楼梦》等中国文学的美学传统，但又融入了当代中国人的生活质感与内心波动，语言灵动，叙述自然，娴熟地运用白描、留白等古典小说技巧，她的作品表达的是普通中国人的生活细节，及其情感与心灵的隐蔽幽深之处，我们从中可以看到中国人的生活理想，以及中国人为人处世的方式。她对传统中国美学与现代抒情小说传统进行了创造性继承，不断探索着新的中国美学的表现形式，

　　魏微是 70 后作家中较早成名的，她早期的小说《化妆》《大老郑的女人》《乡村、穷亲戚与爱情》等已成为经典，魏微也是 70 后作家较早推出长篇小说的作家，她的《流年》《拐弯的夏天》在文学界引起了广泛关注。她的小说注重对人物内心隐秘心理的挖掘，文笔细腻深刻，挖掘人性入木三分，其小说似乎是萧红小说与张爱玲小说的结合，既有张爱玲式的对人性幽微的洞察，又有萧红式的大气与孩子气，但魏微将之融合在一起，形成了一种独特的属于自己的风格。

　　石一枫以《世上已无陈金芳》《地球之眼》等小说引起了文学界的集中关注，他的长篇小说《心灵外史》《借命而生》也受到了广泛欢迎，石一枫早年的小说受到王朔、朱文等作家影响，行文犀利，语言幽默，但他近年来的小说逐渐形成了自己的风格与特色，他善于在时代的变迁中观察与塑造人物，在人物的成长与变形中突显时代的奥秘。石一枫重新回到了老舍和茅盾的传统，老舍对底层小人物命运的关注，茅盾的社会分析与经济学眼光，在他笔下融为一体，探索着现实主义新的可能性。

　　弋舟的小说具有一种独特的精神探索气质，他的《所有路的尽头》《而黑夜已至》等小说深刻细腻，对时代的精神氛围有着精准的把握，在

他的笔下，每个人物都是精神性的存在，而又是病态性的存在，他们的病态隐喻或突显了时代的精神病症，但在另外的小说如在《随园》《出境》《李选的踟蹰》中，弋舟又将探索的笔触指向小人物与边缘人物，在他们的生存与精神困境中，探索着时代与人物的精神边界，弋舟小说的独特气质使其成为当代文学界不可或缺的人物。

李浩的小说延续了"先锋文学"的探索精神，在当代文学界是一个独特存在。他的小说注重形式、技巧与叙述方式的创新，在主题上则具有哲学思辨气质，但又融合了中国文化的特色，如他关于"父亲""镜子"等相关主题的创作，便将中西文化出色地融合在一起。由于其主题的抽象性，李浩在创作中关注的便不是中国人生活的独特性，而是人类生活的普遍性与共通性，这为他的探索打开了一个新的艺术空间，他近年来集中创作的"外国故事集"便突显了他在这方面的探索与思考。

海飞既是小说家，也是编剧。他近年来编剧的《向延安》《麻雀》《惊蛰》等谍战题材影视剧，既有文学性的探索，也在公众中引起了广泛的影响。而他早期的《像老子一样生活》《看你往哪儿跑》等小说关注底层人的生存与精神困境，将日常生活的平凡性与戏剧性结合起来，展现了细腻微妙的把控能力与出色的叙述技巧。海飞的小说视野宽广，既有对当代人生活的细致书写，也有对抗战历史的独特诠释，而他在写作中将传奇性、抒情性与探索性融为一体，形成了自己的特色。

刘玉栋的小说善于将宏大历史与个人经验结合起来，他的《我们分到了土地》《给马兰姑姑押车》《火色马》等作品讲述故乡与童年的故事，细腻的笔触中蕴含着深情，他的长篇小说《年日如草》描写一个青年进城的艰难，将个人体验与时代经验结合在一起，讲述了一个特定年代的中国故事。刘玉栋对人性有着深刻的洞察，但又以温柔敦厚的文笔出之，这让他的作品既有来自田野与乡村的诗意，也有对历史与时代的独特思考，而对城乡经验的集中关注，则让他的作品切入了当代中国问题的核心。

吴君的小说擅长表现深圳新移民的经验，她对深圳打工者的生活与精神困境有着深刻而细腻的体察，在《深圳西北角》《樟木头》《福尔马林汤》等小说中，她描述了底层生活的艰难与尴尬，而在另外一些小说中，她则对新的都市现象与新的都市人群有着独特的观察，吴君的小说坚持现实主义的笔法与精神，她以自己的小说关切着都市中不同阶层的人群，并在他们生活的对比中发现独特的戏剧性，对都市新经验、新现象、新人物的发掘体现了吴君的敏锐，也显示了她的现实关怀。

以上只是对这八位作家创作特色极为粗略的描述，我们期待读者通过这套丛书，可以对他们的创作有一个整体的了解。这八位作家只是 70 后作家的代表，在他们之外，还有一些 70 后作家值得关注，比如鲁敏、乔叶、徐则臣、张楚、田耳、李宏伟等等。对于 70 后作家来说，目前正是年富力强的年纪，也是最富创造力的年龄，现在的创作成就可以说完成了他们创作生涯的"第一阶段"，我们也期待他们在今后的创作中不断超越前人，不断超越自我，在一个更高的层面上"完成"自己。

（此文为 70 后走向经典丛书总序，四川人民出版社 2019 年 10 月）

历史新视野中的两个"讲话"

2014年10月15日，习近平总书记在北京主持召开文艺工作座谈会，并做了重要讲话。这可以说是党中央所做的一项重要文化战略部署，不仅体现了我们党在新世纪新阶段对历史经验的继承与发展，也体现了我们党面对复杂国内外局势在理论上的高瞻远瞩，我们必须在战略的高度上理解与认识。

72年前，1942年5月2—23日，毛泽东主席在延安主持召开了文艺座谈会，他在会上所做的讲话，便是著名的《在延安文艺座谈会上的讲话》。这一讲话针对当时解放区文艺界所存在的问题做了系统回答，并指明了中国文艺发展的道路——为群众以及如何为群众的方向。《在延安文艺座谈会上的讲话》不仅是我们党在延安整风时期的重要文献，在抗日战争的复杂环境中发挥了重要作用，而且在新中国成立后，成为指导"人民文艺"发展的纲领性文件。

对比两次座谈会与"讲话"，我们可以发现既有相同，也有不同，既有继承，也有发展。两次座谈会都是由党的最高领导人主持召开的。这显示了我们党对文艺工作的高度重视。重视文艺工作，既显示了我们党领导人深厚的艺术修养，但又不仅仅与领导人的个人兴趣相关。在传统中国的视野中，文艺被视为"经国之大业，不朽之盛事"；在马克思主义的理论体系中，文艺是改造世界、改造人们思想观念的重要方式之一。而从文化领导权的角度，我们党只有在理论上深刻阐明自己的主张，才能在复杂的国内外环境中掌握主动权，引导中国文艺走向新的道路。

两次座谈会都是在关键的历史时期召开的。延安文艺座谈会召开之时，我们党外部面临着国共合作、共同抗日的复杂环境，内部正在进行整风，"讲话"不仅为文艺的发展指明了方向，而且在党的思想建设上发挥了重要作用。而此次座谈会召开之际，我们党正带领全国各族人民走在中华民族伟大复兴的道路上，数代中国人追求的"中国梦"正在变为现实，在这个关键时期召开文艺工作座谈会，显示了共产党人的历史眼光与理论创新。

两次座谈会都强调文艺与人民的关系。毛泽东主席在《在延安文艺座谈会上的讲话》指出："什么是我们的问题的中心呢？我以为，我们的问题基本上是一个为群众的问题和一个如何为群众的问题。"习近平总书记在《在文艺工作座谈会上的讲话》中则强调坚持以人民为中心的创作导向，"人民既是历史的创造者、也是历史的见证者，既是历史的'剧中人'、也是历史的'剧作者'。文艺要反映好人民心声，就要坚持为人民服务、为社会主义服务这个根本方向。""以人民为中心，就是要把满足人民精神文化需求作为文艺和文艺工作的出发点和落脚点，把人民作为文艺表现的主体，把人民作为文艺审美的鉴赏家和评判者，把为人民服务作为文艺工作者的天职。"可见，强调文艺与人民的关系，是我们党一以贯之的思想立场，这也是我们文艺工作的核心。

两次座谈会都注重文艺与生活的关系。毛泽东主席在《在延安文艺座谈会上的讲话》中指出，"一切种类的文学艺术的源泉究竟是从何而来的呢？作为观念形态的文艺作品，都是一定的社会生活在人类头脑中的反映的产物。革命的文艺，则是人民生活在革命作家头脑中的反映的产物。人民生活中本来存在着文学艺术原料的矿藏，这是自然形态的东西，是粗糙的东西，但也是最生动、最丰富、最基本的东西；在这点上说，它们使一切文学艺术相形见绌，它们是一切文学艺术的取之不尽、用之不竭的唯一的源泉。这是唯一的源泉，因为只能有这样的源泉，此外不能有第二个源泉。"习近平总书记则在《在文艺工作座谈会上的讲话》强调，"人民生活中本来就存在着文学艺术原料的矿藏，人民生活是一切文学艺术取之不尽、用之不竭的创作源泉。""文艺只有植根现实生活、紧跟时代潮流，才能发展繁荣；只有顺应人民意愿、反映人民关切，才能充满活力。"习近平总书记从中国发展的总体目标与总体布局出发，既涉及到文艺与人民、文艺与生活等带有根本性的问题，又讨论了诸多具体的艺术问题，对这些问题做出了系统的回答。

郭沫若在谈到毛泽东《在延安文艺座谈会上的讲话》时指出"有经有权"，即是说其中有些道理是根本性的，恒久不变的，有些是"权变"的，是适应当时的具体环境的，将会随着环境的变化发生变化。胡乔木进一步谈到，《在延安文艺座谈会上的讲话》中至少有两个根本性原理是恒久不变的：文艺为人民服务的原则，生活是文艺创作唯一的源泉。我们可以看到，习近平总书记在根本上继承了《在延安文艺座谈会上的讲话》的精神与原则，同时面对新世纪以来文艺界出现的新问题、新现象、新经验，习近平总书记也作出了新的分析、新的判断、新的总结。

第一，民族复兴中的"文艺"。习近平总书记指出，"为什么要高度重视文艺和文艺工作？这个问题，首先要放在我国和世界发展大势中来审视。我说过，实现中华民族伟大复兴，是近代以来中国人民最伟大的梦想。今天，我们比历史上任何时期都更接近中华民族伟大复兴的目标，比历史上任何时期都更有信心、有能力实现这个目标。而实现这个目标，必须高度重视和充分发挥文艺和文艺工作者的重要作用。"习近平总书记是在民族复兴的视野中来谈文艺问题的，毛泽东主席面临的则是民族解放的迫切任务，这是他们出发点的不同，这也决定了在毛泽东的视野中，"要使文艺很好地成为整个革命机器的一个组成部分，作为团结人民、教育人民、打击敌人、消灭敌人的有力的武器，帮助人民同心同德地和敌人作斗争。"而习近平总书记的态度则更加从容，更加重视文艺自身的价值和规律。他指出，"衡量一个时代的文艺成就最终要看作品。推动文艺繁荣发展，最根本的是要创作生产出无愧于我们这个伟大民族、伟大时代的优秀作品。没有优秀作品，其他事情搞得再热闹、再花哨，那也只是表面文章，是不能真正深入人民精神世界的，是不能触及人的灵魂、引起人民思想共鸣的。"在此基础上，他也更加重视中华美学精神的传承，他指出，"我们要结合新的时代条件传承和弘扬中华优秀传统文化，传承和弘扬中华美学精神。中华美学讲求托物言志、寓理于情，讲求言简意赅、凝练节制，讲求形神兼备、意境深远，强调知、情、意、行相统一。我们要坚守中华文化立场、传承中华文化基因，展现中华审美风范。"如果说毛泽东的讲话是在抗战时期复杂的环境中提出了中国文艺的新方向，习近平总书记的讲话则是中华民族走向伟大民族复兴之时提出的文艺发展的新方向。

第二、市场经济中的"文艺"。市场经济是20世纪90年代以后发展起来的，对于中国人来说是一件新事物。在市场经济中如何为人民写作，这是我们在历史上没有面对过的新问题。习近平总书记在讲话中鲜明地指出，"文艺不要做市场的奴隶"，这句话在文艺界广为流传，很是鼓舞人心。但是我们如果更进一步思考便可以发现，习近平总书记说的是"不要做市场的奴隶"，而不是"不要市场"。应该承认，市场经济有其内在规律，文艺作为产品也具有商品的属性，也要在市场上流通，在这个意义上，通俗作品有其存在的价值，但另一方面，文艺也具有精神性，具有表达与塑造人们情感与内心世界的重要作用。现在的问题在于，市场的力量过于强大，市场经济的规则破坏了文艺界内部的生态，人们往往忽视了文艺的精神性，在这种境况下，"不要做市场的奴隶"的提出具有现实的针对性。但是，如何才能不做市场的奴隶？除了提倡提高作家艺术家的个人修为之外，我们还需要营造一个良好的文艺生态，构建一种超越于市场之上的文艺评价体系。而这样一种文艺评价体系，便是"以人民为中心的创作导向"。只有建立起这样的评价体系，在市场的规则之外，我们才能对作家艺术家做出公正的评价。在这里，我们可以看到，"以人民为中心的创作导向"与"不要做市场的奴隶"是相通的，是辩证统一的。习近平总书记指出，"文艺不能在市场经济大潮中迷失方向，不能在为什么人的问题上发生偏差，否则文艺就没有生命力。低俗不是通俗，欲望不代表希望，单纯感官娱乐不等于精神快乐。""以人民为中心的创作导向"并不是不要市场，而是要以一种"主人"的姿态——具有独特的思想与艺术品格去进入市场，而不是以"奴隶"的心态去迎合市场。只有在这个意义上，我们才能更深刻地理解习近平总书记所讲的，"优秀的文艺作品，最好是既能在思想上、艺术上取得成功，又能在市场上受到欢迎"。这对于作家艺术家来说，是一个新的更高的要求。

第三、"个人"的文艺与"人民"的文艺。在习近平总书记的讲话中，

"以人民为中心的创作导向"是一个中心，但是另一方面，习近平总书记
又指出，"文艺工作者应该牢记，创作是自己的中心任务，作品是自己的
立身之本"。那么值得思考的问题是，在"为人民"与个人的写作之间是
什么关系呢，作家艺术家的主体性体现在哪里呢？在我看来，这是一组辩
证统一的关系，作家艺术家的主体性体现在"写什么"和"怎么写"、"写
得怎么样"等问题上，也正是在这些问题上，我们应该铭记，"创作是自
己的中心任务，作品是自己的立身之本"，不断地精益求精，力争写出思
想艺术性较高的作品。但是在这些问题之外，创作者还面临着更具根本性
的问题，那就是"为什么写""为什么人写"的问题，这是每一个写作者
迟早都会面对与思考的问题，对这些问题的回答不仅是写作的内在动力，
也决定着一个写作者可能达到的高度、深度与广度。可以说习近平总书记
提出的"以人民为中心的创作导向"，便是对这些问题的回答，一个写作
者只有脚踏大地，与人民血脉相通，才有可能写出为人民所喜爱的作品。
在这个意义上，"为人民"写作与作家艺术家的主体性是并不矛盾的，是
辩证统一的。如果历史地看，"创作是自己的中心任务，作品是自己的立
身之本"是一个崭新的提法，在这里，我们可以看到，我们党对作家艺术
家主体性与创造力的充分尊重，这也是我们文艺事业发展繁荣的基础。但
是另一方面，习近平总书记也对文艺提出了更高的要求，他指出，"文艺
是铸造灵魂的工程，文艺工作者是灵魂的工程师。好的文艺作品就应该像
蓝天上的阳光、春季里的清风一样，能够启迪思想、温润心灵、陶冶人
生，能够扫除颓废萎靡之风。"对于作家来说，"灵魂的工程师"是一项严
肃的工作，也是一种精神与艺术上的事业，这与作家的主体性并不矛盾，
而是辩证统一的。

　　第四、文艺的创新和创新的文艺。习近平总书记重视文艺的创新，他

指出"创新是文艺的生命","文艺创作是观念和手段相结合、内容和形式相融合的深度创新，是各种艺术要素和技术要素的集成，是胸怀和创意的对接。要把创新精神贯穿文艺创作生产全过程，增强文艺原创能力。"他也重视创新的文艺，指出，"互联网技术和新媒体改变了文艺形态，催生了一大批新的文艺类型，也带来文艺观念和文艺实践的深刻变化。由于文字数码化、书籍图像化、阅读网络化等发展，文艺乃至社会文化面临着重大变革。要适应形势发展，抓好网络文艺创作生产，加强正面引导力度。近些年来，民营文化工作室、民营文化经纪机构、网络文艺社群等新的文艺组织大量涌现，网络作家、签约作家、自由撰稿人、独立制片人、独立演员歌手、自由美术工作者等新的文艺群体十分活跃。这些人中很有可能产生文艺名家，古今中外很多文艺名家都是从社会和人民中产生的。我们要扩大工作覆盖面，延伸联系手臂，用全新的眼光看待他们，用全新的政策和方法团结、吸引他们，引导他们成为繁荣社会主义文艺的有生力量。"对创新的重视，可以说是习近平文艺思想的方法论，这既是我们这个时代精神的反映，也显示了共产党人面对复杂文艺问题与文艺现象的理论创新与文化自信。

从历史的视野来看，在社会主义文化风起云涌的 20 世纪 20 年代，欧洲、美国、日本等国家都出现了左翼文学，中国的左翼文学也是在苏联、日本的影响下才产生的，但在 40 年代之后，欧美、日本的左翼文学都已烟消云散，中国的左翼文学却走入了"解放区"，开始了革命文学的新阶段。也正是在这样的新阶段，在新的环境中，毛泽东在《在延安文艺座谈会上的讲话》中才有可能在理论上提出一系列全新的命题：作家与人民的关系，生活与创作的关系，普及与提高的关系，民族形式与大众化问题，等等。虽然在历史的具体实践中不无偏差，但即使在今天的世界视野中，我们也可以看到，相对于西方社会主义的精英化与学院化，中国社会主义文学与人民相结合的经验，对民族形式与大众化等问题的探索，无疑是更加值得重视与总结的。而习近平总书记的讲话，在新的历史时期继承与发展了共产党人以人民为中心的创作导向，在新的格局中对文艺界的形势与问题做了分析与判断，指明了中国文艺新的发展方向，是新时代中国文艺发展的纲领性文件，也必将对世界范围内社会主义文艺的发展产生深远的影响。

（原载《文学评论》2017 年第 5 期）

主题性创作如何走向高峰

　　近年来我国涌现出一批重大主题性文学创作的优秀之作，如重大工程建设主题、扶贫攻坚主题、纪念改革开放相关主题等，在社会上引起了广泛的反响。这是文学界贯彻习近平总书记关于文艺问题系列讲话精神的重要成果，也是中国作家讲述中国故事的突出成就。但是另一方面，在重大主题性创作中也存在一些问题，使之尚无法达到与经典作品相媲美的程度，如与埃德加·斯诺《西行漫记》、威廉·韩丁《翻身》、魏巍《谁是最可爱的人》、徐迟《哥德巴赫猜想》等相比，当前大多主题性创作还存在着仅以主题和题材取胜，而在作家的主体性、历史感以及艺术表现能力等方面表现出不足，有的甚至流于简单化与片面化。这就为我们提出了一个新的课题：我们的主题性创作如何走向高峰？

　　在讨论这一问题之前，我们有必要回到一对经典命题："题材决定论"与"题材无差别论"。这是在当代文学史上引起频繁争论的一个话题，其核心在于题材的选择是否可以决定一部作品的文学价值。到 20 世纪 80 年代，文学界的一个普遍共识是，一部作品的文学价值不是由其题材决定的，有时较小的题材反而较之宏大题材更具时代精神，挖掘得更深更透，更具有艺术性，因而对于作家来说，选择什么样的题材是平等的，也是自由的，但题材也并不是无差别的，重大题材因其重要性、全局性，关注度较高，对作家的思想艺术能力要求较高，而较小题材则因其日常性，因而更具普遍性，也更易于把握。应该说这一共识是时代进步的产物，也是对片面强调题材决定性作用的反思。但是随着时代的发展，文学界提出了"写什么"与"怎么写"、文学的"向内转"、"宏大叙事的解体"、日常生活与私人写作等思想命题，将文学表现的题材与范围日益狭窄化，如"写什么"与"怎么写"这一命题的提出便是对"写什么"——写作内容与题材的质疑，而更偏向于形式与技巧的探索；文学的"向内转"则将作家关注的焦点或重心从外部世界移开，转而关注人类的心灵世界；"宏大叙事的解体"则是受到西方后现代主义等思潮的影响，对所有的宏大叙事均持怀疑态度；日常生活与私人写作更偏重于对日常经验、私人情感与内心世界的挖掘。应该说这些写作主张在特定的时代都开拓了作家的思想视野，扩展了写作的题材与范围，但是在今天看来，也造成了一个严重的后果，那就是作家探索的范围仅限于形式与技巧、心灵世界、小叙事与私人经验，而缺乏对时代、中国与世界的整体性思考与把握，也缺乏关注与表现重大题材的兴趣和能力，这造成了中国作家思想与艺术探索的一个重要缺憾。

新世纪之初，伴随着讲述中国故事的倡导，中国文学开始重建文学与时代、社会与世界的关联。2014 年以来，习近平总书记在《在文艺工作座谈会上的讲话》等一系列关于文艺问题的重要讲话中，从中华民族伟大复兴的角度对文艺寄予了希望。主题性创作的兴起既是对习近平总书记文艺讲话的回应，也是文学界对此前文艺思潮内在逻辑的反思性成果。

但主题性创作尤其是重大主题性创作，仍面临着理论与实践上的诸多难题，需要我们作出新的阐释与理解。问题之一是如何理解"主题性创作"与"主题先行"的关系。"主题先行"是文艺创作的大忌，"主题先行"的作品往往干瘪、生硬、面目可憎，但是从文艺创作的过程来说，作家面对纷繁复杂的世界，也往往要从某一主题出发，对生活做出选择、取舍与剪裁，这是一个自然而然的创作过程。作家自己寻找主题与"主题先行"之间的区别在于作家是否真心认同、认可这一主题，作家只有真心认同这一主题，才能将这一主题当作自己的主题。杜甫的诗歌之所以伟大，之所以动人，不仅仅在于其主题反映了儒家思想，而在于他将这一思想道成肉身，融合成了观察与体验世界的独特情感；我们的革命作家之所以受到尊崇，就在于他们的文字不仅仅是用墨水写的，也是用鲜血与生命写成的。我们的主题性创作要走向高峰，就要避免"主题先行"，而尊重生活的内在逻辑与艺术的自身规律，只有这样，才能让"主题性创作"真正贴近现实，更具有艺术的说服力。

问题之二是如何理解"主题性创作"与作家主体性的关系。对于一个作家来说，可以选择也可以不选择主题性创作，因为主题性创作不一定适合所有作家，主题性创作也对作家的思想艺术能力要求较高。另一方面，在进行"主题性创作"时，作家要充分发挥自身的主体性与主观能动性，作出自己的观察、思考与判断。"主题性创作"由于其重大性、严肃性甚至政策性，作家似乎很难表达不同的意见，但是从另一个角度看，作家不是决策者与实施者，也不是基层干部与群众，他所处的位置具有相对的独立性与超越性，这使之有机会接触各种人的想法、综合各种人的意见，而作家既然选择了某一主题进行创作，其背后必然关于这一主题的知识积累与资料储备，这使之观察与思考问题便不仅仅着眼于当前，而具有一种整体性与历史感，有着知识分子的独立思考。作家在政策的理解与执行方面可能不如干部，在生活的直接经验方面或许不如群众，但其位置与思考也具有独特性，在这方面作家正可以重建自身的主体性，一方面将各种人的意见综合起来，另一方面做出自己的思考。只有充分发挥自己的主观能动性，作家才能在主题性创作中脱颖而出。

问题之三是如何理解"主题性创作"与"深入生活"的关系。"主题性创作"因其宏大性、抽象性，往往超越了作家的直接生活经验，作家要进行主题性创作，必然要深入生活扎根人民，这也是我们一直强调的，但是另一方面，我们也要辩证地理解艺术创作与"深入生活"的关系，"深入生活"永无止境，但这并不是作家的主要任务，作家的主要任务是将生活经过选择、取舍与剪裁，以艺术化的形式呈现出来。在这个意义上，作家还需要不断提高艺术修养与艺术技巧，才能较好地完成这一任务。"深入生活"与提高艺术技巧并不是矛盾的，而是统一的，只有深入生活才能深刻地理解生活、才能获得写作的素材，只有提高艺术修养与艺术技巧，才能赋予生活以更加完美的形式，才能让作品具有打动人心的力量。《谁是最可爱的人》之所以打动人，不止在于反映了抗美援朝这一重大题材，而且于作者在深入生活之中抓到了那些令人过目难忘的细节；《哥德巴赫猜想》之所以打动人，不止在于反映了新时期我国知识分子政策的重大调整，而且于作者在写作过程中充沛诗情与激情的自然流露。而在这些的背后，则是深入生活与艺术修养的统一。

问题之四是如何理解"主题性创作"中真实性与倾向性的关系。真实性与倾向性是我国文艺理论中反复出现的问题，在"主题性创作"中尤其突出。我们的作家既要关注整体倾向中光明的一面，也要尊重生活真实、关注到历史进程中复杂与曲折的一面。只有充分写出历史发展的方向，才能鼓舞人民的斗志，只有充分写出历史的复杂，才能让人们认识到历史前进每一步的来之不易。在柳青的《创业史》中，既有代表历史前进方向的梁生宝，也有因袭着历史重担的梁三老汉，以及其他不同人物的复杂反应，这才从整体上反映了那个时期的历史真实。在威廉·韩丁的《翻身》中，既充分写出了土地改革是历史所趋不可避免的，也写出了各阶层在面对这一重大事件时生活与内心的丰富、复杂与微妙。我们的作家只有处理好真实性与倾向性的关系，才能在复杂的历史进程中发现历史的本质，追寻历史前进的方向。

习近平总书记在十九大报告中指出，"经过长期努力，中国特色社会主义进入了新时代，这是我国发展新的历史方位。"这个新时代既是中国的新时代，也是人类的新时代。在这个伟大的时代，每个人的生活都在发生变化，中国人的自我意识与世界图景在发生变化，人类的生活方式与历史远景也在发生变化，这种种变化往往超出了个人经验与想象的范围，也为主题性创作提供了前所未有的契机。我们的作家只有深入生活扎根人民，不断提高自身的思想艺术能力，才能创作出无愧于时代无愧于人民的伟大作品。

（原载《人民日报》2019 年 1 月 18 日）

何为精品，精品何为

对于每一个创作者来说，创作出精品都是个人的梦想，而对于一个时代来说，正是因为有经典作家作品，才标示出那个时代的精神高度与气象。当我们想到"盛唐气象"时，我们便会想到李白、杜甫、王维，当我们想到"魏晋风度"时，我们就会想到竹林七贤。正是由于这些作家作品，才让一个时代的个性与气质突显出来。但对于一个创作者来说，能否创作出精品乃至代表一个时代的经典，既取决于个人的主观努力，也取决于其创作追求与时代精神的切和程度，可以说面临着诸多理论与实践上的问题，需要我们做出深入细致的梳理与分析。

其一是"精品"与创作者主体性的关系。创造精品是每一个创作者的追求，要创作出精品，必须尊重艺术规律、尊重创作者个性与主体性。提出"精品"的要求，不只是对写什么、怎么写等提出要求，而且是推动创作者克服浮躁心态，推动文艺界克服收视率、点击率、票房至上的创作取向，推动社会各界提高对文艺重要性的认识，在整体上营造重视艺术创新与艺术创造的社会氛围，从而为创作者主体性的充分发挥创造良好条件。

在我们这个飞速发展变化的时代，创作者能否克服浮躁，潜下心来专心致志创作是关键问题，倡导精品创作可谓恰逢其时。与其追求数量，不如追求质量；与其涉猎众多，不如独擅一技；与其原地徘徊，不如勇敢攀登艺术高峰。

当然，并非每个人都能攀上高峰，但是勇攀高峰的艺术追求却是每个人都应具备：它会带来新的眼界、志趣与勇气。柳青之所以为人敬仰，在于他在《种谷记》之后又写出《创业史》；路遥之所以为人敬重，在于他在《人生》之后又写出《平凡的世界》；陈忠实之所以为人敬佩，在于他在《信任》之后又写出《白鹿原》——他们不仅超越同时代许多人，而且以艰苦卓绝的努力实现自我超越，不断以自己的著作提升文学与精神的高度。在这个意义上，创作精品既是社会所需，也应是创作者的自我要求与自我期许。

其二是"精品"与生命体验的关系。优秀文艺作品是有生命力的，生命力来自创作者独特的生命体验及其"对象化"。也就是说，创作者在每一部优秀文艺作品中都注入了自己的生命、情感与心血，也正是由于这种投入，作品呈现的不是纯然客观的物理世界，而是有主观色彩的艺术世界，其中蕴含着创作者观察世界的独特视角、价值观念与审美体验。

我们强调优秀文艺作品与生命体验的关系，并不是将这种关系神秘化，而是将创作者从固有的生命体验中解放出来，鼓励创作者不断拓展生命体验，将更多的时代经验纳入其中。每一个个体都处于一定的社会关系与社会结构之中，其生命体验必定受到个体的局限；当时代变化超出个人熟悉的经验与想象，我们如果不能打开生命体验的边界，便只能抱残守缺，无从理解和展现这个时代。比如，人工智能、生物工程、基因工程等科技已经或正在取得突破，这将会极大影响人类社会进程；伴随中国进入新时代，近代以来所形成的"落后—追赶"意识也正在发生改变，并逐渐改变着我们每个人的思维习惯、情感结构与生活方式；伴随城镇化进程的推进，"乡土中国"也正在转变……这些都是前所未有的现象。

这些新现象都是我们正在经历的新经验，这些新经验同时也是中国的新经验、时代的新经验、人类的新经验。如果我们不能将这些新经验纳入生命体验范围，而只是固守个体体验，那我们的生命体验便是单薄狭隘的。我们的创作者如果不能从时代、环境中汲取营养，进而丰富自己的生命体验，艺术创作之树便难以根深叶茂。令人欣喜的是，从陈彦《装台》等近年新涌现的作品中，我们可以看到当代作家不断拓展个人生命体验、捕捉时代经验的努力。

其三是"精品"与思想探索的关系。所谓精品应该是"思想精深、艺术精湛、制作精良"之作。其中，"思想精深"是指想得深、想得透，可以为读者观察世界提供一种有益的角度。比如托尔斯泰和陀思妥耶夫斯基，他们都有自己的思想观念和切入世界的独特视角。他们的思想从哪里来？从他们对人生和社会问题的思考而来，是思想观念和社会现实碰撞的结果。托尔斯泰、陀思妥耶夫斯基正处在俄国从传统社会向现代社会转型的年代，新思想层出不穷，在那样的时代一个人该如何生存、一个国家该往哪里走，这是他们思考的中心命题。正是对这些问题的思考以及不同思想之间的交锋，构成他们著作的思想根基，推动其作品成为令世人仰望的高峰。

过去曾有作家将"感觉"与"思想"对立起来，放弃思想的深度、追求感觉的新奇，现在有的作家笔下也是有细节、有故事、无思想。我们需要将感觉凝结为思考，将思考提炼成思想，只有这样，才能准确把握转型时期丰富复杂的中国经验，才能讲好新的中国故事。我们有安土重迁的文化传统、有城乡结构的现实处境，在这样的社会文化语境下，一个中国"乡下人进城"的故事自然不同于西方同类故事，较之而言内涵也更丰富、人物内心历程也更曲折。我们应当抓住类似题材深入挖掘，这就尤其需要创作者思想的敏锐与思考的能力。

其四是"精品"与艺术创新的关系。艺术创新不一定能够创作出精品，但创作精品一定离不开艺术创新。上世纪80年代以来，很多创作者热衷于创新，但大多只是形式、技巧与叙述方式上的创新。真正的创新来自表达的需要，即现有的艺术方法与艺术形式已经无法表现创作者要表达的内容，创作者在表达的过程中自然而然就会创造出新的艺术形式与方法。契诃夫的戏剧是这样、鲁迅的《野草》是这样，许多现代主义经典作品也是这样。

我们一些作家的创新其实只是借鉴，上世纪80年代主要借鉴西方现代派文学，当提倡讲好中国故事时转而借鉴中国古典文学。借鉴在一定时间内可以起到自我学习、自我更新的作用，但仅仅是借鉴并不能真正切入当代中国人的生活与心灵。"生活是文艺创作的唯一源泉"，只有从生活出发、从丰富复杂的生命体验出发，才有艺术创新的动力，才能创作出真正的精品。

（原载《人民日报》2019年3月29日）

"双创原则"与文学经典

"诗文随世运,无日不趋新。"创新是文学创作的生命,经典的文学作品无不是创新与创造的成果,我们阅读经典作品,既要理解其内涵与品质,又要学习其创新精神。但时过境迁,很多经典作品看上去似乎是自然而然的,不像是"创新"的产物,只有回到它们产生的历史语境中,我们才能更清楚地看到其创新性之所在。柳青、路遥是中国当代文学不同时期经典化程度最高的作家,我们即以他们为例,看看他们在自己的时代是如何创新的,他们的创作经验对于我们今天有什么启示。

柳青:在火热的现实生活中提炼时代的史诗

柳青的《创业史》是当代文学的经典,其创新性主要表现在主题、结构、风格、人物塑造上。在主题上,《创业史》虽着眼于蛤蟆滩这个小村庄走合作化道路的过程,但柳青想要回答的却是"中国农村为什么会发生社会主义革命和这次革命是怎样进行的"这样一个宏大的主题,这是一个崭新的时代课题,也是一个具有史诗意识的立意,正是意识到这一主题的重要性,柳青才到皇甫村扎根14年,与村民共同经历了合作化的进程，记录下了他们的创业史与心灵史。在结构上，柳青的《创业史》不同于赵树理的《三里湾》、周立波的《山乡巨变》，可以说开创了一种新的叙述模式，《三里湾》更贴近具体乡村的经验真实，叙述较为琐细，《山乡巨变》更像一幅时代变革中的风俗风情画，而《创业史》则主要以梁生宝与郭振山不同道路的选择与斗争为主线，在时代的巨大变迁中描绘不同人的生活与心理变化，通过一个小村庄从整体上描绘了中国与中国农民前进的足迹。在风格上，《创业史》创造了一种史诗性的风格，这种风格不同于赵树理娓娓道来的说书人风格，也不同于周立波、孙犁等人的抒情性风格，而是从生活故事中发掘诗意，将"史"的庄重性与"诗"的抒情性有机地结合在一起，也正是在这个意义上，有研究者指出《创业史》更接近于西方小说，但与西方小说相比，《创业史》则更贴近我们民族的生活与心理，是一部中国农村合作化的"史诗"。在人物塑造上，柳青在《创业史》中塑造了梁生宝和梁三老汉两个典型人物，梁生宝是"社会主义新人"的典型，梁三老汉是"旧式农民"的代表，虽然不同时期围绕这两个人物有所争论，但这两个人物的典型性在当代文学中可以说是无出其右的。刘可风在《柳青传》中谈到，柳青为创作《创业史》阅读了古今中外诸多名著，但柳青在随感录中则谈到，"一个写作者，当他完全摆脱模仿的时候，他才开始成为真正的作家。独创性——从形式到内容。人们尽可以对他的作品提出各种不满足、不满意，但它是真正的作品。"

路遥：用寻常的形式容纳全新的历史内容

路遥的《平凡的世界》是新时期以来的文学经典，也是鼓舞了不少青年人的励志之作，其朴素真实的现实主义风格很受读者喜爱，我们似乎很难感觉到其"创新"之处。相反，与当时文学界风起云涌的文艺思潮与创新相比，这部作品及其创作方法似乎还显得有些"落后""过时"。但创新与否不仅在于形式与技巧，而且在于是否以新的形式容纳了新的历史内容，在这方面，《平凡的世界》是比当时的形式探索更加高明的创新。即就现实主义而言，路遥的"现实主义"看似寻常，但却不同于历史上已有的各种"现实主义"，其中蕴含着路遥的独特创造，以及他对世界的思考与态度。路遥的现实主义显然不是批判现实主义，但也不是社会主义现实主义，同时既不同于《红楼梦》等小说的"古典现实主义"，也不同于后来的"新写实主义"。路遥的现实主义既有上述各种现实主义的某些元素，但又经过了作者的思考与熔铸，形成了一种新的现实主义，它有批判，但将其转化为改革的动力，它有理想，但并不是抽象的，而是与主人公的奋斗紧密结合在一起，它注重生活细节，但并不以盛衰循环的史观加以描写，而呈现出时代进步的积极心态与现代性视野，它描写日常生活，但又充满了热情和激情，而不是零度叙事，我们可以说路遥的现实主义是一种有理想、有方向、有温度的现实主义。正是在这种现实主义的视野中，我们才能看到孙少平和孙少安的奋斗故事，才能从《平凡的世界》中看到改革开放初期中国农村的发展史诗。小说中对孙少平、孙少安的人物塑造也具有创造性，他们既与梁生宝、萧长春等"新人"不同，也与《陈奂生上城》《乡场上》等作品中所塑造的"旧式农民"不同，他们是新时期的"新人"，既有改革开放之初的蓬勃朝气，又有务实的理想和改变个人命运的奋斗拼搏，在他们身上凝结着改革开放的时代精神。在长篇随笔《早晨从中午开始》中，我们可以看到路遥为创作《平凡的世界》，曾列了一个近百部长篇小说的阅读或重读计划，后来完成了十之八九，但他又谈到，"应该认识到，任何独立的创造性工作就是一种挑战，不仅对今人，也对古人，那么，在这一豪迈的进程中，就应该敢于建立起一种'无榜样'的意识——这和妄自尊大毫不相干。"正是这种既借鉴前人，又以"无榜样"

意识勇敢创造的精神，才让路遥完成了这部经典之作。

在新时代，努力将人民的伟大实践转化为优秀的作品

"生活是文艺创作的唯一源泉"，只有扎根于生活与独特的生命体验，才能创作出优秀的文学作品，但是另一方面，要将我们的"生活"转化成艺术品，需要借鉴古今中外文学经典，需要创新与创造，需要付出艰苦的艺术劳动。在这里，我们需要避免两个误区，一是只偏重于生活体验而忽略对经典作品的借鉴，一是只偏重于借鉴经典作品而忽略生活体验。前者貌似有独创性，但是因为没有文化的积累与艺术的积淀，其"独创性"往往是浅薄、浅陋的，飘浮于空中，经不起读者、时间与历史的检验。后者貌似有师承，有借鉴，有学问，但却往往拘泥于经典的成规，不敢越雷池半步，不能从当下的生活与生命体验中汲取养分与热情，只能成为经典作品的赝品或仿制品。

十八大以来，中国进入新时代，我们面临着"百年未有之变局"，新时代为我们打开了新的视野，也为我们带来了新的经验。文学界也涌现出了不少优秀的作品，比如徐怀中的《牵风记》、阿来的《云中记》、陈彦的《主角》等等，这些优秀作品既来自作者的生活与独特的生命体验，在艺术上也具有独创性，受到了广大读者的欢迎。《牵风记》取材于徐怀中亲历的1947年刘邓野战军挺进大别山的历史，但在70多年后所写的这部小说中，他化繁为简，由实入虚，营造出一种革命、崇高而唯美的艺术境界，将现实主义柔性美与抒情性风格发挥到了极致，这不仅是对萧红、孙犁、汪曾祺等抒情诗传统的继承与发展，也是对他本人《西线轶事》的一种突破与创新。《云中记》写的是2008年汶川大地震，但阿来却选择了一个独特的视角，他以祭师阿巴踏上回乡的山路，为亡者和消失的村庄招魂为主线，为我们描绘了一幅历史与现实、回忆与生活相互交织的斑斓画面，在小说中我们可以看到拉美经典作品的影响，但阿来所描写的是中国人的生活，所抒发的是中国人的情感，他将外来影响融入笔端，以自己的笔寄托着我们民族的哀思。在《主角》中，陈彦以现实主义笔法讲述了秦腔主角忆秦娥近半个世纪人生的兴衰际遇，及其与秦腔及时代的起落之间的复杂关联，在小说中，忆秦娥是主角，秦腔与时代也是主角，作者以忆秦娥为线索从一个侧面勾勒出了时代的面影。在小说中，我们可以看到包括秦腔在内的传统戏曲对作者的丰富滋养，但作者却将之转化为对当代生活的观察与书写，为我们写出了一部优秀作品。类似这样的作品还有不少，我们的作家正在以自己的方式书写着"中国故事"。

2020年，我们取得了抗击新冠疫情的重大胜利，即将迎来全面建成小康社会的历史节点。我们的很多作家奔赴在抗击疫情、脱贫攻坚第一线，深入生活，扎根人民，正在努力将人民的伟大实践转化为优秀的作品。但同时，我们也要像柳青、路遥和同时代的优秀作家那样，充分学习借鉴古今中外经典作品，坚持"创造性转化，创新性发展"，只有这样，我们才能创作出真正具有独创性的作品。在新时代，我们需要塑造新的中国人的形象，需要讲述新的中国故事，这对当代作家来说既是巨大的挑战，也是巨大的机遇，让我们沿着柳青、路遥的足迹，勇敢地进行创造，以更加优秀的作品奉献给人民。

（原载《人民日报》2020 年 11 月 10 日）

第二辑　中国故事

何谓"中国故事"

　　最近关于"中国故事"的论述颇多，但何谓"中国故事"，却没有清晰的界定。在我看来，所谓"中国故事"，是指凝聚了中国人共同经验与情感的故事，在其中可以看到我们这个民族的特性、命运与希望。而在文学上，则主要是指站在中国的立场上所讲述的故事，这主要包括以下几个层面：相较于上世纪 80 年代以来的"个人叙事""日常生活""私人生活"，"中国故事"强调一种新的宏观视野；相较于五四以来，尤其是上世纪 80 年代以来的"走向世界"，"中国故事"强调一种中国立场，强调在故事中讲述中国人（尤其是现代以来的中国人）独特的生活经验与内心情感；相较于"中国经验""中国模式"等经济、社会学的范畴，"中国故事"强调以文学的形式讲述当代中国的现代历程，在"中国经验"的基础上有所提升，但又不同于"中国模式"的理论概括，而更强调在经验与情感上触及当代中国的真实与中国人的内心真实。在这个意义上，我不想在"现实与虚构"这一普遍的范畴中看待中国与故事的关系，而将讲述"中国故事"作为一个整体，一种新的文艺与社会思潮，我想这可能会更有意义，也更能启发我们的思考。我们讲述"中国故事",并非简单地为讲故事而讲故事,我们是在以文学的形式凝聚中国人丰富而独特的经验与情感,描述出中华民族在一个新时代最深刻的记忆,并想象与创造一个新的世界与未来。

"中国故事"是一种创造,并不是有一个凝固的中国在那里等着你写,或者有一个固定的中国故事在那里等着你讲。近代以来,中华民族遇到了前所未有的危机,也处于巨大的转型之中,这一过程至今尚未完结。在历史的剧变中,人们的思想观念也在发生巨大的变动,现代中国究竟是什么样的中国呢?这需要创作者去观察、思考与表达,也需要讨论与争鸣。当然每个作家的认识与理解可能不同,但"新的中国故事"的诞生,恰恰在于创作者的探索。在探索中,我们必须对这个时代有清醒的认识,也必须摆脱长期以来形成的思维与认识惯性。比如长久以来,我们习惯于将中国认定为"弱者"或"落后者",这是我们思考很多问题的出发点,但现在事实已经发生了很大的变化;再比如,多年来我们习惯以追赶的心态面对西方发达国家,将他们的现在当作我们的未来,但是现在情势也发生了巨大的变化,我们必须以一种新的眼光去重新看待中国与世界。

"新的中国故事"既是历史的创造与展开,也有赖于文学家创造性的感知、体验与表达。在价值观念与美学风格方面也是这样,我们讲述的中国故事,既要是"现代"的,又要是"中国"的,我们可以继承传统中国的某些价值观念与美学风格,但也要融入现代中国人的生活与情感,熔铸成一种新的价值观念,新的美学。在一部优秀的文学作品中,我们会发现一个新的艺术世界,其中凝聚了我们共同的经验与情感,比如《红楼梦》,比如鲁迅的《呐喊》与《彷徨》,而只有通过这样的作品,我们才能更深刻地认识一个时代,更深刻地认识世界与我们自身。

上世纪 80 年代以来，更多的作家在讲述"个人"故事，其实在"个人故事"与"中国故事"之间，还有不少层次，比如家族故事、阶级故事、村落故事等。有意思的是，在五四时期，即使讲述个人故事其实也是在感时忧国，比如郁达夫的《沉沦》，主人公自杀之前还问祖国为什么不强起来，郭沫若的《女神》，更是以个人的激情在呼唤祖国的"凤凰涅槃"；而在上世纪 50 到 80 年代，即使讲述一个村子的故事，其实也是在讲述中国的故事，比如《创业史》中蛤蟆滩的故事《平凡的世界》中双水村的故事，都有一种整体性的宏阔视野。讲述中国故事这一视野的消失可以说是上世纪 80 年代末 90 年代初的事情，而其消失的原因一则在于"宏大叙述"的消解，个人故事的盛行，二则在于中国视野的消失，以西方文学为规范。在这个意义上说，我们今天重提"中国故事"，也是重建一种新的历史与理论视野。

"中国故事"的主体是中国民众。随着生产方式、生活方式的变化，社会结构也在发生变化，新的社会群落、新的故事不断涌现。但在我看来，"中国故事"应该更多地关注包括工人、农民、打工者在内的最广大的民众，他们或许不那么引人注目，但他们是历史发展的主体与动力，当然，我们也应该在新的社会结构与历史视野中关注。

"中国故事"并不是绝对的，中国作家也可以讲述人类故事或宇宙故事，但就当前的历史阶段来说，作为一个社会主义国家和一个独立的文明体，中国在资本主义世界体系中的崛起是前所未有的事件，不仅对中国，对世界来说也是需要重新认识、理解与接受的。在这样一个具有世界史意义的时代，能否讲述或如何讲述中国故事，如何理解中国在世界上的变化，如何理解中国内部的变化，可以说对当代中国作家构成了巨大的挑战。在这样的挑战与机遇面前，作家或许只能在探索中寻找最为适合的立场、观念与写作方法，但我认为，始终站在当代历史的主体——最广大民众的立场上，可以为作家打开一个开阔的视野。

（原载《人民日报》2014 年 1 月 24 日）

如何创造中华民族新史诗

在第十次文代会、第九次作代会开幕式上的讲话中，习近平总书记指出："'文变染乎世情，兴废系乎时序。'揭示人类命运和民族前途是文艺工作者的追求。伟大的作品一定是对个体、民族、国家命运最深刻把握的作品。改革开放近 40 年来，我们党领导人民所进行的奋斗，推动我国社会发生了全方位变革，这在中华民族发展史上是前所未有的，在人类发展史上也是绝无仅有的。面对这种史诗般的变化，我们有责任写出中华民族新史诗。"

创造中华民族新史诗，这是习近平总书记对文艺工作者的期待，也是作家艺术家在精神与艺术上的内在追求。所谓"中华民族新史诗"，我们可以从四个层面来理解：一是"史诗"，这里的史诗不是指特定体裁，而是指包容了巨大历史内容而又具有诗性的作品；二是"民族史诗"，是指体现了一个民族的历史、精神、美学的史诗性作品，三是"中华民族史诗"，是指凝聚了中国人共同经验、情感、记忆的民族史诗，在其中可以看到我们这个民族的特性、命运与希望，在这个意义上，从《史记》到

《红楼梦》，再到鲁迅的小说，都是中华民族的"史诗"；四是"中华民族新史诗"，是指中国人在改革开放时代所创造新的历史及其在文学中的呈现，可以从整体上凝聚当代中国人的生活、情感与精神，让我们可以从中看到时代，看到中国，看到我们自己。

在当代中国文学界，可以称为的"中华民族新史诗"的作品较为匮乏。之所以如此，在我看来，与1980年代以来形成的两种倾向相关。一是忽视中国经验，注重"西方理论"。新时期以来不少作家模仿西方文学尤其是现代派文学，我们并不反对借鉴西方文学，但学习是为了更好地创造，为了表达中国人的经验与情感，而不是以西方的标准规范中国文学，但是在一些作品中，我们看到更多的是现代派的形式与技巧，以及抽象的对"人性""死亡""欲望"等问题的探讨，很少看到中国人的生存经验与内心世界，作品中即使写到中国人，也并不像生活中的中国人，而是按照某种理论抽象出来的符号，因而失去了生动性与鲜活性。二是消解"宏大叙事"，热衷"个人故事"。创作者越来越关注"自我"及其"日常生活"，缺乏宽广的历史眼光与社会意识。这也有一个演变的过程，在新时期之初，作为对此前公式化概念化创作的一种反拨，强调"自我"与"日常生活"有其历史的合理性，但是如果走到另一个极端，认为只有描写"自我"或"日常生活"才是好的文学，而关注他人、关注世界、关注社会议题，便不会有好的作品，这就陷入了偏颇与谬误。所谓"宏大叙事"的消解，作为理论探讨有其脉络与价值，但实际上这一命题消解的只是特定的"宏大叙事"，也让作为主体的人更加碎片化，需要我们从理论上做出反思。现在不少创作者囿于"自我"、"小叙事"的藩篱，极大限制了个人视野的拓展与艺术才华的发挥。这一点在青年作家身上表现的尤为明显，我们可以看到，现在很少有青年作家可以驾驭宏大的题材，相对于50后、60后作家，他们的气象、格局与境界偏于狭小，这也是青年作家亟待解决的问题。

当然我们谈论创造中华民族新史诗，并不是要抹煞个人经验与日常生活，而是要从个人经验与日常生活出发，抵达一个更加开阔的境界。艺术创作的一个规律，就是要从创作者最熟悉的生活着手，从其艺术敏感点切入，只有这样，才能让创作更加丰富饱满，更有艺术的生命力，否则便容易陷入空洞或干瘪，甚或走向另一种公式化，这自然不是我们想要看到的。在这个意义上，我们要中华民族新史诗，就需要将个人体验与中国经验结合起来，并不断拓展生活范围，提高艺术眼光与思想能力。

对于当代中国作家来说，要创造中华民族新史诗，需要具备新的历史眼光、社会意识和世界视野。所谓新的历史眼光，是指将生活重新"相对化"的反思眼光与能力，我们的生活并不是从来如此的，也不是必然如此的。没有历史感，就没有现实感，我们只有在历史脉络的细致把握中，才能够更深刻地感知和把握到"现实"。在飞速发展剧烈变化的当代中国，我们每一个人都仿佛置身于激流之中，我们的日常生活也都在发生着变化，并不存在一成不变的"日常生活"，时代的深刻变化也渗透在日常生活之中。以通讯方式为例，在短短20多年的时间，我们跨过了电话、呼机、手机时代，现在进入了移动互联网时代；再以火车交通为例，我们也跨过了绿皮车、快车、特快、动车时代，现在进入了高铁时代。类似这样的变化所在多有，深刻地改变了中国人的生活，也在悄然改变着中国人的时空观念。这是新的"中国故事"，是此前的中国史上所没有的，我们置身于这一伟大变革之中，只有具备历史的眼光，才能深刻认识其价值。

所谓新的社会意识，是指创作者要突破"自我"的藩篱，清晰地认识到自己只是社会某个阶层的一员，个人的生存经验或许并不能够代表其他阶层、群体或个人，而是有其局限性的。这就需要我们的作家将走出"自我"，关注他人，关注时代，关注世界，尤其要关注社会底层的生活与内心。底层民众构成了中国人的主体，他们的故事是更广泛、更典型、更有代表性的"中国故事"，只有走进他们的生活世界，体验他们的喜怒哀乐，才能触摸到时代变化的脉搏。底层民众也是创造历史的根本力量，创作者只有参与到他们创造历史的进程之中，才能切身感受到中国经验的丰富性与复杂性，才能刻画出中国人的生活史与心灵史，才能创作出为他们所接受喜爱的优秀作品。

所谓新的世界视野，是指我们需要重建面对世界的心态，重构新的世界图景。我们可以清晰地感觉到，2008 年奥运会以来，尤其是十八大以来，中国人的文化自信越来越强了，整体社会氛围和人们的自我意识也在发生变化，这是一个具有历史意义的变化。可以说自近代以来，中国人都在以"落后者""追赶者"的心态面对西方国家与西方文化，我们的整个知识、思想系统及其问题意识都是以此为基础的，而伴随着中国人文化自信的增强，我们不仅可以更加从容地面对西方文化，而且需要重新审视近代以来的知识系统，在新的问题意识之中，重新构造我们思维与感觉结构，对此我们显然还缺乏知识与心理准备。而对于文学来说，只有具备这样的眼光与视野，我们才能讲好新的中国故事。

古今中外文学史上，无论是《战争与和平》《浮士德》，还是《红楼梦》《水浒传》，这些经典作品都以其对人类生活及其命运丰富性、复杂性、深刻性的揭示与探索，在文明的星空中闪烁着璀璨而永恒的光芒。今天我们创造中华民族新史诗，不仅要努力在中国文学的脉络中勇攀高峰，而且要有雄心将当代中国人的生活、情感与精神，凝结为具有世界意义的经典之作，这是时代赋予我们的使命，也是当代中国作家所应有的抱负。

（原载《文艺报》2017 年 10 月 11 日）

我们为什么要讲故事？

最近出现了不少以"故事集"命名的小说集，比如"某某小镇故事集""某某志怪故事集""某某幻想故事集""某某城郊故事集"等等。一时之间，"故事集"的命名方式似乎形成了一种风尚。为什么会出现这样的现象？这一现象背后蕴含着什么样的小说观念新变化？颇值得我们思考。

最显而易见的原因是市场的因素，相对于"小说集""作品集"以及更加个性化、更有精英色彩的书名，"故事集"无疑更具亲合力，更适应大众的阅读口味，毕竟"故事集"看上去更像"故事会"，而《故事会》天文数字般的惊人销量，是纯文学期刊望尘莫及的，以"故事集"命名，体现了文学在市场经济中逐渐适应并试图找到契合之点的努力。但又不仅如此，即使命名为"故事集"，小说集也很容易为有经验的读者识破，而在文学市场上，真正的通俗文学、类型文学其实并不自称为"故事集"，所以"故事集"的命名方式，既显示了作者或命名者的低调与俯就，但另一方面反而更突显出对雅俗界限的自觉与在意。

五四以来，在中国新文学借鉴西方文学所建构的文体秩序中，小说与散文、诗歌、戏剧四个门类构成了"文学"的整体，而"故事"是不在其中的。虽然小说、散文、诗歌和戏剧都可能包含故事性因素，但"故事"却只能以"民间故事""寓言故事""童话故事"等名称存在，被视为一种较为低级的文体。随着现代主义的兴起及其影响，文学中的"故事性"越来越少，或者说似乎"故事性"越少，小说就越高级，戏剧就越高级，散文与诗歌就更加如此。

　　米兰·昆德拉如此描述他眼中的欧洲小说史："堂吉诃德向着他宽广的世界进发，他可以自由地进入或退出，只要他愿意。欧洲最早的小说就是在被人看来无限大的世界中旅行。……到巴尔扎克，远景现代楼房后面的景色，它就消失了，而那楼房则是社会机构——警察、法院、金融与罪恶的世界——军队和国家意志。……再往后，艾玛·包法利的视线缩小到了如同一块围墙内的地方。冒险在围墙之外，怀旧变得无法承受。在对日常生活的烦恼中，幻想与梦想日益重要。……历史不再给予人类'许诺元帅'的权杖。它勉强给人一个土地测量员的职位。k面对法庭，k面对城堡，他能做什么？"（米兰·昆德拉《被诋毁的塞万提斯的遗产》）在米兰·昆德拉勾勒的小说史中，小说是与人类对自我、世界的发现和理解联系在一起的，伴随着小说主人公的探索从宽广的世界、社会、日常生活缩小到"内心"，小说的视野与边界也越来越小，人被禁锢在"自我"之中，成为一种"异化"物。同样从故事性的角度来说，从堂吉诃德到K，主人公（人类）的故事越来越少，从宽广世界的冒险逐渐收缩到"内心"。

　　但这只是问题的一个方面，"人类不再有故事"只是米兰·昆德拉文学观念的一种极端表达，也是其欧洲中心主义与现代主义美学的一种反映。在欧洲之外，在现代主义美学的规范之外，人类创造着新的历史，文学也讲述着新的故事，譬如拉美文学爆炸与魔幻现实主义，譬如中国的寻根文学与先锋小说。此外，人类也不仅仅需要纯文学的"故事"，或者说相对于文学的"故事"，人类更需要通俗文学，大仲马《基督山伯爵》的畅销不衰，金庸小说在华人世界的巨大影响，推理、侦探、言情、科幻等各类通俗小说的丰富和发展，好莱坞电影的无坚不摧，中国网络小说海量的写作者和阅读者，都向我们表明了故事的巨大影响力，也向我们证明了：不是故事需要小说，而是小说需要故事，即使小说或文学消亡了，故事仍将长久地生存下去，故事远比小说的生命力更久远。

本雅明在《讲故事的人》中谈到，远古时期原始人围绕着篝火讲故事，这是阅读和写作的最初形态，正是通过听故事和讲故事，他们才驱散慢慢长夜，建立起共同体意识，这也是文明的起源，故事是与人类文明紧密联系在一起的。伊恩·瓦特在《小说的兴起》中，认为现代小说的兴起与资产阶级、工业文明与"个人主义"的崛起密切相关。正是在小说这种体裁中，人类第一次可以讲述一个"个人"的故事，而不是某个神的故事，或者某个群体（民族、阶级）的故事。正是在这个意义上，黑格尔才认为小说是"近代市民阶级的史诗"，他认为小说"恢复了史诗已丧失的权利"，是史诗的复兴形式，但他指出近代小说要重现史诗的辉煌，就必须先创造一个既定的"散文性质的现实世界"，也就是说，作者所描写的必须是当时资产阶级社会的现实状况，这也是他把小说归属于"近代市民阶级"的原因。也正是在这个意义上，竹内好在《新颖的赵树理文学》中，将赵树理小说的主人公最后总是消融在群众的群像之中，视为对西方现代小说范式的一种超越。但是在现代小说中，如何处理"个体"与群体、时代英雄，以及个人的"内面"等问题，仍然是需要探索的尚未完成的进程。

小说与故事既有联系，又有区别。小说可以有故事，也可以没有故事；故事重在叙述，小说重在描写；故事主要是写事的，一切都围绕核心情节展开，有悬念，有伏笔，一波三折；而小说可以写事，也可以写人，甚至可以写一个场景，一个细节，一种情绪或一种意境。五四时期，胡适在《论短篇小说》中认为，短篇小说要从事实中截取"最精彩"的"一段，或一方面"，他主张将短篇小说视为"人生的横截面"，被称为"横截面说"。在这里，人生、事实或"故事"被"横切"开来，不再具有起承转合、首尾相顾的完整性，而作者则在对"横截面"的选择、构思与写作中，赋予其思想或艺术上的意义、意味、意蕴，小说也由此挣脱了"故事"的束缚，由实入虚，虚实相生，带有创作主体的个人风格、特点与色彩，获得了更高层次的艺术性或思想价值。

但是创作主体也有自身的局限性，创作主体受时代、阶级、性别、种族等等的限制，其眼中"最精彩"的"一段，或一方面"，未必便真的是一个事实或"故事"最值得关注之处。在这方面，"故事"，尤其是经由不同人讲述而最终流传下来的故事，如《水浒传》《三国演义》，却可以超越这些限制而获得长久的生命力。但从另一个角度说，人们阅读小说，并不只是要阅读故事，故事之外的美学意蕴、个人风格，以及作者看待世界独特的眼光、态度与思考，可能会更吸引小说读者，当然这也对小说提出了更高的要求和挑战。

20世纪80年代中期，文学界讨论的一个重要问题是"写什么"和"怎么写"，这一问题的提出本身就暗含着对"写什么"的贬抑，对"怎么写"的推崇，而后来的讨论几乎一边倒地倾向于"怎么写"，这是80年代中期的一场小说革命，先锋小说在与现实主义的论争中占据上风，很快风靡文学界。但问题的复杂性在于，文学创作是一个系统工程，你得先有"写什么"的准备，才谈得上"怎么写"的构思，将"写什么"和"怎么写"割裂开来并对立起来，是不尊重艺术规律的表现。如果只有"怎么写"的一番技巧，而不知道要"写什么"，必然会陷入文学技巧的演练与空转，必然会远离生活、世界与读者。事实上也确实如此，先锋文学在短暂辉煌后很快趋于式微，重要的先锋作家无不一一转向，虽然说先锋文学留下了重视形式、技巧、叙述方式的遗产，但现在重读那时的作品，我们从中所能得到的，反而不如现实主义作品所能给我们的更多，现实主义作品至少保留了特定年代的精神氛围、时代气息与生活细节，而先锋文学留给我们的只是一个反叛的姿态。

在这里，我们也可以看到"故事"的重要性。先锋小说注重讲故事的技巧，而不注重故事本身，或者说它们更关注如何在故事中呈现自己的美学观念，而现实主义小说则尊重生活与故事的内在逻辑，在其对生活故事的描述中，自然而然就会携带了或许作者本人都并未自觉意识到的时代内容。恩格斯谈巴尔扎克时，谈到其小说"汇集了法国社会的全部历史，我从这里，甚至在经济细节方面所学到的东西，也要比从当时所有职业的历史学家、经济学家和统计学家那里学到的全部东西还要多。"巴尔扎克当然并不是职业的历史学家、经济学家和统计学家，但恩格斯为什么从其作品中学到的东西要比从各领域专家那里"还要多"呢，这"还要多"的东西究竟是什么呢？我想，这就是巴尔扎克以现实主义发现的生活细节、时代精神、人物命运，以及在此基础上构成的"故事"。这可以说是现实主义的胜利，也是巴尔扎克超越个人观念（我们都知道他在政治上是保皇党），尊重生活与故事内在逻辑的胜利。

值得思考的还有一个问题，鲁迅不仅是新文学界尊重的偶像，也是社会各界尊崇的人物，为什么鲁迅可以超越文学的限制，拥有如此巨大的社会影响力？在我看来，这首先在于新文学构建了一种社会思想领域的公共平台，并在这一平台上占据先锋的位置，总是能领时代风气之先提出并讨论问题，推动社会进步；其次在于鲁迅的作品根植于生命体验的最深处，具有穿越时代的思想与艺术力量，他所关注的主题"重铸现代中国人的灵魂"涉及到社会的方方面面，所以才能为社会各界所瞩目；再次则在于鲁迅作品所采取的形式——小说、散文、杂文等，相对于学者的论文、专著来说是较为通俗，他所讲述的个人的、人生的、社会的"故事"能够为大众广泛接受，所以他的影响力才能超出文学界。

说到这里，还有一个问题，我们可以看到，社会学家在讲故事，经济学家在讲故事，科学家也在讲故事，哲学家在讲故事，心理学家在讲故事，人类学家也在讲故事，为什么在这些各个学科领域之外，我们还要阅读文学家"编撰""虚构"的故事？这不只是因为各专门学科有其理论背景与专业壁垒，也不只是因为文学家讲述的"故事"更加形象生动，而是因为自现代学科体系建立以来，文学是唯一以人的整体生活为观察和表现对象的领域，文学不像各专门学科有着观察人类生活的独特角度，而是以创作者的生命体验为基础，通过对时代与世界的观察思考，以自己的艰辛劳动最终将之熔铸成一部部艺术品。在这样的作品中，可能会包含社会学、经济学、科学、哲学、心理学、人类学的因素，但它却并不能被归属于哪一个专门学科，而是对各个学科的综合与超越，是以一种总体性的视野看待"人"的整体生活。比如上述恩格斯说在巴尔扎克小说中得到的东西比各个专门学科"还要多"，再如鲁迅先生说《红楼梦》："单是命意，就因读者的眼光而有种种：经学家看见《易》，道学家看见淫，才子看见缠绵，革命家看见排满，流言家看见宫闱秘事。"今天我们从不同学科的视野看《红楼梦》，所看到的当然会更多。

当然这并不是说文学就比其他学科更高级，而是文学以其对生活整体的包容性为各个学科的交流搭建了一个公共平台。我们参加其他学科的会议可以发现，其他学科的人几乎都能对文学说上几句，而我们却很少能够对其他学科的专门话题发言。——这并非源于文学缺少专业性，而正来源于其整体性与包容性，但这也同样提醒我们，文学应该领先于其他学科，站在时代最前沿率先发现并提出问题，这样才能像鲁迅等新文学作家一样，真正发挥文学在新文化和社会领域的先锋作用。

文学之所以可以成为"公共平台"，与其所描述的生活、塑造的人物与讲述的故事密切相关。在这里，"故事"可以说是社会各领域以及社会大众都能接受的"最大公约数"，"故事"是生活与创作的中介，是文学与大众的桥梁，也是文学与其他社会领域交流的平台。在这个意义上，无论是自称"讲故事的人"，还是将小说集称为"故事集"，都是对小说公共性的强调和突显。但另一方面，不同的文学处理故事的方式并不同，对于通俗文学、类型文学、网络文学来说，或许追求更多的是故事的曲折、悬念以及阅读时的心潮澎湃、荡气回肠或"爽感"，而对于严肃文学来说，关注更多的可能是如何将故事转化为具有思想艺术含量的艺术品。这两种文学各有其追求，各有其读者，本来可以相互促进，共同发展，但是在市场经济的环境中，严肃文学的生存空间日益狭小，严肃文学固然应该汲取通俗文学的长处，更加注重故事性，更加贴近读者，但也不宜妄自菲薄，"为故事而故事"，而应充分发挥其长处，更深入地体验时代、生活及其诸种细节，将生命体验凝铸为思想艺术含量更高的艺术佳作，以此不断拓展我们的思想视野，提升我们的艺术境界。鲁迅小说集的销量当年远远比不上张恨水，但这并不减损其伟大，他自有其更加高远的追求。这是比讲几个通俗故事更加重要的事情，我们的作家可以在这里寄托自己的艺术理想和雄心。

话说回来，胡适所谓"横截面说"也是来自西方特定年代的小说观念，并不能涵盖所有小说，也并不一定就"高级"，而中国小说传统中注重故事的来龙去脉、起承转合的讲法，似乎更适合中国人的审美趣味，在新的历史视野中，我们可以将这些观念都加以"相对化"，进行更加大胆地实验与创新。对于中国作家来说，最重要的是以新的方式讲述出新的中国故事，我们面临的是前所未有的全新的生活与时代，我们应该发明出新的方法来讲述我们的经验、情感与内心世界。对于中国人来说天崩地裂、刻骨铭心而又浴火重生的19、20、21世纪的历史，尚未得到充分而有效的艺术化书写，也没有创造出可以容纳这一波澜壮阔进程的新的美学，我们需要发明或创造出新的艺术形式，讲述我们的过去、现在与未来，讲述我们的希望与梦想。只有这样，我们才能对得起曾经的苦难，才能开辟新的未来。

文学的力量在哪里

　　我们这个时代发展越来越快，也越来越浮躁，在这样一个时代，文学有什么用，文学的力量在哪里？这是很多人都在关注与思考的问题，尤其对于以文学为志业的人来说，我们将自己的生命与热情投入文学，究竟值不值得？对于这样的问题，不同的人会有不同的回答，不过在我看来，文学是有力量的，文学的力量就在于改变人心，在于认识自我与世界，在于创造一个美好的世界。在人生中的很多时刻，我也会对文学的作用感到困惑、迷惘，但是在这个时候，我们可以想想那些对我们产生过巨大影响的作家与著作，托尔斯泰、陀思妥耶夫斯基、卡夫卡、加缪，《红楼梦》《百年孤独》，这些伟大的作家与作品深刻地影响了我们的心灵，在读过这些作品之后，我们的"自我"便不再是以前的"自我"，我们的"自我"在阅读中发生了变化，在跟随这些杰作的"灵魂的冒险"的过程中，我们的心胸在拓展，我们的视野在打开，我们的精神在升华，我们看到了小说中人物的命运，我们和他们一起面临人生、社会与哲学上的难题，并在他们的生活故事中获得教益，和他们共同成长，共同面对这个世界，这是文学经典对于我们的意义，也是文学发生影响的方式。

鲁迅先生说，文学是"撄人心者也"，又说文学是"国民精神前进的灯火"，这两种说法并不矛盾，前者是针对个人来说的，后者则是针对一个国家、一个民族来说的。所谓"撄人心者也"，是指文学的力量可以直抵人心，可以对情感、心理乃至世界观产生极大的影响，让人以一种新的态度面对这个世界，梁启超也说，文学可以起到"熏、浸、刺、染"的作用，可以让人得到熏陶，让人沉浸其中，让人受到刺激，让人得到感染，对一个人的精神世界及其构造发生影响，或许也正是在这个意义上，中国的传统诗学强调文学的"教化"功能，也是在这个意义上，我们才将作家诗人称为"灵魂的工程师"，也就是说，那些经典作品塑造了我们的内在自我，塑造了我们的情感结构与思维方法，也塑造了我们观察与思考这个世界的方式。作为中国人，我们都熟悉唐诗宋词，"床前明月光，疑是地上霜"，"国破山河在，城春草木深"，"谁言寸草心，报得三春晖"，这些千古流传的诗句，深深嵌刻在中国人的记忆深处，也塑造了我们对明月、家国、母爱的情感态度。对于个人来说是如此，对于一个国家来说也是如此，"小说是一个民族的秘史"，这是《白鹿原》题首引用的巴尔扎克的一句话，在文学作品中，我们可以看到活生生的人，可以看到生动曲折的故事，可以看到一个社会的整体氛围和世道人心，所以恩格斯说在巴尔扎克的小说中可以看到比历史学家、统计学家、社会学家要"多得多的东西"，这"多得多的东西"是什么？在我看来，这"多得多的东西"就是"秘史"，就是一个民族的集体无意识，就是我们平常看不到摸不着但又制约着我们的思考、语言与行动的前提，只有借助作家、诗人、艺术家的创作，才能让这些东西得以显影，才能让我们深刻地感知到，并将之纳入思考的范围之内。

进入二十世纪之后，人类社会以及人的内心世界，愈益丰富复杂，今天的人类已经与十九世纪及其之前的人类不同，这种不同既是物质层面的不同，也是心灵层面的不同，那么我们该如何认识这个世界，如何认识我们自己？在《尤利西斯》中，我们可以看到一个人的日常生活及其意识流动的漩涡，在《追忆似水年华》中，我们可以看到回忆的回环往复及其对自我的塑造，在卡夫卡的小说中，我们可以看到现代"自我"的脆弱以及世界的荒谬感。中国当然也是如此，进入近代以来，中国一直在发生剧烈的变化，远的不说，自从改革开放以来近四十年，中国发生的巨变也是天翻地覆。我们每个人都置身在这样时代的巨变之中，但我们往往并不能认识到这些巨变深刻而真实的历史内涵。我们的时代发生了什么变化？在优秀的文学作品中，我们可以看到这些变化的踪迹。在石一枫的《地球之眼》中，我们可以看到全球化已经深刻地嵌入了当代中国人的生活，底层青年的故事在一个更广阔的空间展开；在罗伟章的《声音史》中，我们可以看到乡村中国正在无情地远去，只能化为一曲挥之不去的挽歌；在魏微的《胡文青传》，我们可以看到一个人的"自我"在时代巨变中的剧烈变化，他的身份与"自我"在每个时期都不同，缺乏内在的统一性，很难将不同时期的他视为同一个人。但这或许正是当代中国剧烈变化的一个真实写照，在这前所未有的巨大变迁中，中国人的物质生活与心灵世界都在发生深刻的变化。

虽然不少作家对这一变化极为敏感，但总体而言，我们还没有将这一变化融入我们的创作中，从整体上加以表现，我们还需要将当代中国的现实"相对化"、"问题化"与"艺术化"，文学的力量就在于穿透表象，让我们看到本质与根底，让我们深刻地理解我们置身其中的这个世界，也让我们深刻地理解在时光中不断变化的我们的"自我"，以艺术的形式为这难以言说的巨大而微妙的变化赋形，让我们从中认出自己。当然要做到这一点并不容易，需要我们具备新的知识、新的视野与新的创造力，需要我们打破既定的思维模式。一个简单的例子，比如在中国与世界的关系上，我们此前所有的知识和"感觉结构"，都是建立在这样的基础上：中国是一个落后国家，需要追赶世界先进国家。但是这个前提在今天已经发生了变化，我们也需要克服长久以来形成的落后与追赶的心态，以一种更加自信从容的态度面对世界。同时我们也需要思考一些新的问题，当我们与世界平等对话的时候，我们拿什么来对话？或者，我们是否能够从中国的"特殊性"中创造出"普遍性"引领世界的发展方向？这都对我们的知识与能力构成了挑战。再比如，我们长久以来都以"乡土中国"作为认识中国的出发点，但今天的中国已不止是"乡土中国"，我们如何理解一个"城镇中国"，如何理解伴随信息革命而来的一个"信息中国"？这需要我们建构新的知识、新的理解，在这方面，相对于理论界与社会科学，文学的力量就在于可以从生动、具体的现实经验出发，将之相对化与艺术化，创造出一个新世界，一种理解中国与世界的新方式。

在这个迅速变化的世界，文学的力量还表现为对美好世界的想象与创造。我在一篇文章中曾谈到，《红楼梦》是中国人的"乡愁"，《红楼梦》所描述的世界虽然离今天已有 200 多年，但其中却凝聚了传统中国人的经验与情感，当代读者也能从中读出感觉与认同，这不单是一个家族的故事，也是一个中国故事，与每一个中国人相关的故事。近代以来，中国人的经验与情感世界已经发生了巨大的变化，现代中国人与传统中国人也已有了极大的不同，在我们的时代，我们是否能够在文学中创造一个美好的世界，我们的文学是否能够凝固当代中国人的生活与心灵，让我们从中看到中国，看到自己，看到我们的生活和我们所走过的道路？可以说这是对当代中国作家的巨大挑战。

在当代社会，讨论文学的力量，我们面临的是娱乐方式的丰富多彩，媒介技术的更新换代，以及时代生活的飞速跃进，但无论世界如何变化，人们对美好生活与精神世界的追求都是相似的，古今中外的经典作品都曾滋养我们，二十世纪中国文学更是在中国革命与历史的历程中发挥了独特而重要的作用。文学的力量既是审美的，又是精神的，既与个人相关，又与国家民族相关，在今天我们可以发现，文学的力量在于创造，在于将当代中国人的经验与情感转化为"艺术"，而在这个意义上，作家的使命就在于在纷繁复杂的世界上，寻找到自己独特的方式，为我们创造出一个美好的艺术世界。

（原载《长江文艺》2016 年 05 期）

长篇小说：我们创造世界的形式

　　现在想来，我读到的最早的长篇小说是《四世同堂》、《红楼梦》和《少年维特之烦恼》，那时候在乡村能够找到的书很少，我不知从哪里找到了一卷《老舍文集》，其中有《四世同堂》的第三部《惶惑》，那时我识字还很少，靠着蒙和猜，我读完了这本厚厚的书，书中写到的家国情怀和沦陷区北平市民的悲惨生活，让我久久不能释怀，这卷书中还收录了老舍的另一部小说《鼓书艺人》，我读了之后感觉并不好，于是就反复重读《四世同堂》，直到现在我还记得，我躲在自己的小黑屋内，啃着从箱底翻出来的苹果，躺在床上阅读《四世同堂》的情景。很长时间我以为《四世同堂》只有这一部分，直到上了大学之后，我才阅读到了《四世同堂》的前两部，在我面前展开了一个更加丰富宽广的世界。《红楼梦》也是这样，我所找到的《红楼梦》只是残破不全的前三十回，那时候对家族生活和儿女情长并没有太多的兴趣，但因为找不到别的书，只有反复地看这本书，于是在很长时间内，这前三十回构成了我对《红楼梦》的几乎全部印象。《少年维特之烦恼》是郭沫若的译本，这本书因为篇幅短小，我读的倒是全本的，小说中优美的景色描写和对青年男女微妙情感的描写，给我留下了深刻的印象，读完后我走在我们村小桥南边的小树林里，也能感觉到像是置身在此书的场景中，一直到现在，清晨我穿过奥林匹克森林公园，看到晨雾在树林间缭绕，阳光穿过婆娑的枝叶，仍会想到《少年维特之烦恼》。

最初的这些阅读，我并没有阅读长篇小说的自觉，那时候能找到一本书很不容易，但是每一本书都为我打开了一个世界，让我看到了不一样的风景。在那漫长的时间里，我还读了《家》《青春之歌》《围城》以及王莹的《宝姑》等作品，直到上了大学之后，我才告别了书荒，我们学校那座图书馆成了我自由游弋的书的海洋，在那里我阅读了各个国家的长篇小说，也对长篇小说有了更深刻的认识。

一

在我看来，长篇小说不同于中、短篇小说之处在于它描述的不是一个人物、一个场景、一个故事，而是一个世界。而这个世界的运行规则、价值观念是由作者的眼光、胸襟和对艺术的态度所决定的，或者说这个世界的营造既来自于作者的时代经验，也来自于作者主观上对这个世界的观念、态度以及艺术上的追求。那些优秀的长篇小说都是自成一个世界的，这个世界既不同于客观世界，也不同于其他作家的艺术世界，而是有着作家强烈的个人色彩的艺术世界。我们读托尔斯泰和陀思妥耶夫斯基的小说，感受便截然不同，读托尔斯泰的《安娜·卡列尼娜》，我们可以感受到作者对当时俄国上层社会复杂情况的熟悉，以及他冲出这一阶层的努力与思考，在他耐心细致的描述下，我们仿佛看到了一幅幅厚重的油画；而读陀思妥耶夫斯基的《卡拉马佐夫兄弟》，我们仿佛置身于思想的激流中，那发生在不同人物之间激烈的思想冲撞，再加上复杂曲折的故事情节，将我们深深地裹挟其中，让人喘不过气来，读到最后一页，我们仿佛穿过了密不见风的树林，终于可以透一口气。《安娜·卡列妮娜》和《卡拉马佐夫兄弟》是批判现实主义小说的巅峰之作，在某种意义上可以说，它们也是长篇小说的奇迹。至今我仍然记得读完这两部小说时怅然若失的心境，那时我想如果真的有外星人，他们想要了解地球人的文明程度，仅从这两部小说他们就可以了解到人类生活与思想的深度、广度与高度。

但是我又想到，19世纪俄罗斯人的生活，和我们有什么关系？他们对生活的认识和理解，能代表我们中国人的经验吗？当然他们并不能够讲述也不能代表我们的生活，我们中国人有着对生活的独特理解，在《红楼梦》中我们可以看到中国人鲜花着锦、烈火烹油的生活，看到中国人的家族观念和盛衰感觉，中国的长篇小说被称为"奇书"，它们包罗万象而又充满着世俗的生活气息，其中融合着中国人对生活的态度。不只是《红楼梦》，在《水浒传》《三国演义》《西游记》《金瓶梅》等"奇书"中，我们可以看到中国人生活的方方面面，中国人的幻想和希望，以及他们的世界观和宇宙观。但是，这是18世纪以前中国人的生活和世界，也是18世纪以前中国人的长篇小说，今天中国人的生活已经发生了天翻地覆的变化，我们理解的长篇小说也发生了巨大的变化。

在世界范围内，在19世纪批判现实主义小说的高峰时期之后，现代主义诸思潮风起云涌，卡夫卡的《城堡》、乔伊斯的《尤利西斯》、普鲁斯特的《追忆似水年华》等小说，开始探索人的内在宇宙，以及人与世界的关系，开启了20世纪长篇小说的新探索。而在中国，在新文化运动之后，中国的长篇小说则更注重与现实的关系，更注重以现实主义的手法与精神书写中国人的生活，并在剧烈变动的历史进程中发挥独特而重要的作用，从巴金的《家》、老舍的《骆驼祥子》、茅盾的《子夜》一直到当代文学中的"三红一创"，这些长篇小说描绘了现代以来中国人的生活及其变化。新时期以来，中国的长篇小说在西方文学的影响下进行了新的探索，涌现出了一大批优秀之作，进入新世纪以来，中国作家逐渐确立了对中国文学的自信，开始重新讲述中国故事。

现在回望 20 世纪的世界文学史，我们可以发现，相对于 19 世纪文学所达到的辉煌成就，20 世纪的文学是黯淡的，相对于现实主义的宽阔与丰富，现代主义思潮的探索走上了一条狭窄的道路，中国文学由于特殊的国情与机缘，在以现实主义为主潮的发展道路上，反而越走越宽阔。在 21 世纪逐渐崛起的中国文学，不仅要有自信讲述中国的故事，而且要有能力讲述世界的故事，人类的故事。在新世纪，人类生活正在发生新的变化，中国正处于这种新变化的前沿，无论是人工智能还是探月工程，无论是移动支付还是日行千里的高铁，新技术的发展正在重新定义人类，正在重新构造人类的时空观和宇宙观，在这样一个时代，我们也必须重新定义"文学"。

二

长篇小说是一种时间的艺术，如何处理小说中的时间，是长篇小说中的一个核心问题，作为一种长篇叙事文体，长篇小说的主人公必定生活在叙事时间之内，如何理解时间，如何处理时间，必然是作者最关注的问题。在传统中国的小说中，最常采用的是"循环史观"，"话说天下大势，分就必合，合就必分。"以一个人或一个家族、朝代的盛衰作为叙述的单元，讲述他们的悲欢离合，构成了传统中国小说的主要叙述模式。在西方的现实主义小说中，最常用的是"线性史观"，无论是《简·爱》还是《巴黎圣母院》，展示都是在线性时间的移动中顺序发生的故事。在拉美的魔幻现实主义中，发明了"过去现在未来时"，"多年以后，面对行刑队，奥雷良诺·布恩地亚上校将会回想起，父亲带他去见识冰块的那个遥远的下午。"《百年孤独》中这个著名的开篇为很多中国作家津津乐道，这短短一句话将过去、现在、未来融合在一起，由此开始了一个新的叙事时代。

相对而言，20世纪中国人的时间观是最复杂也最丰富的，但是这一点尚未在长篇小说的叙述艺术中体现出来。在20世纪，中国人经历了时间观念上的最大变革，我们由传统的天干地支纪年方式改变为现在的以公历纪年的方式，我们不再以辛亥、丙寅的方式纪年，而改用1949、1976的方式纪年，但这种公历的纪年方式来源于基督教的传统，就连"世纪"的观念也来自于这一传统。我们可以发现，在辛亥革命之前，我们记述历史事件都是采用天干地支的方式，比如戊戌变法、甲午海战、辛丑条约等，但是在辛亥革命之后，我们则以公历的时间命名历史事件，比如五四运动、七七事变、双十二事变，这一变革在中国人精神上的影响尚未被真正认识到。不仅如此，中国人时间观的丰富性还表现在"双重时间观"上，比如在城市中普遍采用的是公历，但是在乡村中普遍重视的则是农历、阴历，他们以阴历过生日，以阴历安排四季的耕作，生活在传统时间观之中。最典型的是"春节"，虽然自民国以来，政府就提倡过元旦，甚至有过禁止过春节的举措，但是和日本、韩国等不同，元旦作为一个节日始终在中国乡村没有流行开来，人们普遍重视的还是"过年"，城市和乡村的

"双重时间观"深刻地影响着中国人的精神生活，此外，像台湾采用民国纪年，藏族人过藏历新年，等等，不同地区和民族都有着自己独特的时间观念。

就当代文学而言，我们对时间的理解也经历了一定的变化，比如在1950年代—1970年代的长篇小说中，小说的叙述时间有着清晰的未来指向，赵树理《三里湾》中三幅画的著名描写，让我们看到作者的描述虽然着眼于现在，但却有着未来的远景和蓝图作为支撑，这里的时间指向有着鲜明的政治内涵，那就是未来共产主义社会的实现。在1980年代的作品中，仍然也有着清晰的未来指向，但是已没有了政治内涵，"2000年"成为一个标志性的年份，象征着现代化的初步实现，成为许多作品畅想的未来。1990年之后，我们的文学作品中已经很少有了未来向度，陈忠实的《白鹿原》以家族式的方式讲述20世纪中国的历史，引领了时代的风潮，更多的作家着眼于地方史、个人史或日常生活的书写。新世纪以来在中国崛起的科幻文学，重新开启了当代文学中的未来维度，刘慈欣的《三体》让我们看到了中国作家如何想象未来，中国人如何作为人类的代表参与宇宙事物，这在某种程度上展现了中国作家的文化自信，但是，在现实主义创作中如何描绘未来，如何以将来的时间为支点重新思考现在和过去，或者说如何为当代中国的实践赋予新的意义与未来向度，仍然是当前的中国作家需要去探索的。

传统中国文学在时间处理上，也有可资借鉴之处，比如"此情可待成追忆，只是当时已惘然"、"何当共剪西窗烛，却话巴山夜雨时"，将过去、现在、未来融为一体，表现了一种复杂的时空体验。而佛经中也有"如是我闻，一时佛在舍利城"、"如是我闻，一时佛在忉利天……"等，所谓"一时"究竟是指过去、现在还是未来？仔细体味，这里的"一时"既可以指过去，也可以指现在，还可以指未来，一时是指"有那么个时候"，将过去、现在、未来包蕴在其中但又并不确指，有一种将时间浑融在一起的苍茫感，其时间观念和叙述技术值得思考与借鉴。

三

　　长篇小说是结构的艺术，每部长篇小说都有自己的特点，在结构上绝不雷同，但是优秀的长篇小说无不浸透着作家的个人体验，以及他们对时代独特的观察与思考。而对于一个作家来说，或许最重要的是，如何为自己的生命体验赋予一定的形式。萧红的《呼兰河传》看似简单随意，却以散文式的笔法刻画出了最深刻的童年记忆，她笔下的祖父、后花园、呼兰河城之所以令人难忘，就在于她找到了一种形式可以充分表述出自己的生命体验。艾特玛托夫的《一日长于百年》，将古代神话与现实、未来巧妙地结合起来，展现出草原文化的三幅壮丽画面，结构上的"三联画"来自于作者对草原生活的深刻感悟。福克纳的《八月之光》描述一个母亲的寻夫之旅，小说的感染力恰恰来自于结构上的不平衡，那个母亲穿越重重阻碍的形象也长久地留在读者心中。布尔加科夫的《大师与玛格丽特》将基督被钉上十字架的故事与现实结合起来，创造了一种将现实神秘化的"魔幻现实主义"，小说中的现实生活也展现出了神话般的光彩。拉什迪的《午夜之子》以一个独特的视角讲述了印度次大陆（印度、巴基斯坦、孟加拉国）半个多世纪以来复杂纠缠的历史。小说在形式上别出心裁，将"史诗"与现代小说的形式、技巧有机地结合起来，尤其开头数章在时间的处理上尤见功力，多头并进而丝毫不乱，穿插的极为巧妙。整个小说构思缜密，将个人体验与宏大历史之间进行了微妙的衔接，小说中"午夜之子"的幻想或魔幻的部分，也与现实生活结合得极为自然，充分显示了作家的想象力与叙述能力。

中国的长篇小说由于受史传传统的深刻影响，在结构上勇于探索的并不多，这可以说是中国长篇小说的一个不足。在 1980—1990 年代，莫言、韩少功、王安忆、余华、刘震云等人曾在这方面做出过探索，但在新世纪致力于在结构上创新的作家已很少见。结构是一种世界观，也是一种价值观，代表着一个作家艺术上的独特追求，也考验着作家的思想能力。我们眼中的世界是怎样的，我们如何呈现在作品中，作家在创作时必然经过种种思量，而最终呈现在作品中的世界，也最能代表一个作家的艺术境。当代中国现实的剧烈变化呼唤着中国作家创作出新的史诗，但"史诗"的面目并不是只有一种，《四世同堂》《创业史》是史诗，《红楼梦》《水浒传》也是史诗，《百年孤独》《午夜之子》也是史诗，我们希望中国的长篇小说在扎根现实的同时，也能够具有一种飞翔起来的能力。

多年之后，当我回想起最初阅读《四世同堂》《红楼梦》的时候，我感觉自己走入了一个世界，那是在贫乏的日常生活之外打开的一个窗口，这是长篇小说的魅力，也是文学赐予我们的生命的丰富感，而对于作家来说，长篇小说则是他们创造世界的形式，我想这就是长篇小说长久吸引读者与作者的原因之所在。

长篇小说与我们的时代生活

　　"小说被认为是一个民族的秘史"，这是陈忠实在《白鹿原》扉页上引用的巴尔扎克一句话，为什么是秘史？因为小说写的是世道人心，最能呈现一个时代的精神氛围以及人们的生活方式，也最能表现人们在面对生活问题时的所思所想，而真正的历史，正隐藏在人心的微妙波动中。长篇小说区别于中、短篇小说的不仅在于篇幅巨大，而在于它所塑造的是一个完整的艺术世界，可以最大限度地将一个人的生活经验与生命体验容纳进来。由此，我们经由长篇小说，可以窥知时代生活的不同侧面，可以看到时代的变迁和人心的变动。

　　从柳青的《创业史》到路遥的《平凡的世界》，再到刘慈欣的《三体》，我们感受到不同的时代氛围。在《创业史》中，我们可以看到中国农民如何克服了传统思维的惯性，艰难地走上了合作化道路，在梁生宝这个"新人"身上，有着带领村人共同致富的坚定理想。但是在《平凡的世界》中，时代氛围已经发生了变化，吸引孙少平、孙少安的已不是远方的理想，而是"个人奋斗"，在他们身上展现出来的艰苦耐劳的品质和积极上进的精神，在今天仍能打动无数读者的心。刘慈欣《三体》中的中国人，已不是近代以来我们习见的落后者、追赶者形象，而是有着东方智慧的现代中国人，这也可以映射出中国在世界格局中位置的变化，中国人可以作为人类的代表参与宇宙事物，中国人有能力想象与规划自己的未来，这在某种程度上可以说正是时代精神的折射。

四十年来，中国发生了巨大的变化，中国乡村的变化尤为剧烈。格非的《望春风》以故乡的消失为切入点，重新梳理了中国乡村百年来的历史，在这新一轮的巨变之中，原来发生在这片土地上的大事——土改、合作化、土地承包等都黯然失色，新的巨变将直接让传统意义上的乡村消失，处于城镇化过程中的村民将走向何处？在百年巨变的节点上，回望百年乡村，沉重的乡愁成为生命中不可承受之轻。付秀莹的《陌上》描述乡村日常生活，在男女的情感纠结中融入对历史与时代的观察与思考，现在的乡村已不是昔日的乡村，伴随着资本的进入，传统的伦理道德正在解体，人们的生活正在以金钱为中心重新组织起来，由此传统人际关系中温情脉脉的一面逐渐失落、凋零，世道人心正在发生微妙而重要的变化。贾平凹的《古炉》《带灯》《极花》写了他对不同时期乡村的观察与思考，在他的笔下，中国乡村呈现出了古朴而寥落的风貌，乡村中的故事越来越尖锐，但他却怀着一颗有情之心在关注与思考着中国乡村。近年来关于"乡村文明"终结的讨论在理论界引起了较大的影响，伴随着中国城镇化的步伐加快，传统中国的乡村以及乡村的人际关系正在遭遇前所未有的挑战，以农耕文明为根基的中国文化在城市化的进程中将会走向何处，中国文化在现代化之后如何保持"中国性"，或者说作为中国人，我们该以何为支点重建整体的生活秩序？这涉及到中国文化的根本性问题，也涉及到每一个中国人。但无论如何，传统中国乡村的解体是必然趋势，但关于乡村的小说仍将不绝如缕，不断为我们刻画出这一进程中中国人复杂独特的体验、感受与思考。

乡村在变化，城市也在发生变化。在石一枫的《心灵外史》中，我们可以看到这一变化内在的一面，小说中的"我大姨妈"在 1980 年代迷恋气功，在 1990 年代陷入了传销的陷阱，在新世纪又进入了一种宗教式的迷狂，在她个人的精神演变史中，我们可以看到中国普通民众的内心生活，在革命作为一种信仰被终结之后，他们重新进入了艰难探索的过程，在传统与现代之间不断摇摆。与《心灵外史》相似，张忌的《出家》关注的也是人的心灵问题，小说中的主人公最初是出于生计问题，去庙里当假和尚念经挣钱，但是在一次次"出家"的过程中，他却感受到了佛教抚慰人心的力量，与喧嚣的尘世相比，寺庙里的环境更能让他内心安静，他也渐渐萌生了经营一座寺庙的想法，小说在平实的语言中刻画出了当代人的精神矛盾和内在追求。在路内的《慈悲》中，我们看到的是中国工人半个世纪的生活史与心灵史，从国有企业到下岗，再到股份制改革，水生、玉生、根生和宿小东等人的命运发生了天翻地覆的变化，水生等人辗转在艰难的生活之中，宿小东等人却青云直上，小说在反讽性的对比中对时代进行了深刻的思考。在北村的《安慰书》中，十多年前的一桩拆迁造成的悲剧仍然撕扯着几个家庭的情感，现实中发生的社会事件被内化，被精神化，小说便不再仅仅是社会问题小说，由此展现出更加丰富的面向，也让我们更深刻地感知到时代的精神重量。中国的城市小说一向并不发达，如果以西方文学的视角来观察，我们的作家很少写出城市小说的"新感觉"、"新体验"，但我们不必以西方文学的标准来规范，中国城市化的经验有自己的独特之处，比如在现实生活中，我们的高铁已经领先于世界，我们的移动支付也已经领先于世界，这意味着中国人的时空观念已经发生了巨大的变化，意味着我们在最早发明纸币之后也可能最早终结纸币，纸币1000多年的历史有可能在我们手上终结。不仅如此，现在学术界在讨论"后人类时代"的问题，在人工智能等技术高速发展的时代，如何定义"人类"已成为重要的挑战，很多我们习以为常的生活、思维和传统都必将发生变化，我们需要调整自己的观念，在城市生活中发掘出诗意。

　　网络文学中也有不少长篇小说，其中不少改编为影视剧，在大众文化的脉络中为当今读者接受，网络文学的类型化发展契合了读者多样化的阅读需求，已经产生了重大的社会影响，如《甄嬛传》《步步惊心》《琅琊榜》《微微一笑很倾城》等。在短短十几年内，中国的网络小说发展迅速，形成了极大的规模，也发展出了不同的叙述模式。比如玄幻小说、穿越小说、宫斗小说等，玄幻小说的主人公则往往具备一定的特异能力，可以实现常人无法实现的梦想，穿越小说是指主人公穿越到另外时空中的故事，带有时空旅行的性质，宫斗小说是指在小说设定的宫廷之内，围绕某些事情所展开的权力斗争，这些小说故事性强，具有较强的可读性，但是在学术领域尚没有展开充分地研究。网络小说拥有大量的读者，有一些作品被出版，成为了中国文化市场上的热门话题，也有一些网络小说被翻译到海外，产生了较大的影响。网络小说正在改变着长篇小说的运行方式，也在改变着长篇小说的定义。

　　长篇小说已经成为了当今最为繁盛的文体，每年有近5000部长篇小说出版，充分显示了中国作家的创造力，但相比之下，真正的精品却并不多，尤其是青年作家尚缺少力作证明自己，现在的青年作家更多是以个人的日常生活经验为基础来展开，比较容易忽略生活的历史性变化。仅就日常生活经验而言，在飞速发展的中国，现在的生活经验跟十年前不同，跟二十年前也不同，其中有很多历史性的变化，作家应该把这些不同的经验与感触，都融纳到作品当中来。另一方面，作家只是社会的一分子，他的生活经验与别人的生活经验也不一样，跟别的社会阶层也不同，作为一个作家，要能够理解别人的生活，理解别人的内心，理解别人的世界，这需要具有一种特别的能力。作家既需要个人的生活经验，也需要突破这个局限，现在很多作家没有在这方面去努力，缺乏一种宏观的、独特的对世界的理解。当然也有一些青年作家意识到了这一问题，正在努力做出调整，他们在经验这个时代的时候努力留下对这个世界的思考，并将他们的思考升华为一个艺术的世界，这是值得肯定的，也是长篇小说的重要性之所在。

（原载《学习时报》2017 年 10 月 13 日）

以诗歌为"方法"，勘探世界与人心

　　2020 年伊始，中国与世界便遭遇了新冠肺炎疫情，人类社会面临着重大危机，随后美国爆发种族冲突并愈演愈烈，而 2018 年开始的中美贸易战也升级为中美全面对抗。疫情尚未过去，冷战结束以来所形成的世界秩序正在悄然发生变化。这是中国自改革开放以来所没有遇到过的重大变化，将会深刻地影响我们每一个人的生活，以及我们的日常感知、情感结构与思维方法。我们似乎又来到了一个新的历史关口，不得不重新面对和思考"中国向何处去，世界向何处去"等重要问题。当此之时，诗歌何为，诗人何为？在面对中国、世界乃至人类史上的重大变化时，我们的诗人是否可以发出自己的声音，而又如何发出自己的声音？

一

　　当时代发生变化时，诗人作为最敏感的人群，总是能领风气之先，为我们传达出特定时代的情绪、氛围与精神。中国新诗自发生以来，我们可以从胡适、郭沫若、艾青、穆旦、贺敬之、北岛、海子等诗人的诗歌中，感知到时代气息的敏锐变化。但自上世纪80年代以来，从"三个崛起"开始，我们的诗学讨论大多在诗歌内部讨论问题，而较少关注诗歌与时代、社会与世界的联系。面对世界出乎意料的发展与变化，我们往往不知所措，不知道该不该发声，以什么样的姿态发声。这与我们缺乏相关知识有关，更重要的是在既有的思维惯性之中，我们甚至不会意识到这种缺失。

新时期以来，诗歌界重要的论题与论争如"诗到语言为止""日常生活""下半身写作""民间写作与知识分子写作"等，受到文艺界整体思潮——文学的"主体性"、"向内转"、"写什么"与"怎么写"等等的影响，主要讨论语言、形式、技艺等诗歌内部问题。在反思"文革"诗歌及其语言泡沫的背景下，关注诗人"主体"的重建、语言弹性的探索以及新形式的实验，有其历史的合理性，也推动并参与了思想解放和新启蒙运动，拓展了当代中国人的思想艺术空间。上世纪90年代以来，诗歌界流派纷纭，众声喧哗，涌现出了不少优秀的诗人和诗歌，但在这个时代，我们更多的是将诗歌作为"目的"来追求，以诗的完成为最终目的，而不是将之作为一种"方法"，以更深入地理解或进入世界。正如"汝果欲学诗，功夫在诗外"所揭示的那样，二者之间有着微妙的区别又有着辩证的联系。

以诗歌为"目的"，那最终的追求就是创作出优秀的诗歌，什么诗歌是最优秀的呢？当然是西方现代经典和中国古代经典，我们按照这些经典的语言、感觉与技艺创作，是否也能创作出经典之作呢？答案自然是否定的，以这样的方式只能创作出模仿、借鉴的二三流作品，而不能成为真正的经典，作为学徒期的练笔尚可，但并不足以成为优秀诗人。以诗歌为

"方法"，就是将诗歌作为深入世界、时代、生活乃至自我意识的一种方式，或者说暂时将"诗歌"悬置起来，投入到生活中去，投入到对世界的观察与思考中去，在生命体验与内心感触累积到一定程度，不得不发的时候，再发而为诗，诗在这里只是表达内心体验的形式之一，只有这样的诗才是真实、真挚、真切的，所以历史上有人虽不以诗人名世，但他们偶然吟诵的几句，却也以其真挚动人而流传千古，如项羽的"垓下歌"、刘邦的"大风歌"以及荆轲的"易水歌"，这些诗歌短短数句，千载而下，仍能令人想见其风貌。鲁迅的《野草》虽无意为诗，但其中生命的挣扎、反噬及其抑扬顿挫的节奏感，反而创造了诗歌的一种新形式。但复杂之处在于，对于诗人来说，仅仅依靠生命体验而缺乏诗歌技艺的训练，也无法持续创作出优秀作品，所以诗歌作为"方法"的另一层含义，在于从方法层面锻炼诗歌的技艺，以"语言的炼金术"将复杂幽微的体验或想象以精确的方式表达出来，我们既要学习经典，又不要拘泥于经典，而要自出机杼、别出心裁，杜甫既有"转益多师是吾师"的技艺，又有长安道上颠沛流离的深切体验，再加之他个人的艺术创造，才能成为集大成的诗人。

诗歌是我们认识与理解世界的方法之一，也是我们与他人建立情感、精神联系的方式之一，那些伟大的诗歌总是能写出潜藏在每个人心中的集体无意识，塑造出特定的情感结构、感觉方式与思维方法，通过诗歌，我们凝结成情感与精神的共同体，辨认彼此，并共同面对世界的变化与人世间复杂难言的体验。《毛诗·大序》中言，"诗者，志之所之也。在心为志，发言为诗。情动于中而形于言，言之不足故嗟叹之，嗟叹之不足故永歌之，永歌之不足，不知手之舞之，足之蹈之也。"在这个意义上，诗歌是表达个人情感与志向的方法之一，也是我们面对世界的方式之一，而一个诗人的价值就在于将人人心中所有的情绪、思绪，以特定的形式凝聚在一起。

二

　　如果我们认可上述诗学观念，需要对新时期以来的重要诗学观念做出反思与辨析，"反思"并不是简单地走向其反面，而是在一种新的视野与更高的思想层面把握概念及其对立面，从而开拓出新的思想空间，为新的诗歌探索开辟道路，比如我们反思"语言"并不是说语言不重要，也不是要回到文革诗歌语言的简单粗暴，而是对新时期以来过于重视语言从而产生的另一种极端倾向——佶屈聱牙、生搬硬套、腔调化等，做出批判与反思，让诗歌语言更接地气，更具及物性，更能容纳当代中国人的经验与情感。类似这样的诗学概念有很多，我们在这里仅以"语言""主体性""日常生活"为例，对之做出简单的辨析。

　　"语言"是新时期以来重要的诗学概念之一，也有人用"汉语""现代汉语""现代汉语诗歌"等。朦胧诗最初便以语言的陌生化与新鲜感，对诗歌界及公众产生了巨大的思想冲击，其后的"第三代""知识分子写作""民间派"等诗人群体，也都从不同方向与角度对语言做出了探索，不少优秀诗人形成了个人的语言风格与诗歌风格。但对语言的过分重视也产生了两种不良的倾向，一是过于雕琢，或生造词汇，或句式复杂，有的甚至像中国人写的翻译诗，令人不知所云，一是过于俚俗，或趣味低下，或肉麻无聊，有的甚至像随机分行的文字，让人莫名其妙。我们并不反对口语入诗或借鉴西方现代经典，这都是有益的探索，但我们不能将探索失败的作品视为优秀之作，而应对之做出具体分析。从更高的层面来说，"语言"只是优秀诗歌的必要条件之一，有好的语言并不一定会有优秀的诗歌，在中国诗歌史上，南北朝的沈约、谢朓等受佛经翻译影响，发现了汉语平上去入的"四声"并将之引入诗歌，初唐的沈佺期和宋之问使五律更趋精密，完全定型，又使七律体制开始规范化，他们对汉语诗歌语言的贡献与影响是巨大的，但他们在诗歌史上的地位却无法与李白、杜甫、王维等人相提并论，没有沈约、谢朓、沈佺期、宋之问等人对汉语的探索与发现，不会有李白、杜甫、王维诗歌的辉煌，但仅仅有这些重要发现，也不足以使他们成为李白、杜甫与王维，说到底语言只是优秀诗歌的基础，除了语言之外，思想深度、艺术造诣、诗歌所达到的境界及其风格、甚至诗人的人格也是评判诗歌是否优秀的重要因素，但新时期以来我们过于重视语言，而忽略了其他因素的重要性，仅仅在语言、形式等方面探索，而忽略了语言与生活世界的有机联系，因而出现了语言的"空转"、不及物等现象，甚至出现了一种特有的诗歌腔调，以一种疏离的、外在的、把玩的态度观察世界，安排语言与节奏，形成一种旁观的流行诗歌语调，这种诗歌语调的流行既抹杀了诗人的个性，也阻碍了诗歌与生活世界的联系，更失去了直抵人心的力量。

"主体性"也是新时期重要的理论概念。主体性理论在上世纪80年代曾产生极大的影响，这对于反思文革的扭曲人性具有重要作用，但此后对于个人、文学、诗歌的"主体性"的强调逐渐趋于另一个极端，而"主体性"也被阐释为一个孤立、封闭的空间，在其视野中，诗歌似乎只是诗人个人天才、灵感的神秘产物，而与社会和历史无关，这种对诗人、诗歌的浪漫主义想象曾在诗歌界与社会上流行一时，但在新的理论视野中，"主体性"不是封闭的、孤立的，而应该是开放的、运动的，作为诗歌创作主体的诗人是处于一定生产关系与社会关系中的"个人"，是社会整体的一分子，我们的诗人只有清醒地意识到这一点，才能将个人的生命经验相对化、陌生化，才能将个人的"主体性"向其他个人、其他社会阶层敞开，才能在与时代经验的融合中生成一种新的"主体性"，这就是鲁迅说的"无穷的远方，无数的人们，都与我有关"。

"日常生活"是上世纪90年代以来常用的诗学概念，对"日常生活"的发掘与呈现也是90年代以来诗歌的重要成就之一，"日常生活"作为一个诗学命题的提出，对此前遮蔽日常生活的种种政治、经济、文化话语具有一种祛魅作用，在政治生活、经济生活等公共生活之外，人们发现了更具基础性，更有私人性，而且谁都离不开的"日常生活"，这一发现为诗歌表现领域提供了一块新大陆，一时间众人蜂拥而上，柴米油盐酱醋茶，人们日常生活的各个层面都在诗歌中获得了充足的表现，但如果说"日常生活"最初提出时对主流话语与宏大叙事尚有批判、反思的性质，但随着这一创作潮流蔚然成风，自成一体，不少诗人便陷入"日常生活"的洪流中而少有反思了，同时"日常生活"的理论话语也在沿着私人化的方向不断演进，由"日常生活"而"私人写作"，由"私人写作"而"下半身写作"，似乎越趋私人领域越具有诗学上的正义性，但另一方面，越趋近私人领域则越趋向雷同，后来者只能不断拉低下线，美学格调不高。"日常生活"相对于公共生活、时代生活有其私人性、日常性，有时更接近生活乃至生命的本质，但也有其理论与实践上的局限性。其一在于"日常生活"与创作主体的个人生活密切相关，而创作者往往是中产阶级以上群体之一员，其对个人生活的展示便带有中产阶级的趣味与美学，但这种生活与美学并不具有普遍性，而不少创作者对此并没有清醒的意识；其二则在于中国一直处于飞速发展剧烈变化之中，即使同一个人，其上世纪80年代、90年代、新世纪最初10年、现在的"日常生活"也往往是不同的，如果将某一时期的"日常生活"抽象化与固定化，便无以窥见时代最核心的秘密，无以呈现时代变化所造成的"日常生活"的变化，及其所带来的情感、心灵等内心构造的改变。

类似这样诗歌观念还有不少，需要做出细致的辨析。我们需要走出新时期诗歌美学的规则与潜规则，为新诗的发展探索新的空间。新时期诗歌曾产生极大的影响，但在新的理论视野来看，其美学规则是"西方化""精英化""形式化"的，我曾在《新时代诗歌要有新气象》一文中做出初步思考，我们需要重新审视新时期以来的诗歌观念，重新理解其所构造的一系列二元对立，在新的思想坐标中做出新的思考。

三

那么我们需要什么样的诗歌与诗歌美学呢？在我看来，我们的诗歌要表达出当代中国人的经验、情感与内心世界，要走在时代前沿，勘探世界和人心的变化，要在新的历史境遇中创造出新的诗歌美学。

诗歌来源于生活，而不是来源对经典的模仿，这应该是一个常识，但在新时期以来的语境中，西方现代经典与中国古代经典两大传统却为当代诗人带来了难以摆脱的阴影与焦虑，我们应该意识到，那些经典只是过去的诗人面对生活的感觉、思考之结晶，我们的时代已经与 19、20 世纪的西方大不相同了，也与中国的唐朝、宋朝相距甚远，我们这个时代不断涌现的新经验、新现象、新问题，那些经典诗人无法看到也难以体验，相对于仅仅迷恋他们的技艺而不能自拔，更重要的可能是学习他们面对时代的态度，他们进入世界的方式，他们如何将特定时空中的生活、情感凝聚升华为诗歌经典。诗歌是我们表达情感与想法的方式，是我们的歌哭，是我们的倾诉与交流，我们歌哭的方式固然可以借鉴前人，但更重要的是来自心底的触动、波动与感动，只要能表达出我们的经验、情感与思想，我们大可不必在乎写的是否像西方现代或中国古代经典，我们时代的经验与历史上的经验不同，我们时代的经典自然也会与过去的经典不同，我们可以不依傍前人与古人而自成"经典"，或者更确切地说，我们只有不依傍前人与古人，才能最终成就经典。

诗歌要走在时代前沿并不容易，需要诗人具有历史感与时代感，具有对时代的变化及其未来趋向的敏锐感觉与把握。我们所处的时代并不容易把握，40年来，中国一直处于飞速发展之中，世界也处于剧烈变化之中。在这个时代，我们需要从对"语言""主体性""日常生活"的关注中抽身出来，需要超越自我与他者、中国与西方、传统与现代、个人叙事与宏大叙事等一系列二元对立，重新关注人类的命运。20世纪不少西方诗歌大师都曾在他们的时代思考人类的命运，他们或具有宗教背景，或具有现代主义风格，但大多带有西方中心主义的色彩，无法将中国纳入人类命运的整体之中思考。而20世纪的中国诗人，或深陷于苦难中国的经验之中，或深陷于革命中国的激情之中，或深陷于对西方大师的膜拜之中，多不具备国际视野和人类意识，在面对西方世界时，更多强调的是个人体验与中国经验的特殊性。但在我们这个时代则完全不同，在全球化时代，中国不仅在经济上与世界已联结为一体，而且伴随着中国经济的崛起，中国人的文化自觉与自信也更加强烈。中国人不仅是人类的一部分，而且可以代表人类做出我们的思考，在政治、经济、科技等领域，中国人已经做出了自己的探索，在诗歌领域我们也可以做出自己的探索。当中国人开始思考人类的命运时，必然会带来与西方不同的视角，相对于西方，中国的传统文化与社会主义制度无疑是异质性因素，而这则构成了我们理解世界的基点，近代以来我们深受西方文化的影响，汲取了西方文化的丰富营养，不少西方文化已内化为现代中国文化的一部分，我们对西方文化的认识、理解之深度与广度，要远远大于西方对中国文化的认识与理解，这为我们思考人类的命运提供了更为宽广的视野与更为扎实的知识基础。在这个时代，我们可以以诗歌为方法，要重建我们的世界图景，重新讲述人类的处境与命运。

新的历史境遇可遇而不可求，但我们这个时代却为我们提供了新的历史境遇。工业时代的美学不同于农业时代，同样信息化时代的美学也必将不同于工业时代，但对于当代中国来说，一个特殊的境遇是，农业时代的经验、工业时代的经验以及信息化时代的经验，被极大地压缩在一个特定的时空中。在我们的社会中，既有飞速发展甚至在某些领域领先世界的信息技术与产业，比如华为和正在美国受到限制的 Tiktok，也有门类齐全、独立完整的现代工业体系，更有源远流长的传统农耕文明。中国的现代化是西方数百年现代化进城的压缩，现在不仅存在着传统社会与现代社会的矛盾，也存在着工业社会与后工业社会的矛盾，在诗歌美学上也是如此。我们的诗歌中既有怀恋乡土的乡愁，也有置身当代都市的生存焦虑，更面临着许多前人没有遇到过的新现象与新问题，比如人工智能 AI 写诗，新媒体的崛起等等，这些混杂着农耕文明的挽歌、当代都市审美现代性、后工业社会心灵碎片等各种风格的极端状态，是人类史上前所未有的美学奇观，再加之新冠疫情的巨大冲击和影响，其间的矛盾、混乱与相互冲撞，超出了任何一种既有的诗歌理论或诗歌美学，而这则蕴含着新的诗歌美学诞生的萌芽与契机。对于我们来说，或许重要的不是发明一种新的理论或美学为之命名，而是摒弃既有的理论框架，对纷纭复杂的诗歌与诗歌现象做出细致分析，并以前瞻性眼光培育新的诗歌美学的生长，而溶解在新的诗歌中的时代奥秘，将是我们理解世界和人心最新变化的重要方法与途径。

（原载《诗刊》2020 年 10 月）

在"我"与世界之间

——非虚构的叙事伦理与理论问题

　　近年来中国的"非虚构"在创作实践上取得了丰富的成果，在理论探讨上也有不少进展，2015 年以"非虚构"著称的白俄罗斯作家阿列克谢耶维奇获得诺贝尔文学奖，也在国内引起了广泛的回响。2016 年年初，《十月》杂志刊发的黄灯《一个农村儿媳眼中的乡村世界》，在网络与微信朋友圈中热传，引起广泛的争论，这是继 2015 年春节期间王磊光《博士返乡笔记：乡村越来越迷茫》之后，又一篇引起广泛关注的涉及到中国乡村的非虚构作品。同时，《时尚先生》刊发的特稿杜强的《太平洋大逃杀亲历者自述》也引起关注，惊心动魄的真实故事和复杂痛楚的人性令人深思，这是继 2015 年 5 月刊发魏灵的《大兴安岭杀人案件》之后，该杂志再次刊发"非虚构"，这也让我们看到，"非虚构"的影响已走出文学领域，在更广大的社会领域引起了关注与重视。在此前后，在网络上盛传一时的《春节纪事：一个病情加重的东北村庄》和《上海女孩年夜饭逃离江西》，在热闹一阵之后，被认定为是虚假新闻，这也让我们重新审视虚构与非虚构的界限，以及"真实性"的生产机制及其心理背景等问题。

　　非虚构的真实性问题并不是一个新问题，而是包含在"非虚构"这一命名中的内在理论问题，顾名思义，"非虚构"是将虚构排除在外的追求真实性的一种写作倾向，但这一命名方式也包含了内在的矛盾，那就是非虚构的写作者在进行创作时，必然会对生活题材进行选择、剪裁、整理，而这些主观性的行为必将影响作品呈现的客观性与真实性，那么作品表达的"真实性"便只能是一个终极目标，而不能在客观上真正实现。在这个意义上，任何"非虚构"都是相对的，都是不可能完全真正实现的。如果我们承认这一内在矛盾，那么就会有两种倾向，一种是在这一限制下追求真实性最大可能的呈现，另一种则是允许以虚构的方式对素材进行处理，或者以更加艺术化的方式创作"非虚构"作品。事实上这也并不是一个新的问题，1980 年代围绕报告文学的真实性与艺术性问题，在黄岗、徐迟等老一代报告文学家中也曾引起过争论，徐迟等人更重视报告文学的艺术性，而黄岗等人则更强调其真实性，关于非虚构的真实性问题的讨论，可以视为这场争论在新时代的回响与延续。

　　但是在非虚构的真实性问题中，也有新的经验与新的因素，那就是涉及到了叙述者的身份与叙述姿态问题，这是由于当前的非虚构作品大多与创作者的经历、经验密切相关，也有不少作品正是由于作者的身份才引起广泛的关注。比如黄灯的《一个农村儿媳眼中的乡村世界》、王磊光的《博士返乡笔记：乡村越来越迷茫》等作品，作者的知识分子身份与其作品中所呈现出来的乡村世界有较大的反差，且在春节期间很多人返乡时推出，因而引起了较大的社会共鸣。在这两篇文章中，作者写的都是个人的亲身经历，并以真诚的态度讲述他们眼中的乡村世界，其中不乏自我剖析与自我反省，但更多指向的是对当代中国巨大变化的反思——包括城乡差距加大，乡村及其文明的衰败，贫富分化与阶层分化等社会议题。他们所写的虽然是个人的经验与私人"笔记"，但由于触及到了广泛的社会议题，具有相当的普遍性，因而其个人体验也就成为了一种"中国故事"，深刻地切入并呈现了当代中国的结构性矛盾。

在当前文学界，"非虚构"的创作实践与理论探讨尚处于发展之中，对于何谓"非虚构"，非虚构与虚构的界限在哪里，"非虚构"的内涵与外延等问题，尚没有明确的答案。但我们可以看到，引起社会广泛关注的非虚构作品，大多与作者的亲历性或个人体验相关，我们可以在此基础上探讨"非虚构"的文体特征及其叙事伦理。

乔叶的《盖楼记·拆楼记》在发表时，被《人民文学》杂志放置在"非虚构小说"栏目中。"非虚构小说"这一命名包含着内在的矛盾与张力，"小说"本身包含着虚构与艺术化的内涵，将之与"非虚构"联系在一起，具有一种内在的悖论与颠覆性，但如果我们不拘泥于概念的纠缠，也可以将这一命名视为针对当前文学病症的创新与改变。但是将"非虚构"与"小说"结合起来的，只是作者的个人视角，以这一角度去构思、剪裁与想象，这样所呈现出来的虽然是"真实"，在很大程度上，或许只是作家个人意义上的"真实"。我们可以将这一作品与乔叶的小说《月牙湾》相比较，加以探讨。

《月牙湾》通过一对姐妹的情感纠缠与撕扯，让我们看到了当代中国阶层分化对亲情的撕裂，当年相濡以沫的姐妹，而今分处于不同的社会阶层，生活习惯、思想观念、情感态度都有了巨大的差距，当她们因偶然的机会相聚在月牙湾时，在表面的亲热和谐之下，却暗自涌动着对彼此的隔膜、嫌弃与不解，而这又让来自城市的"妹妹"在情感与道德上感到不安，小说以"妹妹"的视角切入叙事，虽然是一篇虚构作品，但让我们看到了社会巨变对私人情感的影响与改变，真切地表达出了作者的困惑与自省。

相对于《月牙湾》，《盖楼记·拆楼记》篇幅较长，在叙述上也表达出了更为复杂的情感与态度，这部作品仍然涉及到了两姐妹，叙述者"我"介入了"姐姐"生活中的具体事件——盖楼与拆楼，面对即将来临的拆迁，"姐姐"及其村中的村民为了取得更高的赔偿金额，绕过乡政府与开放商的阻挠，想尽办法盖起高楼，作为叙述者的"我"也介入了这一过程之中，并调动自己在城市中的各种资源帮助"姐姐"，并在最后为"姐姐"增加了6万元的赔偿。这部作品叙述简练、自然，逼近生活真相，呈现出了内在的生活逻辑，并表现出了作者的困惑与矛盾，可以说是一部优秀的非虚构作品。

这部作品有不少问题值得深入探究，可以说"非虚构"的形式，提供了一种将更丰富的体验、更复杂的情感表述出来的可能性。其中很多描述虽然真实但又很残酷，比如"我"与底层乃至自己亲人的关系，是高高在上的，是"哀其不幸，怒其不争"的，甚至对自己的姐姐、姐夫，也有某种程度上的"歧视"。而"我"的优越感并非来自思想与知识上的高深，如鲁迅启蒙主义视角下的中国乡村，而是来自于"我"的地位与身份，"我"是城里人，有一定的社会资源，收入较高等，这让"我"融入了现实的规则与潜规则，所苦恼的也是自己能否"摆平"。另外值得关注的是其中的叙事伦理问题，作品中"我"的"介入"只是为了个人或家族的"私利"，而并非作为一个公共知识分子，去谋求公共利益，甚至当"私利"与公共利益发生矛盾时，很鲜明地站在前者一边。最突出的一个例子，是"我"出谋划策、合纵连横，去对付一个不谋私利的村支书，在这里，"我"反而成了"公义"的破坏者。这问题涉及到作家与叙述者"我"的关系，也涉及到非虚构与"小说"的关系。"我"的"介入"调动了个人的社会资源，是在承认潜规则的前提下，最大可能谋取私人利益；"我"的写作是一种"公共性"，而这种"公共性"的表达只是表达了谋取私人利益的过程，其中存在着巨大的矛盾与分裂。如果说，五四以来我们开辟了一个公共空间，在这个空间中，知识分子和作家都是社会正义或进步的代表，那么在这个作品中则走到了反面，"我"作为私人利益的代表，走到了公共利益的反面，"我"还将之讲述出来，成为一部非虚构作品，那么，叙述者"我"是否一定要代表公共利益，如果代表私人利益，可能会带来什么问题？这是一个新的现象，确实很值得分析。可以说在这个意义上，《盖楼记·拆楼记》为我们提供了一个很有价值的文本，它较之小说的形式为我们提供了更为丰富复杂的当代经验与个人体验，也将一些较为重要的理论问题提到了我们面前。

与上述亲历性的非虚构作品不同，《太平洋大逃杀亲历者自述》、《大兴安岭杀人案件》等作品，虽然也是非虚构作品，但作品的主体来自对亲历者的访谈，在发表时被标明为"特稿"，显示了它们与新闻特写之间的联系与区别。在某种意义上，这类作品更接近于新闻特写，其中的素材就直接来自新闻，但与新闻特写不同的是，这些作品更全面、更深入，更具文学性，它们所呈现的不是对某一个事件的认识，而是对一个"世界"的理解。在《大兴安岭杀人事件》中，杀人事件只是其中一个偶然性的事件，作者最初更重要的则是其中人的生存状态，大兴安岭深处的小酒馆，暴躁的林场工人，鄂温克文化的衰落，禁伐令的到来等等，构成了一种充满"戏剧张力与孤独色彩"的生活，《太平洋大逃杀亲历者自述》同样如此，此篇讲述一桩真实的案件，部分船员劫持了远洋捕鱼的一艘船只，在从秘鲁返还中国的航程上展开了轮番杀戮，原先33人，等返航时只剩下11人，作者采访了其中刑满释放的一位船员，他讲述了出海、返航及人们之间互相杀戮的惊心动魄的过程，让人们看到了"人性"在极端环境下的脆弱、扭曲与变异。值得注意的是，在这两篇作品中，作者的叙述都力求客观、冷静，在必要的交待之外都隐身在叙述的背后，以一种"零度叙述"的方式逼近事实的真相，而这种冷静的叙述姿态也与戏剧性内容之间构成了一种巨大的张力。

但是另一方面的问题在于，我们如何认识这些作品表现出来的"人性"？在任何极端情境或案例中，我们都可以看到"人性"的极端表现，但如果我们将"人性"进行抽象化的理解，却并不能对"人性"有更加深刻的认识，"人性"固然有生物性的一面，但也有社会性的一面。如果我们以抽象的"人性"去表现世界，表现出来的往往是我们对世界的抽象理解，而不是更加丰富复杂的世界本身。在这个意义上，"人性论"便不是通向世界的道路，而成为了通向世界的障碍。在此处，其实涉及到"非虚构"背后的理论问题，客观真实不会透明地映射在作者的头脑中，作者总是通过一定的"取景框"去观察与理解现实，而理论则是取景框的主要构成，或者说作家的人生经验与价值观念也决定着其对世界与"真实"的理解。在这个意义上，我们关注与讨论"非虚构"，也有必要重视其背后隐藏的理论问题。这既包括哲学理论与社会理论，也包括文艺理论，对于非虚构的创作者来说，重要的或许不是进行理论探讨，而是要有理论层面的自觉，认识到个人体验的有限性与相对性，对叙述者的身份、叙述姿态以及"真实性"保持一种清醒的反思意识，只有这样，才能以开阔的眼光与宽容的心态面对世界，面对不同的意见，也才能更加接近"真实"。

（原载《长江文艺》2016年第19期）

如何开拓乡村叙述的新空间？

——以世界视野考察当代中国文学

现在的中国乡村，已经与传统乡村有了很大的不同，传统中国乡村以土地关系为核心，以小生产者的经营方式为主，形成了稳固的生产关系，并形成了影响深远的家族文化。20世纪，中国乡村经历了一系列变革，从"土地改革"到"合作化"、"人民公社"，再到"家庭联产承包责任制"，土地关系以及人与人的关系经历了几番调整，可以说经历了天翻地覆的变化。而对于现在的中国乡村来说，同样面临着前所未有的变化，这主要表现在：（1）中国乡村内部面临着巨大的变化，比如传统家族文化的解体，人与土地关系的淡漠，新的生产方式的出现，等等；（2）中国处于剧烈的城市化进程之中，这不仅对城市有着巨大的影响，也让乡村发生了巨大的变化，最主要的表现是青壮年劳动力大量进城，这不仅影响到乡村的社会经济秩序，也影响到了道德伦理秩序等不同层面；（3）中国乡村置身于资本主义全球化的语境中，中国乡村所面临的问题便不仅仅是乡村的问题，也不仅仅是中国的问题，而是与世界紧密联系在一起，比如粮食安全问题，食品安全问题，转基因食品问题等等，就不仅仅是乡村或中国的问题，而是全球性的问题。在这样的视野中，"乡村"便不是远离城市的遥远之处，而是与每个人息息相关的所在，也不是落后于城市数十年的保守之地，而是与城市共处于同一世界的空间，或者说，正是中国乡村构成了中国乃至世界的底座，在当今的世界体系与中国的社会结构中，中国乡村处于双重性的底层，这是我们考察当今中国乡村及其文学叙述所必须具备的视野。

一、历史视野中的乡村"巨变"

中国乡村正处于剧烈的变化之中，这一变化可以说是中国历史上前所未有的，但这一变化尚未被我们的作家充分认识到，如何认识并把握这一变化，可以说是对中国作家的重大考验，而要认识到这一变化，我们不仅要诉诸个人的现实体验，也需要宏观的历史视野，只有在一个大的视野中，我们才能意识到变化的发生及其意义。对于这些变化，我们可以列举几个方面：（1）传统文明的"解体"，中国乡村的宗族制度与家族文化经历了数千年的历史，在20世纪已经受到了较大的冲击，而在当前正处于激烈的解体过程之中，宗族制度与家族文化对于中国乡村来说，不仅起着人际关系的组织作用，而且构成了传统社会价值观与世界观的重要部分，这一文化的解体对中国乡村的影响将会是根本性的；（2）"土地"的贬值，人与土地关系的淡漠，在中国历史上似乎从未发生过这样的情况，传统社会中人与土地有着密切的关系与深厚的感情，一部中国乡村史就是围绕土地所发生的悲欢离合的故事，不仅传统社会是这样，20世纪所进行的"土地改革""合作化""人民公社""家庭联产承包责任制"等，也都是围绕着土地的所有权所展开的，而今天伴随着现代化与城市化进程，"土地"作为一种生产资料越来越不重要，而青年大量离乡进城，也让他们也与"土地"在感情上越来越疏远，对于现在很多"80后"、"90后"的农村青年来说，不会或不愿做农活是普遍的状态，这对于中国乡村乃至中国的未来都将会产生深远的影响①；（3）中国人"生命意识"与伦理观的变迁，在我们这个时代看似自然的东西，在中国历史上却是前所未有的，它们正在悄然改变着我们对中国与世界的认知，比如说计划生育政策与独生子女政策，从根本上改变了中国人的生育观念与生命意识，比如说进城打工所造成的夫妻长期分居，其数量之大也是前所未有的，而这已经对中国传统的道德伦理观念造成了极大的冲击。以上所说的只是几个方面，如果以历史的眼光来看，我们可以发现中国乡村正处于空前的剧烈变化之中，而这样的变化为我们的作家提供了千载难遇的机会与丰富的素材。

在文学史上，乡村的变化是文学关注的中心之一，从丁玲的《太阳照在桑干河上》、周立波的《暴风骤雨》中，我们可以看到"土地改革"时期的中国乡村，在赵树理的《三里湾》、柳青的《创业史》、浩然的《艳阳天》中，我们可以看到"合作化"时期的中国乡村，在周克芹的《许茂和他的儿女们》、古华的《芙蓉镇》、路遥的《平凡的世界》中，我们可以看到改革开放时期的中国乡村，可以说，我们讲述中国乡村的故事就是在讲述中国的故事，只有中国乡村的故事才是最为深刻丰富的"中国故

---

① 参见吕途著《中国新工人：迷失与崛起》第七章"衰败的农村"，法律出版社2013年1月，第100—131页

事"，而在今天，我们则面临两个问题：（1）在今天，我们如何才能讲述中国乡村的故事？我们能否描述出中国乡村所发生的巨大而深刻的变化？（2）在乡土文明瓦解与城市化的历史境况中，中国乡村的故事是否仍能代表"中国故事"？——对于我们来说，讲述中国乡村及其变迁的故事，关注的不仅仅是"乡村"，而是中国人在当今世界的遭遇，我们需要讲出现代中国人的"故事"。

我们可以《红楼梦》为例，对于我们现代中国人来说，《红楼梦》呈现的是一个"昨日的世界"，它表现的是传统中国人的日常生活、情感结构与精神空间。我们对于《红楼梦》的世界是既熟悉又陌生的，自《红楼梦》诞生以来的200多年，中国人的生活与内心已发生了天翻地覆的变化，但仍有不变的因素，这为我们阅读《红楼梦》提供了一个有趣的差异性视角。比如，《红楼梦》中对以家族亲缘关系为核心的人际关系有着微妙的描绘，细致地呈现出了人物之间的亲疏远近及相应的礼仪，可以说是传统中国家族文化精妙而形象的表现，而在现代社会，家族不再是社会组织的主要方式，以"核心家庭"为主的现代家庭观念也极大地消减了"家族"的内涵，但是另一方面，中国人对血缘亲情的重视是一脉相承的，而在不同人际关系的相处上也积淀了中国人独特的文化；又如，宝玉、黛玉、宝钗的爱情故事是《红楼梦》的主要情节，但以今天的眼光来看，不仅近亲婚恋是天大的禁忌，而且他们之间表达情感的方式也过于保守了，不过从整体上，含蓄、幽微而又隐秘的表达方式，正是中国人情感的主要特点；再如，儒释道三教合一的宇宙观与世界观，构成了《红楼梦》的思想空间，对于经受过现代思想与科学洗礼的中国人来说，《红楼梦》中的某些人物与情节未免是"不真实"的，但《红楼梦》对世事无常的沧桑感喟，及其苍茫而又细微的艺术风格，却凝结了中国人数千年的经验与美感，在今天仍能唤起我们内心的认同。

我们将《红楼梦》与现代中国人加以比较，并非为了确认现代人的优越感，恰恰相反，自从进入现代以来，中国人尚未形成真正独特的既"现代"又"中国"的价值观，也尚未出现既"现代"又"中国"的集大成式的作品，而且中国至今仍处在巨大的转型之中，我们所经历的是激烈而又全面的社会变革，这在中国历史上是前所未有的，在世界范围内也是绝无仅有的，在这样的历史时刻，重温《红楼梦》，也是将我们的现在与过去相联系，并一起去探索我们的未来，在这个意义上，我们可以说《红楼梦》是传统文化的恩泽，是现代中国人挥之不去的"乡愁"。当然，我们更希望能够出现"现代《红楼梦》"，出现可以充分表达出现代中国人生活经验与内心世界的伟大作品。孟繁华指出，"乡村文明的危机或崩溃，并不意味着乡土文学的终结。对这一危机或崩溃的反映，同样可以成就伟大的作品"①在中国乡村发生巨大变化的时代，我们期待能够出现这样的作品。

二、世界文学中的"中国乡村"故事

从现代化的角度看，我国现在类似于欧美国家资本主义发展的早期阶段，在这样的历史时期，不仅乡村的经济与社会秩序处于瓦解之中，而且人们的传统观念也处于崩溃之中，如马克思、恩格斯在《共产党宣言》中所指出的，"资产阶级在它已经取得了统治的地方把一切封建的、

---

① 孟繁华《乡村文明的变异与"50后"的境遇》，《文艺研究》2012年第6期

宗法的和田园诗般的关系都破坏了。它无情地斩断了把人们束缚于天然尊长的形形色色的封建羁绊，它使人和人之间除了赤裸裸的利害关系，除了冷酷无情的'现金交易'，就再也没有任何别的联系了。……一切固定的僵化的关系以及与之相适应的素被尊崇的观念和见解都被消除了，一切新形成的关系等不到固定下来就陈旧了。一切等级的和固定的东西都烟消云散了，一切神圣的东西都被亵渎了。人们终于不得不用冷静的眼光来看他们的生活地位、他们的相互关系。"①在欧美资本主义的早期阶段，涌现出了一些批判现实主义的文学大师，比如英国的狄更斯，法国的巴尔扎克、司汤达，俄国的托尔斯泰、陀思妥耶夫斯基，美国的德莱赛等等，但是在我国，尚未出现能够概括这个时代的大作家与大作品，这不仅在于中国作家的艺术能力，而且在于我们缺乏把握历史的理论与历史眼光，我们需要在世界文学中讲述出"中国乡村"的故事。

以"乡下人进城"的故事为例，我们的不少作家都写到了这样的故事，在一个城乡剧变的年代，这样的故事也是很普遍的，但如何将这样的故事写得深刻、细致，写得独一无二、不可代替，仍是我们的作家需要努力的。在司汤达的《红与黑》之中，我们可以看到一个来自乡村的男青年如何"自我奋斗"的故事；在德莱赛的《嘉莉妹妹》中，我们可以看到一个乡村青年女子如何向往城市并在城市中逐渐堕落的故事。这些故事也都是每天发生在我们身边的故事，但在这两部名著中，这些故事不仅仅是"故事"，而且蕴含着丰富的社会历史内涵，它们不仅为我们奉献出了于连·

---

① 《共产党宣言》，《马克思恩格斯选集》第 1 卷第 254 页，人民出版社 1972 年 5 月版

索黑尔、嘉莉妹妹这两个在世界文学画廊中栩栩如生的形象，而且通过他们的命运与遭际，让我们看到了社会的丰富层面以及作家的批判性思考，在于连与嘉莉妹妹身上，我们可以看到社会、时代乃至人性深处最激烈的矛盾与痛苦，所以他们既生存于具体的社会现实之中，也超越了那个时代，让我们可以感受到那种最为深刻的"人类之痛"。而在我们当前的作品中，大多仍停留在"故事"的层面，这样的故事根本无法触及时代的核心问题，更无法谈到超越时代了。

再以托尔斯泰为例，在托尔斯泰的《战争与和平》《安娜·卡列尼娜》等作品中，我们可以看到他对待乡村的矛盾态度：一方面他对乡村中的"农奴制"深恶痛绝，认为这是造成社会不平等的根源，从而在小说中乃至在现实中进行改造的实践；另一方面，在道德伦理层面，他却更认同于乡村中的传统观念，在《安娜·卡列尼娜》中，我们可以看到，与安娜"堕落"并列的另一条线索，是列文如何获得幸福的过程。这样矛盾的态度可以说是一代知识分子的核心矛盾，托尔斯泰在小说中不仅写出了他对社会的观察与思考，而且写出了他对传统乡村社会的留恋与赞美，对资本主义生产关系的批判。在我们这个时代，传统的乡村社会也处于瓦解之中，新的生产关系正在重新组织乡村社会的秩序，在这个意义上，我们的历史处境与托尔斯泰是相似的，但是我们能否意识到这一切，能否像托尔斯泰把握他的时代那样切入我们的时代呢？

陀思妥耶夫斯基《罪与罚》的主人公也是从乡村来到都市的青年，在我看来，《罪与罚》凝聚了19世纪后期最为深刻的思想矛盾与精神痛苦，这个时代的俄罗斯正处于从传统社会到现代社会的巨大转型之中，在社会层面，是封建农奴制向资本主义生产方式的转变，而在精神层面，传统的东正教信仰受到了前所未有的冲击，来自欧洲的无政府主义、个人主义、共产主义、无神论等新思想，在俄罗斯思想与文学界掀起了滔天巨浪，涤荡着人们的心灵世界，究竟是该信仰上帝还是该信奉无神论，是该保持传统的生活方式还是要追随西方，是站在穷人一边还是站在新兴的富人一边？面对这些重大问题，每个人都置身其中，不得不做出自己的思考与选择。在某种意义上，我们可以说《罪与罚》正是对上述问题的回应。小说的故事很简单，主人公拉斯科尔尼科夫是个穷困潦倒的大学生，他崇拜拿破仑，想靠个人奋斗干出一番事业，但是他缺乏发展的最初条件，为此他杀死了一个放高利贷的老太婆，可此后他却陷入了巨大的恐惧与精神危机之中。小说围绕"一个人为了伟大的事业，是否可以杀死一个渺小的人？"这一主题，从多个侧面展开了激烈的辩论与痛苦的挣扎，这一辩论在拉斯科尔尼科夫的内心展开，也在他与持不同思想的朋友之间展开，在他与警察的猫鼠游戏之间展开，也在他与妓女索尼娅的相爱过程之中展开。他在索尼娅的感召下，从深刻的痛苦中开始信仰上帝之爱，最后他平静地接受了法律的刑罚，但是在内心中，他仍然存在着深刻的怀疑……①。陀思妥耶夫斯基的小说擅长"刻画人的心灵深处的奥秘"，《罪与罚》以激烈的戏剧冲突呈现出了一出惊心动魄的思想悲剧，让我们看到了那个时代最深刻的精神矛盾，以及超越于时代之上的对人类灵魂的深入剖析。

我们中国为什么没有产生这样的作品？从 19 世纪中期以来，我们中国不仅经历了艰难而曲折的历史，而且中国人的价值观与道德伦理观念也发生了天翻地覆的变化，从晚清的"三纲五常"，到集体主义、理想主义与社会主义，再到以金钱为核心的价值观，中间发生了那么激烈的转变，

---

① 韦丛芜译，陀思妥耶夫斯基著《罪与罚》，浙江人民出版社 1980 年 3 月

可以说每个置身其中的人内心都是动荡不安的，但是我们却很少看到有人为此而痛苦，也很少看到有作家能够写出中国人的"心灵史"。相对于陀思妥耶夫斯基，我们缺乏的是感受这个时代精神痛苦的能力，而要创造出我们这个时代的经典，我们需要像陀思妥耶夫斯基一样具备思想的能力，理解他人的能力，以及艺术创造的能力。

当我们从"现代化"的角度，将我们的当代经验与欧美国家资本主义初期阶段进行比较时，也应该认识到其间的不同之处：我们处于21世纪，与19世纪已经相差了近两个世纪，处于不同的历史境遇；我国是社会主义国家，社会主义的传统有着深远的影响；中华文明是与西方文明迥然不同的文明。以上这些因素决定了，中国乡村的现代化与全球化过程，与19世纪文学大师所表现的现实有着很大的不同，也决定了中国的乡村故事是更加丰富、复杂、独特的，如何在世界文学的视野中讲出中国乡村的故事，对当代中国作家来说，既是诱惑，又是挑战。

三、"乡村巨变"与艺术的创造性

上述分析很容易让我们以为，"现实主义"是乡土叙述的唯一方式，事实上并非如此，忠实地记录历史的变迁可以作为文学的追求之一，但并非文学的全部，作为一种"心灵史"，文学相对于理论著作、历史著作与社会学著作，可以让我们深刻、形象地触摸到人物的现实经验与内心世界，而作为一种艺术，文学无疑更应该具有美学上的追求，有作家独特的风格与独特的艺术世界。然而这一切，需要建立在对当代乡村深刻洞察的基础上。只有在此基础上，才能够真正具有艺术的创造力。

我们以上论述强调了中国乡村的剧烈变化，然而在这些剧烈的变化中是否有不变的因素？我们能否认识并把握这些不变的因素，并将之作为艺术创造的对象？在这方面，鲁迅的《阿Q正传》恰好给我们以启示，在鲁迅的《风波》《离婚》《祝福》等小说中，我们可以看到鲁迅小说对现实生活的深刻描绘，但鲁迅的着力点并非在此，鲁迅所着重的是民族心理结构的把握与刻画，这一点在《阿Q正传》中得到了最为突出的表现。在《阿Q正传》中，我们虽然可以看到辛亥革命前中国乡村的世态风情，但更加重要的则是，他对中国人乃至人类心理情感结构的刻画，鲁迅艺术上的创造性表现在他对现实的穿透，为我们呈现出了一幅精神的图景，在这个意义上，这是更为深刻的"现实主义"，画出了人类灵魂的一个侧面。鲁迅在变化中写出了"不变"的因素，写出了亘古至今的一种"现实"。这也是艺术的魅力之一，他让我们看到了比直接的现实更深刻的内容，让我们看到了更深处的"真实"。

在马尔克斯的《百年孤独》中，我们看到的不只是拉美社会的百年历史，还有丰沛的想象力以及艺术上的创造，它为我们打开了一个神秘的艺术世界；在艾特玛托夫的《一日长于百年》中，我们可以看到历史、现在与未来以一种独特的方式交织在一起，为我们呈现了一个丰富的想象空间；而在福克纳的《我弥留之际》《八月之光》之中，我们看到的也不只是历史现实，而是叙述方法上的创造。——然而对于我们来说，在今天，往往更容易重视这些作品在叙事上的创新，而忽略它们所包含的社会历史内涵。我们应该认识到，是表达的需要在推动叙述方法的革新，而不是为了创新而创新，如果我们忽略了《百年孤独》与拉美历史的关联，如果忽略了《八月之光》与美国南方社会的联系，便不能更深刻地理解这些作品。然而，从另一方面来说，我们不仅要重视社会历史内涵，也要注重艺术上的创造。只有在把握社会现实的基础上进行艺术创造，才能行之久远。

"多年之后，面对行刑队，奥雷良诺·布恩地亚上校将会回想起，他父亲带他去见识冰块的那个遥远的下午。"[①]《百年孤独》这个著名的开头，让很多中国作家为之着迷，它所创造的"过去将来进行时"，不仅为我们打开了一个多维时空，而且那种回环缠绕也体现了一种独特的语感与美感。这是一种真正的艺术创造。我们可以欣赏并学习这种叙述方法，但似乎不必顶礼膜拜，在我看来，李商隐《锦瑟》中"此情可待成追忆，只是当时已惘然"一句，不仅是"过去将来进行时"，而且蕴含着更丰富的意蕴，对"当时"的不同理解既可以指向将来，也可以指向过去；而在佛经中，"如是我闻，一时佛在舍利城"，"如是我闻，一时佛在忉利天"中的"一时"也同样具有更丰富的时态，既可以指向过去、现在、将来，也超越了具体的时空，为我们打开了更为丰富的想象空间。这只是一个例子，我们可以在传统文化中寻找到再创造的资源。

对于当代中国作家来说，我们具有前所未有的思想艺术资源，近百年来，国外的重要经典作品大多已经译成了中文，我们可以充分地借鉴，而且相对于同时代的国外作家来说，我们还有丰富的传统文学资源可以借鉴，这对于中国作家来说是一个优势，我们不必盲目崇拜，也不必妄自菲薄，更为重要的，我们正在经历一个剧烈变化的时代，在这样的时代，中国的都市与乡村都在发生飞速的变化，我们的世界图景乃至我们自身也都在发生巨大的变化，如果我们能够深刻地把握我们这个时代，并在艺术上做出新的创造，必定能够创造出这个时代的经典，我们应该讲述出我们这

---

① 范晔译，马尔克斯著《百年孤独》第1页，南海出版公司2011年6月

个时代的"中国故事"，应该在世界文学的视野中讲出我们的故事，这既是对当代作家的一种挑战，也是前所未有的机遇。

（原载《江苏社会科学》2013年第4期）

第三辑　细读

少与多、小与大、简与繁、虚与实

——徐怀中小说的艺术辩证法

一

　　集中阅读徐怀中先生的作品，发现一个很有意思的现象，那就是徐怀中先生的作品并不多，但是每个历史时期都有自己的代表作，20 世纪 50 年代的《我们播种爱情》，80 年代的《西线轶事》，以及最近的《牵风记》。如果再加上《地上的长虹》等中短篇小说，电影剧本《无情的情人》，以及非虚构作品《底色》，这几乎就是他作品的全部了，作为一个从事创作 60 多年、横跨几个历史时期的作家来说，这样的创作数量确实并不算多。但是另一方面，他的"少"也就是"多"，他的每一部重要作品都产生了较大的社会影响，也深深地镌刻在文学史上，有的甚至领风气之先，开创了文学表现的新领域与新方法，达到了艺术审美的新境界。如果存在艺术的"辩证法",那么徐怀中的"少"与"多"可以说是这种辩证法的一种表现。相对于那些创作数量很大但没有"代表作"的作家,徐怀中的"少"就更显示了其可贵,作品总量虽然"少",但是代表性作品却"多",这也正显示了徐怀中的艺术功力、艺术眼光和艺术追求。

徐怀中小说的艺术辩证法还有另一种表现,那就是"小"与"大"。纵观徐怀中的作品,他极少从正面描述时代生活的主流,而总是从时代的边缘、生活的角落以及小人物身上落笔,但是经由他的艺术创作,这些时代边缘的"小人物"反而受到了关注,甚至成为一种新的文学主流。

《我们播种爱情》是他极少的描述时代生活主流的作品,但这部作品描述的是边地——西藏地区,关注的重点是青年男女的爱情,这在当时都是较为边缘的"小"题材,如果我们将之还原到当时的历史与文学语境中就会发现,这一作品诞生时正是"革命历史小说"和"农村题材小说"占据文学界主流的时候,《红日》《红岩》《红旗谱》《三里湾》,这些当代文学史上的经典作品塑造出一个时代的文学风气,或讲述革命历史,或关注乡村巨变,从整体上关注新中国建立前后巨大的社会变革。但在这样的文学风气之中,作为一个有丰富革命经历和乡村生活体验的作家,徐怀中却没有追随时代潮流,去书写革命历史或乡村巨变,而将笔墨和关注的重点放在少数民族地区、青年男女的情感上,在《我们播种爱情》中,他为我们展示了西藏解放初期复杂的政治情势,汉藏两个民族相互理解的过程,以及农业站所带来的蓬勃朝气,作者着眼于"小",却写出了时代气象之"大",可以说是一部具有史诗气质的作品。

《西线轶事》也是这样,面对"对越自卫反击战"这样一个宏大的题材,徐怀中却选择了有线电话连这样一个边缘群体,小说的主人公更是边缘中的"边缘"——六名女电话兵,但就是这样一部关注边缘人物的小说,却引起了文学界与社会各界的广泛关注，被誉为"新时期军事文学的开拓之作"，小说中对人性、人情之美的着重表现，是一种对战争的超越与反思，蕴含着深刻的历史与美学内容。与同是表现"对越自卫反击战"的名作《高山下的花环》（李存葆）相比，《西线轶事》不像《高山下的花环》那样直接触及当时的社会热点问题（如"走后门"等），也没有直接冲击心灵的情节与细节（如烈士的"借债条"等），但是在审美上却更加含蓄蕴藉，意味隽永，所以《西线轶事》的影响是静水流深式的，持续地浸润着当代军事文学的审美土壤。在文学史上，有不少研究者将《西线轶事》与苏联作家瓦西里耶夫的《这里的黎明静悄悄》进行对比研究，这两部小说同样以战争中的女兵为主要人物，同样"在当代军事战争题材作品中都具有里程碑的意义，它们的艺术构思新颖、反映角度独特、表现手法别致。但由于两位作家的国情区别、生活环境的差异和文化传统等诸多因素的限制，使两部小说又呈现出不同的文化意蕴和审美风格。"①在这里，本文不拟全面比较这两部名作，而只是想指出，《西线轶事》之不同于《这里的黎明静悄悄》，主要在于其中隐含着传统中国美学的"抒情诗传统"，以及含蓄、留白等中国人特有的美学观念。"抒情诗传统"是与"史诗传统"相对的美学传统，在中国现当代文学史上主要是指废名、沈从文、萧红、孙犁、汪曾祺等一脉美学，徐怀中在《西线轶事》等小说中继承了这一传统并有所发展，显示出了其独特的审美境界与追求。

如果我们将《我们播种爱情》与《西线轶事》分别作为"史诗传统"与"抒情诗传统"的继承者，就可以看出二者艺术追求的不同，《我们播

---

① 闫顺玲：《军事文苑中的两朵奇葩——综论〈这里的黎明静悄悄〉和〈西线轶事〉》，《哈尔滨学院学报》2001 年 02 期。

种爱情》试图全面描述特定时代特定地点的一幅整体画面，以及事件发展的整个过程；而《西线轶事》则只选取其中的几个点，加以勾勒渲染，突出其中最美妙、最让人留恋的因素，所以在今天读来，《我们播种爱情》可能更具认识价值，读者可以从中了解当时的情势与青年男女的情感状态，而《西线轶事》则更具审美价值，即使在在时过境迁之后，我们仍能领略其中的审美意蕴。另一方面，从《我们播种爱情》到《西线轶事》，从"史诗传统"到"抒情诗传统"，徐怀中在写作历程中的这种转换，也更清晰地突显了他在美学意识上清醒的自觉与选择。

二

《牵风记》的写作过程，体现了徐怀中在创作中不断删繁就简，从生活向艺术转换的过程。据介绍，"早在1962年，徐怀中就曾着手写作长篇小说《牵风记》，写了近20万字，却不得不将书稿烧掉。当初那一部书稿，是从正面描写1947年刘邓野战军挺进大别山，取得战略进攻历史性胜利。小说笔墨所至，正是作者所亲历过的，那一段充满艰难险恶的悲壮历程，如同身体的烙印，始终伴随着徐怀中生命的延续，永远不会淡忘。"[①]而2018年发表、出版的《牵风记》，只有13万字，主角只有三个人物和一匹马，但却充盈饱满，元气充沛，营造了一种空灵、神秘而唯美的审美意境。在小说中，激烈的战争作为背景被虚化，突显出儒雅健谈的团长齐竞、聪明灵动的青年女学生汪可逾、骑兵通信员曹水儿三个鲜明的人物以

---

① 舒晋瑜：《徐怀中：九十岁再出发》，《新民晚报》2019年09月15日，第12版。

及一匹马的形象，以及他们之间微妙复杂的相互关系。小说不仅充满了浪漫的诗意，更在结尾处出现了当代文学中很少见到的象征性场景，那就是汪可逾牺牲后被发现时的场景——

　　汪可逾一向随遇而安，更何况落脚在一株银杏树洞里，正是她所祈愿的一生最后归宿之所在。那么，以后的事情不难想象，遗体看上去像是印在那里的一个女性人体，久而久之，完全与银杏老树融为一体了。……汪参谋一条腿略作弯曲，取的是欲迈步前行的那么一种姿态。显然是意犹未尽，不甘心在两亿五千万年处迟滞下来，想必稍事休整，将会沿着她预定的返程路线，向零公里进发，继续去寻找自己的未来[①]

　　在这里，汪可逾是美的象征，崇高的象征，也是永恒的象征，作者将她的遗体与古老的银杏融为一体，以两亿五千万年为计量单位，就将她从挺进大别山的一个女战士升华为一种超越于战争之上的美的象征，这种升华唯美而简洁，可以说是作者战争经验与审美体验的结晶，高度抽象而又意蕴丰富，但又那么激动人心，令读者过目难忘，我们可以说这是当代文学史上极少的可以给人以镂刻般记忆的场景。在《牵风记》中，徐怀中不仅超越了《西线轶事》的美学探索，而且为当代文学树立了一种新的标高。

　　在这里，同样存在一种艺术的辩证法，那就是"简"与"繁"的辩证法，徐怀中以简驭繁，以极简洁的笔墨写极复杂的历史，并将之转化为优美的艺术品，显示了其深厚的艺术造诣。在这里，我们不妨设想一下，如果1962年的《牵风记》没有被烧掉，将会是一部什么样的作品？那可能

　　[①]　徐怀中：《牵风记》，北京：人民文学出版社，2018年。

是一部描写挺进大别山的"革命历史小说",是一部像《红日》《保卫延安》一样描写我军历经艰险,终于取得胜利的作品,纵使不能像《红日》《保卫延安》那么经典,但也会真实地反映"挺进大别山"的战略及其实施的艰难过程。如果联系作者此前《我们播种爱情》《无情的情人》等作品的艺术风格,1962年的《牵风记》应该会有史诗性的追求,通过对几个"小人物"生活与战斗的描写,从整体上映射中国革命的历程,同时也会通过对自然、风景与女性的细致描写,突显徐怀中写作风格中的"柔情美"与"抒情性",如同孙犁的《风云初记》,或者徐怀中80年代的《西线轶事》那样,但是在1962年日趋紧张的文化语境中,这部作品的艺术个性与风格也不会过于突出。——关于这部已经不存在的作品,我们的设想也只能是如此了。这样的作品好不好呢?可以说有好处,也有不好之处,好处在于可能会为当代文学史增加一部"红色经典",而不好之处则在于我们可能会失去一部更具艺术个性,更具现代色彩,也更具探索精神的经典之作。

如果将现在的《牵风记》与《红日》、《保卫延安》加以比较,或者说与我们设想中的1962年的《牵风记》加以比较,我们就能更清楚地理解"简"与"繁"的艺术辩证法,艰苦卓绝的军事斗争在《红日》《保卫延安》中贯穿始终,从一场战斗走向另一场战斗,最后走向全面胜利,但在《牵风记》中,战争却只淡化为一个背景,或者说《牵风记》关注的焦点不是战争(性质及其胜利与否),而是战争中的人——富有个性的汪可逾、齐竞和曹水儿,以及人与人的关系,男人与女人的关系,人与马的关系。这当然并不是说战争不重要,作为战争的亲身参与者,徐怀中当然理解挺进大别山对于解放战争的战略作用,那一段经历也如同烙印一样印在他心底,但是作为一个有独特艺术追求的作家,他却不想让文学简单地

"模仿"现实，于是他删减了战斗过程与战争生活的描写，不像《红日》《保卫延安》那样具体地描述一场场战斗，战斗间隙的生活，以及从失败最终走向胜利的战争过程，而只从中抽取了三个人物和一匹马，同时赋予其丰富的象征性，开辟了一种新的艺术空间，一种与"革命历史小说"不同的、浪漫唯美而又充满象征性的艺术世界。这个艺术世界与《红日》《保卫延安》一样，同样来自中国革命的历程与作者的亲身经历，但历经时光的沉淀与时代的转折，《牵风记》已经有了不同的艺术追求与风格，如果说1950年代出版的《红日》《保卫延安》等"革命历史小说"，意在通过对艰苦战争生活的回顾，讲述新中国的来之不易及其合法性根源，艺术风格是雄浑悲壮的，那么《牵风记》则历经岁月淘洗，数十年前的战斗生活，在回忆中转化成了美的意象和象征。在徐怀中这里，如果说生活是粮食，那么艺术则是酒，酒来源于粮食，但又有别于粮食，我们能从中嗅到粮食的香气，但经过一系列加工，粮食已改变形体成为了酒，因而更加清澈，更加简洁，更加动人。

在这里，值得辨析的还有《牵风记》与《西线轶事》艺术风格的异同，如果说《西线轶事》是"抒情诗传统"的继承，那么《牵风记》则更近于浪漫主义与象征主义的融合，如果说《西线轶事》是单纯优美的诗篇，那么《牵风记》则是饱经世事之后回望前尘往事的沧桑之诗，《牵风记》中包含着更多对历史、战争与人性的体验与反思，但也包含着更多对美的追求、向往与憧憬，小说中的人物和马更具象征性，小说中的美也更具纯粹性。

如果我们将之纳入徐怀中的创作历程中考察，就可以发现徐怀中小说中的"虚"与"实"也处于一种流变的过程之中。《我们播种爱情》最为写实，《牵风记》最为务虚，而《西线轶事》则处于两者之间，达到了一种较为巧妙的平衡。但无论写实还是务虚，都与作者的生活体验与审美观念相关，是艺术创作中处理生活与艺术关系的方法与技巧，可以说"虚"与"实"的辩证法是其文学创作中最为关键的因素之一。但就《牵风记》而言，如何以"实"写"虚"、由"实"入"虚"，却是这部小说成败最关键，也是最具难度之所在。小说最初汪可逾携带古琴出现在战场上，似乎很难让人相信，但作者通过细节铺排、背景交待、性格刻画等，将"不可能"转化为"可能"，让读者接受了这一看似不可能的"传奇"，小说也以此为起点，通过符合历史和战争逻辑的故事以及大量生活细节的描写，处处写"实"，却是在为写"虚"做准备，这里的"实"是历史、战争、生活和细节，"虚"则是美的意象、象征与境界，"实"写得越扎实，"虚"也便越可信，到最后小说像那匹枣红马一样腾空而起，由"实"入"虚"，美的意象和象征从生活中涌出，如同烟花在夜空中灿烂绽放，在那一刻定格为永恒，徐怀中于此完成了"精彩的一击"，也向我们展示了艺术及其激动人心的力量。

三

"生活是文艺创作的唯一源泉"，自从毛泽东《在延安文艺座谈会上的讲话》揭示这一艺术真理以来，我们的文艺创作者更多地强调"深入生活"，而忽视了将"生活"转化为"艺术"是一种更为艰苦细致的艺术劳动，在有的历史时期甚至出现了简单化、粗糙化的弊端，无法将生活的丰富复杂及其中蕴含的独特之美呈现在艺术作品中，但是徐怀中却在创作初期就避免了这样的倾向，而显示出一种更加注重艺术规律与艺术本体的特点，他的作品中更注重自然、风景、女性甚至身体等感性之美的发掘，他1959 年的剧本《无情的情人》甚至曾因表现女性身体而受到批判。① 但是在长期沉寂之后，他在 1980 年发表的《西线轶事》仍然坚持并实现了自己的艺术理想。

但是另一方面，徐怀中也不同于 1985 年之后新潮小说的先锋、荒诞或魔幻现实主义的叙事，作为中国革命的一个亲身参与者，他应该并不认同对 20 世纪中国史与革命史进行虚幻、虚化或虚无式的描述，而在艺术观念上，他也与新潮作家更注重艺术形式探索不同，而更加注重生活与现实，更加注重从生活中进行"艺术"提炼。所以在 20 世纪 80 年代中期之后，面对更加新潮的学生一辈作家如莫言等人的风起云涌，徐怀中未免不像第四代导演在面对第五代导演时那样，尽管作为美学的开拓者和师长，他们会受到后来者的尊重，但是另一方面，他们更偏重于现实的美学观念（尽管是浪漫的，唯美的）也会受到后来者的质疑与挑战，但与第四代导演和同代作家不同的是，对徐怀中先生来说幸运的也是，他的长寿及其艺术生命力的长久，所以他才能在 2018 年发表、出版《牵风记》，"尽最后力量去完成精彩的一击"。在这里，我们可以看到这"最后一击"包蕴着丰富的内容：

首先这是徐怀中对自我艺术理想的完成，相对于《我们播种爱情》《西线轶事》等作品，《牵风记》无疑是更能体现作者艺术理想的代表性作品，挺进大别山的经历在他心中埋藏已久，从 1962 年开始算起，他将之转化为艺术作品的想法也有了 50 多年，而在 2018 年最终完成的这部作品中，他将生活升华成了唯美的艺术；其次是对将"深入生活"简单化，而不尊

----

① 参见韩国祥等：《我们对〈无情的情人〉的看法》，《电影艺术》1960 年第 6 期。

重艺术规律的思想倾向的有力纠正，这是对"十七年时期"文艺弊端的反思与校正，而在更加注重现实与现实主义精神的今天，无疑也具有深刻的启示意义：即"生活"与"深入生活"固然重要，但将生活转化为"艺术"同样甚至更加重要，现实主义固然重要，但关注现实并不是只有一种方法，浪漫主义、象征主义、现代主义都可以为我们所用，惟其如此，才能真正实现"百花齐放"；再次是对新时期以来新潮、先锋、魔幻现实主义等文艺思潮的反思与超越，当某种文艺思潮汹涌而来时，人们很容易为之裹挟而去，为先锋而先锋，为魔幻而魔幻，却逐渐脱离了生活与现实，这或许一时引人注目，但时过境迁之后便失去光彩，但徐怀中却并不如此，他虽然也接受了某些新潮观念的影响，但并没有随波逐流，他是在坚定的艺术观念基础上接受的，这部《牵风记》可以让人们在一个新的视野中重新思考生活与艺术的关系，重建文学与世界的有机联系。

徐怀中有其独特的文学观念，以及他对生活与艺术关系的独特理解，正是这样的独特之处才形成了雷达先生所说的"徐怀中风格"，在这篇发表于 1985 年、较为全面论述了徐怀中此前创作的文章中，① 雷达提出，"注重抒情性和表现性构成了他的风格外貌，但这还没有使他发展到浪漫主义和象征主义的程度。他既不像浪漫主义作家那样，强烈地表现自我，以至不惜改变生活形式的原有形态，他也不像象征主义者那样，给作品赋予深湛的哲理隐喻意味。他仍然只是一个现实主义作家"，"我是主张从整体上将徐怀中的风格类型划归为'柔性美'的范畴的。"我们可以看到，雷达在此处的概括适用于徐怀中 1985 年之前的小说，但却并不适用于《牵风记》。

---

① 雷达：《徐怀中风格伦》，《解放军文艺》1985 年第 12 期。

正如我们前面谈到的，《牵风记》更加务虚，可以说是一种浪漫主义与象征主义的融合，是徐怀中在生活与艺术关系的延长线上，较之《西线轶事》更远更艰难的一次探索，但即使如此，《牵风记》仍然有生活与历史的根基，有现实主义的底子，但却较之现实主义更加奇崛瑰丽，更加富有艺术光彩。在这里，虚实相生，相融，相交，恍兮惚兮，形成了一个令人目眩神迷的审美世界，这是来自于生活，而又渗透了作家审美理想而形成的一种新的艺术境。

或许在这里，我们也可以看到徐怀中对新潮小说观念某种程度的接受。20 世纪 80 年代以来较为宽松的文艺氛围与自由探索的风气，可以使作家不断汲取新的艺术观念，但是任何作家接受新的观念都是有限度的，而且新的观念也并不一定能产生更加优秀的作品，从"观念"到"艺术"的生成仍然需要艰苦的艺术劳作。徐怀中也是如此，在《牵风记》中我们可以看到，他在既有艺术观念的基础上更加去实向虚，更加浪漫唯美，甚至超出了雷达先生所说的"现实主义""柔性美"的范畴，而更趋向于浪漫主义与象征主义，更具现代主义色彩。这应该说是徐怀中在艺术观念上受到新潮文艺思潮影响或冲击的结果，但是这样的影响又与其固有的对美、自然、女性等"柔性美"的坚持相融合，才形成了我们在《牵风记》中所看到的艺术世界。同时这样现代主义式的抽象与象征，又融合了传统中国美学的"意象""意境"，形成了一种既"现代"又"中国"的新的中国美学，为"抒情诗传统"开辟了一条新的路径。

在这里，我们可以看到，徐怀中的艺术观念既是坚定的，又是开放的，他坚持艺术来源于生活，但他又不对"生活"做简单化理解，他坚持"抒情诗传统"与"柔性美"，但又以开放的心态汲取新兴文艺思潮的影响，并与既有的艺术观念融合在一起，所以能不断开拓新的艺术境界。

徐怀中深刻地领悟了艺术的辩证法，少与多，小与大，简与繁，虚与实，都是其艺术观念的组成部分，他有着坚定的艺术自信，所以才能如此淡定从容。唯其如此，他的艺术生命才能长久，才能在 90 岁高龄为我们奉献出《牵风记》。"删繁就简三秋树，领异标新二月花"，我们也期待徐怀中先生能为当代文学奉献更多佳作。

（原载《中国文学批评》2020 年第 6 期）

新启蒙视野下对国民性的反思

——读张平的《重新生活》

　　张平的《重新生活》既取材于反腐斗争，又超越了反腐斗争，这部小说不同于《抉择》《国家干部》《十面埋伏》等作品聚焦于反腐者与贪腐者的激烈斗争，而是将笔触引向了对贪腐文化、特权文化的反思与探讨，为反腐小说拓展了新的思想与艺术空间。如果说《抉择》（1997）等作品因揭示了令人震惊的贪腐现象与惊心动魄的反腐斗争，引起了社会公众的广泛关注，那么《重新生活》（2018）则将戏剧性的反腐斗争引向了普通民众的日常生活，探讨产生贪腐现象与特权文化的根源，进而让人反思传统中国文化与"国民性"的弊端，让人思考中国文化与中国人如何现代化等重要问题。

　　在小说的"引子"中，延门市委书记魏宏刚在市委常委会上被纪委的人带走了，引发了全市的轩然大波。这可以说是一般反腐小说的结尾，或者按照反腐小说的叙述逻辑与读者的阅读期待，这可能是新一轮反腐斗争与权力斗争的起点。但是作者却别出心裁，将笔墨一宕，转而去写魏宏刚被带走对家人生活的影响：他的儿子丁丁辍学失踪，老母亲一病不起，他姐姐魏宏枝接受组织调查，他姐姐的女儿绵绵突然从重点中学失学，他姐姐家苦心经营的小家，也面临着被野蛮拆迁的危险。小说的叙述重心围绕魏宏枝一家人的生活遭遇而展开，这一叙述重心的转移使小说超越了单纯的反腐小说，而进入了对普通人生活逻辑与文化逻辑的反思。魏宏枝一家所遭遇的世态炎凉，展现了"特权"失去前后周围人的两幅面孔，他们不仅被降低到普通人的生活层次，甚至承受着来自周围人的歧视、侮辱与冷眼，在这个意义上，这部小说确实可以起到反腐小说的震慑效果：对于一个官员来说，一旦贪腐被抓，不仅自己将身陷囹圄，而且会让家人陷入被歧视被侮辱的境地。但是小说又不止于此，而是进一步让我们看到"特权文化"是如何润物细无声地侵蚀一个人的，魏宏刚出身于社会底层的贫寒家庭，是依靠其勤奋、好学、聪明才得以跻身于官员行列的，在其成长过程中，承受了来自社会的各种压力与歧视，他追求权力的过程也是一种追求自由的过程，而伴随着他在官场职务的升迁，他不但获得了普通人的自由，更获得了比普通人大的多的"超级自由"——也就是"特权"，而这种"超级自由"的获得是不知不觉的，甚至不需要付出任何代价或成本，其运作方式也是"自然而然"的，是社会公认的一种规则与潜规则，贯穿于微妙的中国人的"人情"之中。

以小说中魏宏刚姐姐的女儿绵绵入学为例。绵绵本来在市十六中上学，一年多前转学到了延门中学，延门中学是延门市最好的一所重点高中，绵绵则分派在这个重点中学的重点班读书。"为了让绵绵当校级干部、校团委干部和班级干部，学校领导几乎往家里跑了无数趟，见了武祥夫妇就像见了省委和中央领导。那些客气得让你感到无言以对的奉承话，那些真诚得让你无比感动的表情和口气，一次一次、锲而不舍、孜孜不倦、振振有词地让你怎么推辞也推辞不了。"但是在魏宏刚出事不久,他的姐夫武祥就接到了一个"自称是教务处的人的"电话,电话中说,"我们的意思,你们就让绵绵认真详细地写一份检查和辞职书,先把学校和团里班里的职务辞了。这样对学校也好,对绵绵也好。辞职书我看你们明天来时最好就带过来,当然了,什么原因你们也清楚,总比我们免职撤职好吧。实话跟你们说,我们现在压力也很大,你们也要配合我们,越主动越好。这已经是最好的处理方案了,学校仁至义尽,你们也替孩子多着想着想。"随后,绵绵不但被撤销了一切干部身份,而且被迫退学,在高考来临之前的紧张时刻,转到一个偏僻的学校就学。

在这个过程中,武祥和魏宏枝夫妇所感受到的"人情冷暖",似乎也是中国社会中司空见惯的,"一人得道,鸡犬升天",相反,一个人一旦失势之后,他的家人则成了被欺侮、嘲笑甚至落井下石的对象。但无论是哪种情况,在旁观者看来都未免可悲,因为其运行逻辑是并不将人当作人,而是将人当作另一个人的附属,在魏宏刚当政时,绵绵之所以受到超出其个人能力的礼遇,是因为她是魏宏刚的外甥女,而当魏宏刚失势时,绵绵也因为是魏宏刚的外甥女,所以才受到牵连,被撤职被驱逐。这似乎是理所当然的,但自始至终,绵绵就没有被当作一个独立的、平等的人对待,而只是被视为舅舅的附属物而存在。《重新生活》的深刻之处,就在于通过魏宏刚失势前后的强烈对比,让我们反思这一逻辑的合理性,作者反思的对象从贪腐文化指向特权文化,进而指向传统中国文化与"国民性"的弊端,在这个意义上,作者呼应了五四新文化的启蒙思想,在今天重新提出了"如何做一个现代中国人"的思想命题。

现代人是平等的、理性的,但是传统中国文化重视的是人的等级、关系、人情,虽然经过五四新文化运动以及中国革命的洗礼,现代中国文化开始重视人格的独立和人与人的平等，但是传统文化的巨大影响仍然存在，仍然潜隐在当代生活的各个角落以及每个中国人的内心之中。在这种文化的影响之下，特权文化便大行其道，成为社会普遍认可的规则与潜规则。魏宏刚当政时，没有人会质疑绵绵不该读重点学校的重点班，更有不少人推波助澜，以此拉近与魏宏刚的关系，为学校甚至为个人谋求利益。不仅如此，《重新生活》在教育问题之外，还涉及到了医疗、房地产、拆迁问题等当代社会的热点问题，在对这些问题的揭示中，我们可以看到一个特权者所享有的"超级自由"是多么丰富，而大部分民众对这种"超级自由"的态度是羡慕、利用或者默许的，可以说普通民众这种"平庸之恶"是对特权文化、贪腐文化的纵容，也正是有众多"平庸之恶"的土壤才会催生出"极端之恶"，即魏宏刚为了追求更大的"超级自由"而走上了违法犯罪的道路。相对于"极端之恶"这种显在的毒瘤，"平庸之恶"因其细小琐屑，不太引人注目，但张平在小说中做出了精彩的描绘，仍以绵绵当班干部为例，"班主任说，绵绵现在当了班长，当了团干，当了学生会主席，再加上每年的三好学生，下一步上省重点大学，甚至上全国重点大学，就可以有办法让绵绵免于考试直接保送。这样的保送生年年都有，不显山不露水，谁也说不出什么。……保送生，三好生，还有班长，校干部，团干部，到了五四青年节，咱们再想办法闹一个全省青年标兵，这就更没问题了，等于上了双层保险。这样的学生保送大学，还怕别人说闲话！像这样的学生哪所重点大学不欢迎？有这样的资本履历，即使到了重点大学不也还是照样成为重点培养的对象？"——这样的劝说对于一个学生家长来说无疑是极有吸引力，但是班主任之所以进行劝说，既来自对权力的趋附，也来自于对学校和个人现实的考虑，只有让绵绵及其背后的魏宏刚舒服满意，他们才能获得更大的利益，这本身虽然算不上罪恶，但却是一种

"平庸之恶"，是一种对特权文化的无意识认同，这是一套行之有效的社会与文化逻辑，唯其行之有效，才更值得反思。

值得重视的是，在小说中，正是魏宏刚的姐姐魏宏枝夫妇对这一套文化逻辑有着清醒的意识，并以实际行动做出了反思与反抗，小说中的魏宏刚正是靠着姐姐的牺牲与支持才读完大学，走上了仕途，当他官当得越来越大时，他姐姐与姐夫不断告诫他，提醒他，但他在春风得意之时并不能听进去，他姐姐只能选择和他拉开距离，各过各的生活，虽然无意之中也沾了他不少光，如绵绵入学事件等，但就其本心来说并不想如此，他们在为人处事上也刻意保持低调。而当魏宏刚出事之后，他姐姐和姐夫毅然扛起了整个大家庭的责任，寻找丁丁，照顾母亲，还要陪绵绵转校读书。他们是这部小说的主人公，也是自己生活的主人公，小说正是从他们的角度写出了魏宏刚失势前后生活与世界的剧烈变化。但是他们的意义并不止于此，在小说中他们提供了另一种世界观与价值观，这是一种不同于魏宏刚、也不同于趋炎附势者的价值观，如果说魏宏刚的价值观就是追求更大的权力，为此甚至不惜以身试法，那么趋炎附势者的价值观则是实用主义的，今天有用就攀附，明天失势了就幸灾乐祸，转而再去攀附新的有用的人，但是魏宏枝武祥夫妇的价值观不一样，小说从武祥的角度写到，"平时只要一见到了弟弟，妻子说得最多的总是那么几句，好好干，别忘本，一个书记，上上下下前前后后有多少人整天盯着你看，不管做什么事，咱首先要对得起国家，对得起父母，对得起老婆孩子，对得起良心。"这是一种朴素而坚实的价值观，是来自民间的自然伦理正义感，其中并没有多少大道理，但却坚韧实在，小说将这种价值观置于文本中与魏宏刚、趋炎附势者的价值观进行比较，更彰显了这种价值观的可贵，但是要坚持这样的价值观念并不容易，尤其是在魏宏刚失势之后，他们遭受了来自社会各方面的压力、歧视与侮辱，在女儿入学等问题上寸步难行，但他们凭着自己的善良本性咬着牙坚持了下来。小说中的武祥夫妇有一定的理想化色彩，但作者通过这两个人物，向我们传达了一种坚定的价值观，与他们那种踏踏实实的生活相比，魏宏刚追求权力并被权力异化的价值观是虚飘的，趋炎附势者前恭后倨的表现是可笑的，正是他们在小说叙述的世俗逻辑中打开了一个缺口，让我们看到了中国社会的希望之光。

与张平以往的小说相比，《重新生活》不再聚焦于激烈的反腐斗争，而是深入挖掘产生贪腐的社会文化土壤，在一个更广泛的层面探讨"平庸之恶"，小说中对特权文化的表现是鞭辟入里活灵活现的，有着深刻的现实主义精神，尤其作者将教育、医疗、住房等关切社会民生的重要问题与小说的内容结合起来，读来让人有身临其境之感，但作者的描述并不是自然主义的，而是让人看到现实的同时也看到了希望，小说也并不像《红楼梦》等传统中国小说一样，将家族的兴衰视为治乱循环的一个环节，而是像鲁迅的《呐喊》《彷徨》一样，在深刻反思国民性弊端的同时，努力寻找一种改变社会的力量。

（原载《群言》2019 年 05 期）

"归来依然是少年"

——刘庆邦《绿色的冬天》导语

在当代文学界风起云涌的思潮变化中，刘庆邦可以说是一个异数，他的作品不跟风，不炫技，就和他做人一样，本本分分，但是在本分中我们也可以看到刘庆邦的定力和底气，那就是刘庆邦有自己价值观和文学观，他坚定地按着自己的想法去写，不受时代风气的影响，以他温润如玉的笔触讲述着一个个让人动心的故事。从上世纪 80 年代到现在，在 30 多年的创作生涯中，刘庆邦留下了一部部经典作品，也为我们营造出了一个丰饶、开阔而又温暖的艺术世界。刘庆邦的小说以语言著称，他的语言优美、自然，在平淡中见出雅致，流畅而有韵味，他将普通话与经过提炼的河南方言很好地融合在一起，形成了独具一格的书面语言。在当代作家中，如果说汪曾祺的语言带有古典中国文化的气息，苏童等作家的语言则接受过西方现代主义的洗礼，那么在刘庆邦的语言中却丝毫辨别不出其他文化的影响，他的语言就像大地上的庄稼，红的是高粱，绿的是麦苗，自自然然而又色彩纷呈，但是他这种语言又能描摹世间百态，能深入一个人幽微曲折的内心世界，是那么熨帖，又那么有味道，带给人美好的阅读享受。

刘庆邦的小说可以分为两个题材领域，一是乡村，一是煤矿，二者都有作者亲身经历的影子，但是作者投注的感情不同。乡村是作者自幼成长起来的环境，当提起笔来书写乡村的时候，作者充满了熟悉的亲切感与温情，刘庆邦的《鞋》《少男》《响器》《种在坟上的倭瓜》《远足》《拉网》《黄花绣》《遍地百花》《谁家的小姑娘》等，可以说是他关于乡村的代表性小说。

刘庆邦善于写乡村的少男少女，用他细腻的心体贴着那个年代的少年男女。《少男》《远足》《拉网》《遍地白花》写的都是乡村男孩的故事，《少男》写一个父亲早逝的少年河生，在家里想承担起长子的责任，但是感觉母亲和姐姐似乎有事在瞒着他，后来他才知道，他们是在商量姐姐的婚事，他想参与进去却不得要领，姐姐的婚事出了变故，男方退了亲，让河生内心充满了负疚与委屈，又无处排解，小说以委婉的笔触让我们看到了一个早年丧父的男孩的内心苦楚。《远足》的主人公金生，也是一个早年丧父的男孩，小说详细描绘了表哥带金生去十八里外表哥家的过程中，金生初到外村的羞怯，和外村小孩的接触，对一个"说给他的女孩"的朦胧情感，以及他偷听到表嫂母亲谈话时的难受，让我们栩栩如生地看到了一个敏感、自尊而又内心活动丰富的少年。《拉网》的主人公是第一人称"我"，小说中的"我"也是早年丧父，小说详细描述了"我"代替父亲参加一次集体拉网的行动，去捕捉一条大鱼的故事，小说以少年"我"的眼光描述了捕鱼的惊险过程，大鱼被逮住又挣脱了，那场面惊心动魄，直到冬天才又将大鱼逮住，在这个过程中，"我"虽然没有出什么力，但也分享了捕鱼的荣光。我们可以看到，这三篇小说的主人公都是早年丧父，这或许与作者的亲身经历有关，刘庆邦在不少文章中谈到，他九岁那年父亲就去世了，这在作家的心灵烙下了深刻的印迹，让少年的他不得不承担起"长子"的责任，对乡村社会有了超出年龄所有的深刻体察，也养成了他自尊、敏感而腼腆的个性，由此他也对早年丧父的孩子有了更多的同情与理解，在这三篇小说中出现的河生、金生和"我"的身上，便带有作者的影子。鲁迅先生在《呐喊·自序》中指出，"有谁从小康人家而坠入困顿的么，我以为在这途路中，大概可以看见世人的真面目。"鲁迅先生父亲的早逝对他的一生、对他性格的形成有着很深的影响，让他过早地成熟了，"可以看见世人的真面目"。在刘庆邦身上似乎也是如此，但是跟鲁迅先生深刻洞察社会之后走向激烈的精神反抗不同，刘庆邦始终保持着一种温和宽厚的人生态度，他以自己曾受过伤的心灵，关注着世界上所有受苦的人，理解他们，抚慰他们，在小说中将爱与美带给他们。

《鞋》是刘庆邦的名篇，也是当代文学史上的重要作品。在这部短篇小说中，刘庆邦以细腻的笔触描写了一个乡村女孩守明的内心世界，小说的故事很简单，守明用心为订亲的男孩做了一双鞋，但对方却悔婚了，将她的鞋退了回来，小说的笔墨很淡，但却委婉曲折地写出了这个少女的痛楚。刘庆邦笔下有很多少女形象，像《种在坟上的倭瓜》中的猜小、《红围巾》中的春如、《黄花绣》中的格明、《响器》中的高妮、《麦子》中的建敏、《回娘家》中的文兰、《闺女儿》中的香、《谁家的小姑娘》中的改，等等。这些乡村少女美丽，可爱，又都有着丰富的内心世界，她们生活在乡村中，也生活在传统中国文化的影响之下，这为她们的生活带来了阳光和阴影，阴影在于她们身处重男轻女的环境，个人总是受到轻视，阳光在于她们身上总是带着传统文化所养成的含蓄、内敛与坚韧，又有小儿女的情态，比如春如扒红薯的故事，她因相亲没被人相中而想要一条红围巾，而去扒红薯，小说围绕这一条主线，细致地描写了不少生活细节，情节也一波三折，让我们看到了这个少女的内心波动。比如《响器》中的高妮，为了学吹笛子，她冲破了家庭的阻挠和乡村的偏见，也付出了身体的代价，到最后她终于学会了吹笛，"没人会关心高妮为练习吹大笛吃了多少苦，受了多少罪。一个人来到世上，要干成一件事，吃苦受罪是不言而喻的。两三年后，高妮吹出来了，成气候了，大笛仿佛成了她身体上的一部分，与她有了共同的呼吸和命运。人们对她的传说有些神化，说大笛被她驯服了，很害怕她，她捏起笛管刚要往嘴边送，大笛自己就响起来了。还说她的大笛能呼风唤雨，要雷有雷，要闪有闪；能让阳光铺满地，能让星星布满天。反正只要一听说高妮在哪里吹大笛，人们像赶庙会一样，蜂拥着就去了。"在她学吹笛的背后，有着多少不为人知的痛苦与心酸。再比如《麦子》中的建敏，她在北京姑姑家的福来酒家打工，在酒家前面一块空的花池上种上了麦子，她的小心思也随着麦芽在萌生、成长，而当最后麦子要被城市绿化队的人拔掉了，她也只能"眼睁睁地看着人家把她种的麦子拔掉，眼睁睁地看着人家栽草，她无话可说。"我们可以看到，建敏就像从乡村被移植到城市里的麦子一样，无法适应城市的环境。而《回娘家》一篇，则让我们看到另一个打工女孩回娘家的情景，"文兰走娘家，心情有些复杂"，小说一开头就将我们带入了一个复杂的现实环境，随着故事的展开，我们知道，文兰的娘去世了，她的父亲也再婚了，后娘对她弟弟很不好，她回娘家也只能回奶奶家，请她奶奶将弟弟叫来，而回来的她也是一个怀着身孕的，她的婚姻也不被父亲承认……小说将如此复杂的情态收拢在短短的篇幅中，以现实主义的笔法深刻描摹了文兰的内心与处境，让读者感到深深的悲哀与同情。刘庆邦对乡村少女的关注与描写，既来自记忆的美好，也来自现实的残酷，让我们看到了一个个乡村少女的隐秘心思及其在现代化进程中的遭遇。可以说刘庆邦是最会描写乡村少女的作家之一，他笔下的少女心思旖旎、情感丰富而又含蓄，他笔下的少女和铁凝《哦，香雪》等小说中的少女一样，让我们看到了中国乡村最为优美动人的人物和风景。

除去少男少女，刘庆邦笔下的乡村也有别样的风景，比如《醉酒之后》写中学教师项云中有一次喝醉了，在醉话中透露出他失恋了，想要调走的心声，他的学生们为了挽留老师，到山上采药材，凑钱为老师买了一双皮鞋，项云中深受感动，"当晚，项云中老师从抽屉里找出已经写好的请调报告，慢慢撕掉了。"再如长篇小说《黄泥地》，以深刻的笔触探究中国乡村的腐败问题，显示了他对乡村生活的深刻了解，以及探索腐败困局的破解之道。

刘庆邦煤矿题材的小说大都是长、中篇，其中最著名的是《红煤》和《神木》。《红煤》叙述了一个农民出身的煤矿临时工如何不择手段向上爬的故事。主人公宋长玉是一家国有煤矿的农民轮换工，为了能够转成正式工，处心积虑地追求矿长的女儿，矿长借故将他开除，他在心中埋下了仇恨的种子。后来，他将红煤厂村支书的女儿追到手，成为村办煤矿的矿长。随着金钱滚滚而来，他的各种欲望急剧膨胀，原先的自卑化作了恶意的报复，将人性的恶充分释放了出来。在《红煤》中有着《红与黑》《平凡的世界》的影响，刘庆邦通过这个故事及其主人公，在自己熟悉的煤矿领域，探讨了人性在现代化的过程中如何不断膨胀进而摧毁了自身。小说《神木》描述了唐朝阳和宋金明，在火车站诱骗老实巴交的打工者去煤矿打工，对矿长谎称和被骗者是亲戚，而后在黑暗的矿井下面把被骗者杀害，用人命来向矿长索赔金钱。在这样谋害了打工者元清平之后，他们又诱骗了寻找父亲的少年元凤鸣，而元凤鸣恰好就是元清平的儿子，而在进行的过程中，准备打算杀害元凤鸣的两个人，却起了内讧，死在了矿井下面，元凤鸣得以逃脱……这篇小说情节非常紧凑，一环扣一环，着重表现的是黑暗矿井下面所进行的人性拷问，其中一人瞬间良心发现，让我们即将窒息的心灵有了些许气息，这是暗无天日的黑煤窑里唯一一丝光亮。相对于乡村题材，刘庆邦在煤矿题材中更多关心的是社会问题，以及对人性黑暗面的思考。但也有例外，比如《清汤面》，在这部短篇小说中，作者写了拣矸石的女工向秀玉在丈夫死后，无法给上中学的女儿喜莲留饭，让她去杨旗家开的饭馆吃饭，但杨旗却不愿收她的钱，由此引起的小纠纷，充分展现了煤矿上的人情美与人性美。刘庆邦写城市生活的小说不是很多，他总是选取独特的叙述视角，比如他出版过一本以保姆为主题的短篇小说集《找不着北》，在 10 多篇小说中，刻画了形形色色的保姆，也刻画了各种雇主的形象，展现了他眼中的城市风景。《麦子》描写了乡村少女建敏在城市的遭遇和感受，是刘庆邦观察的一个视角。《杏花雨》，写一对夫妻离婚后，妻子安子君带着女儿董泉，在跟随丈夫董云声回家奔丧的过程中逐渐加深了对他的理解和感情，在这些底层小人物身上，寄寓了作者最深切的理解与同情。

在小说之外，刘庆邦还写了大量散文。与小说相比，散文这一文体更加自然随意，也更加贴近作家自身的经验，收入这里的 20 篇散文，篇幅都不长，大约两三千字，但是我们从中却可以看到作家的真性情，和作家真实的内心世界。刘庆邦的散文大多写的是他的童年记忆与经验，他的母亲、妹妹，打麦场的晚上，老家的馍，烟的往事，等等。读他的散文，仿佛在听一个年长的人在讲述过去的世界和过去的故事，娓娓道来，饱含情感，让听者为之动心。可以说这些散文中包含着刘庆邦最真切的经验和最深厚的情感，在《不让母亲心疼》《母亲与树》《母亲的奖章》《石榴落了一地》中，我们可以深切感受到他对母亲的深情；在《妹妹不识字》《留守的二姐》《凭什么我可以吃一个鸡蛋》中，我们可以看到他对姐妹的愧疚；在《打麦场的夜晚》《麦秆儿戒指》《吹柳笛，放风筝》《野生鱼》中，我们可以看到他童年时乡村生活的乐趣，在《发疟子》《遭遇蝎子》中，我们可以看到那时乡村生活中所埋伏的危险。在刘庆邦对个人经验的描述中，我们也可以看到 40 年来中国社会所发生的巨大变迁，比如在《打麦场的夜晚》最后，作者写到，"现在不用打场了，与打麦场相关的一切活动都没有了，人们再也不会在夜晚到打麦场里去睡。"在《母亲与树》中，"现在收麦都是使用联合收割机，机器收麦留下的麦茬比较深，机器打碎的麦秸也泄在地里。收过麦子，人们要接着种玉米，就放一把火，烧掉麦茬和麦秸。据说火烧得很大，很普遍，夜间几乎映红了天际。"伴随着中国农村和农业的机械化，过去的生活场景已不可能重现了，新一代人也不可能有这样的经验。再比如《没电视的日子》，作者写家中的电视机坏了所引起的生活不便，以及由此引起的感想。这篇写于 2001 年的文章或许没有料到，对于今天的中国人来说，全家围坐在一起观看电视的场景，在城市中已是很少见到的了，网剧的出现以及电视的分屏化已经改变了人们的生活方式，而回首电视机出现在中国人的客厅也不过 40 年，一个时代已经结束了，另一个时代正在开始。这是大的中国故事，也是每一个中国人的切身体验，刘庆邦在他散文中为我们留下了他对时代变化的亲身感受，也让我们对时代变迁有了具体而微的感知。说到刘庆邦的散文，有一篇不得不提，那就是发表在《十月》2017 年第 4 期上的《陪护母亲日记》，在这篇较长的散文中，刘庆邦详细描述了他在母亲生病期间陪护在她身边的感想，从中我们可以感受到刘庆邦的深情与本色，值得天下所有做儿女的人一读。

无论是散文，还是小说，刘庆邦在他的创作中营造了一个独特的艺术世界，这个世界是优美动人的，散发着泥土的芳香，也凝聚着他对世间万物的热爱与深情，他的情感是温和的，他的批判是犀利的。我们可以看到，刘庆邦写作半生，一直保持着一颗赤子之心，他就像他笔下的那些乡村少年一样，仍然在以纯真的眼睛打量着这个世界。

　　（《绿色的冬天》，辽宁师范大学出版社 2018 年 10 月）

"中国故事"及其美学

——王祥夫《驶向北斗东路》序

在王祥夫的小说中，我们可以看到中国人的生活，以及中国美学的独特韵味。王祥夫好像并不是在"写小说"，而只是在丰富复杂的中国经验中剪下了一角，稍加点染，便成为了一幅意趣盎然的画，一首意味隽永的诗，在他的小说中，我们可以看到中国人的经验与情感，他的小说也为我们描绘出了当代中国的众生相，可以说在我们这个剧烈变化的时代，王祥夫的小说为我们提供了一幅幅典型的浮世绘。

如果我们做一下比较就可以发现，即使题材相近的小说，王祥夫的小说的处理方式也与西方作家不同。比如王祥夫《愤怒的苹果》，显然借鉴了斯坦贝克《愤怒的葡萄》的命名方式，但我们可以看到，《愤怒的葡萄》描述的是美国 1930 年代大萧条时期农村破产的悲惨景象，作者的侧重点在于揭示资本主义的掠夺与农民的悲惨命运。《愤怒的苹果》讲述的同样是一个破产的故事，但是这个故事却更具有"中国特色"，小说中的农大毕业生亮气，因为承包果园与当地乡民和当权者展开的无奈抗争，小说通过对三次"白条大战"的生动描绘，将中国人错综复杂的人情世故和重重叠生的矛盾纠葛层层推进，在市场运行规律下荒谬绝伦的"哄抢"，在乡土逻辑的中却显得"合情合理"，让我们看到了转型期中国的丰富性与复杂性。再比如，王祥夫的《风车快跑》写风车的母亲去世了，他惊慌失措地去公墓买墓地，却意外地被当作神经病关在了医院里，家人找他找不到，他也无法出来，而陷入了一种荒唐的境地。马尔克斯2008年的短篇小说《我只是来打个电话》，写的也是一个人被关进精神病院的故事，但马尔克斯在小说中强调的是正常的人生命运如何被偶然因素彻底改变，更富哲理性，小说中的主人公是一位女性，故事也主要在她、丈夫与精神病院之间展开，而在王祥夫的小说中，则更多中国人重视的伦理关系因素，风车的母亲、妻子和兄弟在小说中都是重要的角色，在推动着故事的进展，小说讲述的故事虽然荒诞，但也透着暖色调，并不像马尔克斯小说的色调那样诡秘与阴冷。

王祥夫最近的小说中，关注的是当下社会的精神状况，而这又集中表现为对道德的脆弱性的关注。在《驶向北斗东路》中，一个出租车司机捡到了十万元钱，他既想归还失主，又想据为己有，在内心的矛盾与复杂的社会关系中，小说通过一幕幕富于戏剧色彩的转折，写出了我们社会当前的道德状况。关注当代人类生活的基本准则，可以说是19世纪以来文学的重要主题，"上帝死了"，在上帝所代表的那种绝对价值体系崩溃之后，人与人之间应该如何相处，应该遵循什么样的基本原则？这些都是最为重要的问题，在俄罗斯文学中，托尔斯泰、陀思妥耶夫斯基等都在回应这样的问题，其中有痛苦、挣扎、思辨与迷茫，他们的作品也可以视为在新旧价值观之间挣扎的记录。在中国也是如此，在传统中国的道德、价值与伦理体系崩溃之后，人与人之间相处应该遵循什么样的原则？那些最为基本的道德标准是否仍然应该坚持？这些都是我们应该关注与思考的。王祥夫的小说通过对这些最基本的道德准则的思考，也在回应这些问题。比如拾金不昧是传统中国的美德，但在今天却会遭遇重重障碍与复杂的人际关系网络，在《驶向北斗东路》中，我们可以看到这一传统道德在当代现实生活中所处的困境，同样在《我本善良》中，也涉及到一个重要的道德问题，那就是人是否应该"见死不救"？如果救人的话，会遭遇怎样的困境？小说通过故事的重重曲折，让我们在具体的现实生活中看到了这些基本准则所遭遇的挑战。值得注意的是，王祥夫虽然在关注与思考人类道德生活的基本问题，但他关注的方式并非像托尔斯泰、陀思妥耶夫斯基等人那样，以痛苦的思辨进行无穷的追问，他的关注方式是中国式的，是从《红楼梦》中来的，他将这些重要问题纳入当代中国的世俗生活中，通过对世相百态的描述，通过个人内心的纠缠以及人与人关系的纠葛，显示出对这些问题的思考。在这种举重若轻的叙述姿态中，我们可以看到传统中国美学的真髓，也可以看到王祥夫忧虑的目光。

如果说王祥夫的中篇小说更注重社会问题，那么他的短篇小说则更富神韵，更有味道，更有中国美学的特色。王祥夫的短篇小说关注底层，关注小人物，关注现实生活，但是在写法上却极富特点，他的小说很少有中心情节，而是以富于变化的笔墨不断逼近核心，而在结尾处"灵光一闪"，将故事推向高潮，同时留下悬念与丰富的想象空间，让读者去回味与思考。比如《蜂蜜》，故事的核心是安莉的孩子丢了，她又将别人的孩子偷来，当自己的孩子养，这样一个充满戏剧性的故事，小说中却只是从安莉的朋友张北、小晨的角度侧面去写，很大的篇幅在写他们两人的关系与斗嘴，也没有点明孩子是怎么来的，充满了悬念与暗示性。这篇小说在写法上很像契诃夫的《凡卡》，读者已经明白了故事，明白了即将到来的灾难，但当事人却仍在懵懂中。但与契诃夫不同的是，王祥夫在此篇小说中更多留白，更多侧面勾勒，也更有中国特色。再如《锥形铁》，从侧面写一个早年的事故及其造成的伦理困境；《A 型血》从一对情侣的角度关注一个失去双臂的人如何日常生活；《刺青》从最初的戏谑到结尾处的凝重，让我们想象一个母亲的内心世界；《鳕鱼》在漫不经心的叙述中，让我们看到了一个女儿的心理创伤；《塔吊》在戏剧性的转折中，让我们看到了一种畸形道德关系的诞生；《真是心乱如麻》的结尾有点出乎意料，有点惊悚色彩，但也让人深思；等等。这些短篇小说炉火纯青，在艺术上达到了很高的境界，显示了王祥夫的造诣。

王祥夫小说向我们展示了"中国故事"的一种讲法，他取材于当代中国丰富多彩的现实生活，回应我们这个时代的重要问题，又以中国式的美学加以书写与描绘，显示了传统中国美学的生命力及其在当代的创新，值得我们关注与思考。在当代，"讲述中国故事"已成为一种新的文艺思潮，可以说王祥夫的小说为我们提供了一种讲述"中国故事"的美学，他的努力方向及其创作实绩必将会引起更多人的关注。而在将来，如果有人想要了解当代中国人的生活经验及其精神状况，王祥夫的小说无疑也是最佳的文本之一，通过他的作品，未来的人们可以看到当代中国人的生活情感与内心世界，及其在艺术上所达到的高度。

（《驶向北斗东路》，作家出版社 2014 年 6 月）

走向"人民与美"的作家

——读李修文散文集《山河袈裟》

初读修文的《山河袈裟》时，看一篇觉得好，再看一篇还是觉得好，等全书读完之后，想要写一点什么，却又茫然无头绪，不知从何说起。就像面对一个老朋友，已经熟悉得不能再熟悉，已成为生命中不可分割的一部分，很难将之"对象化"，以客观的理性进行分析。又像读鲁迅的《野草》，或张承志的《荒芜英雄路》，那些文字直接来自作者最深刻的生存体验，来自血、火与泪，来自生命激情的燃烧，作者在其中容纳了诸多矛盾冲突、诸多生活的碎片、诸多精神上的痛苦、挣扎与突围的尝试，甚至可以说作者将其整个生命及其最内在的隐痛都燃烧在作品中，如果我们对作者不了解，很难进入他的精神世界。此次重读《山河袈裟》，我又看到了修文的真性情以及他作品中那种大情怀、大悲悯，以及他在精神痛苦中寻找道路的挣扎与努力，我也忍不住要谈谈我的想法。

一

李修文少年成名，他早期的小说《滴泪痣》《捆绑上天堂》在文学界曾引起广泛影响，后来他从事电视剧的编剧工作，他编剧的《十送红军》，以现代主义的笔法处理革命历史题材，让传统的革命故事焕发出了新的生命与光彩。但值得注意的是，在《山河袈裟》出版之前，他已经有十年没有写作了，就在大家期待他的小说新作面世的时候，他带来的却是一本散文集。为什么是散文而不是小说？这是一个让人困惑的问题，我相信这也是一个让李修文饱受折磨的问题，对于他来说，这个问题就是：我为什么写不出小说来？一个优秀的作家可以凭借观察生活与小说技巧不间断地写出新的作品，但这个进程在李修文那里被打断了，或许在他看来，小说的虚构性以及那些叙述方法、技巧让他不是更深地进入世界，而是让他轻巧地远离了世界，而这种远离，对于看到世界的真相与本质的他来说，使小说这一文体呈现出一定的虚伪性与游戏性，这是在精神痛苦中煎熬的他所难以容忍的，长歌当哭，于是他以散文的笔墨直抒胸臆，撷取生命中的片段与生活中的细节，既是记录，也是抒情，既是一种对人生与世界的体验，也是一种自我拯救，这是在无望中寻找希望的长路，也是自我矛盾、挣扎、冲突的精神旅程。

放弃小说创作而改写散文，在文学史上也有先例，那就是鲁迅先生与张承志，鲁迅先生的小说集只有三本：《呐喊》《彷徨》《故事新编》，但他的散文杂文集却有数十种之多，张承志早年也是以小说成名，他的《黑骏马》《北方的河》《心灵史》至今仍为人称颂，在文学史上留下了浓重的一笔，但进入 20 世纪 90 年代中期之后，张承志却不再创作小说，而将精力放在散文创作上,《以笔为旗》《荒芜英雄路》等等,一本接一本,以散文的形式表达着他对这个世界的关注与思考。对于喜欢鲁迅与张承志的小说的读者来说,难免不会感到遗憾,他们为什么不再写小说了呢?——但是如果我们熟悉他们的思想与精神脉络,就会认识到他们的选择其来有自,因为他们关注的不只是小说与文学,而有着更为宽广的视野——那么广阔的人生、社会与世界,而小说不过是表达他们关注与思考的方式之一,当他们觉得小说这种形式与文体不足以表达他们的思想时,他们便转换文体,以另一种方式来进行表达。我相信李修文也是这样,十年之后,他在小说之外别开蹊径,以散文的形式写出了他的经验、他的情感、他的感悟,这些碎片式的体验似乎很难编织进故事中,而一旦编织进故事,也就失去了原初的感觉。既然这样,那就不如原原本本将它们写下来,让它们以本来的面目存在,正是在不断的描述过程中,李修文将这些体验与思考赋予了一种形式,那就是散文——他的散文。这是他的散文区别于他的小说的地方,也是他的散文与别人散文的不同之处,他的散文来自他的独特体验,带着他的体温与气息,这正是《山河袈裟》的动人之处。

《山河袈裟》让人想到鲁迅先生的《野草》和张承志的《荒芜英雄路》,除了它们都写于作者思想转型的时期之外,更重要的是它们都是对生命的激情燃烧,对内在矛盾的充分展示,以及对人生道路的重新选择。在《野草》中,我们可以感受到鲁迅内心的绝望与悲凉,但是他深刻认识到"绝望之于虚妄,正与希望相同",从而走上了"反抗绝望"的艰难道路。在《荒芜英雄路》中,张承志以"清洁的精神"弃绝世俗生活,独自踏上了"荒芜英雄路"。而在《山河袈裟》中,李修文带着对精英世界的失望,重新发现了底层小人物以及他们身上的美,他试图与这些人融为一体,"他们是谁?他们是门卫和小贩,是修伞的和补锅的,是快递员和清洁工,是房产经纪和销售代表，在许多时候，他们也是失败，是穷愁病苦，我曾经以为我不是他们，但实际上，我从来就是他们。"在这里，李修文并没有知识分子或英雄的姿态，而是将自己融入他们，以他们的眼光、他们的立场、他们的情感来看待这个世界，正如我们在《山河袈裟》中看到的，他确实是这样做的，他与书中的人物是平等的、是相互独立而又相互关切的，他不是站在高处写底层，而是置身在底层民众之间，以自己的笔写下了他们的爱恨情仇与喜怒哀乐。在这里，李修文终于找到了一条新的人生与写作道路，"是的，人民，我一边写作，一边在寻找和赞美这个久违的词。就是这个词，让我重新做人，长出了新的筋骨和关节。……感激写作必将降临在我的一生，只因为，眼前的稻浪，还有稻浪里的劳苦，正是我想要在余生里继续膜拜的两座神祇：人民与美。"鲁迅先生走向了左翼文学，张承志走向了西海固，李修文则走向了"人民与美"，这是他个人的精神选择，是他在经历了诸多生活磨难所做出的决定，这个选择是艰难的，是在克服了种种其他可能而最终抵达的，但唯其艰苦，唯其困难，才是真心的，才是坚韧的。

二

新世纪以来，文学中有很多关于底层的书写，但是大多数写作不是站在底层的情感立场书写的，他们或出自意识形态的正确，或出自知识分子的姿态，或出自市场经济的卖点，很少有人将自己的生命与底层小人物的生命融为一体，将他们的喜怒哀乐当作自己的喜怒哀乐，在他们身上发现生命的尊严与美感。但是李修文不同，李修文置身于底层小人物中间，苦他们之所苦，乐他们之所乐，在他们身上，他看到了人间的真情意与生命的大自在，他找到了在人世间不白活一场的价值之所在。"一场人世，终究值得一过"，这是作者在书中反复咏叹的一句话，正是因为在无情的世界找到了真情，在残酷的世间发现了一抹温暖，"一场人世，才终究值得一过"。但是真情并不容易找到，这是我们这个时代最为稀缺的资源，在尔虞我诈的上层社会找不到，在争名夺利的知识圈中找不到，在你来我往的商业伙伴中也找不到，真情只存在于自然朴素的人群之间，只存在于真诚的人们之间。

李修文在底层小人物的生活中发现了人间的真情意，并用自己的笔将之记录下来，以此来拯救世界，拯救自我。那是《每次醒来，你都不在》中父亲的深情，那是《一个母亲》中母亲的希望，那是《阿哥们是孽障的人》的江湖义气，是《义结金兰记》的金兰之交，是《长安陌上无穷树》陌生人之间的爱，李修文在这些萍水相逢的人身上看到了人间真情，也看到了希望。正如鲁迅先生寻找"别样的人们"或张承志寻找"受苦的人"一样，李修文也在底层、在边缘、在人生的漂泊路上，找到了他所要找的人群，那就是"有情之人"——重情重义的人，深情痴情的人，对他人抱有善意的人。正是这些人撑起了山河岁月，润泽着世人的心灵，这是李修文的发现，也是他的自我拯救。可以说经由与这些人的遭遇，李修文才能成为李修文，他才能从生命的危机与碎片中重新建构自我，重新建构生活与信仰。

而在《山河袈裟》中，我们就见证了李修文重新建构自我的过程，他为每一个细小的发现而感慨，为生命中的每一个感动而念念不忘，"看着他们离去，我的身体里突然涌起一阵哽咽之感：究竟是什么样的机缘，将两个在今夜之前并不亲切的人共同捆绑在了此时此地，并且亲若母子？由此及远，夜幕下，还有多少条穷街陋巷里，清洁工认了母子，发廊女认了姐妹，装卸工认了兄弟？还有更多的洗衣工，小裁缝，看门人；厨师，泥瓦匠，快递员；容我狂想：不管多么不堪多么贫贱，是不是人人都有机会迎来如此一场福分？"——类似这样的感动在书中所在多有，每每读到便会令人怦然心动，但是也会给人带来一丝疑问，如此平凡的情感，为什么在作者眼中为何竟会引起那么强烈的反应？——是作者的心灵更加敏感脆弱，还是作者本已不对社会人心抱有希望，因而一点偶然的光亮就让他感叹不已？或许兼而有之吧，人生在世要经历诸多苦境，贫苦，失败，生老病死，只有在尝尽人生的苦味之后，我们才能对人性的偶一闪光倍加珍惜，倍加感动，并能由己及人，珍惜我们所遭遇的一切人与事，以及我们置身其中的山河、大地、宇宙，因而便具有了大情怀、大悲悯、大庄重，因而也便具有了极为敏感的心灵和极为敏锐的观察力，所以李修文能看到常人所看不到的东西，能从常人习焉不察的细节中体味到生之欢欣。只有出自真心的，才能打动真心，李修文在《山河袈裟》中的挣扎与突围，让我们再次认识到这一点，这也就是鲁迅先生所说的"血管里流出的都是血"，也就是尼采所谓的"血书"，也就是卡夫卡感到的"震惊"。

三

"人民与美"是问题的两个方面，葛兰西在运用马克思的方法阐释文化领导权理论时，曾在高级文化与人民大众文化的关系上区分政治和知识的不同意义。他认为，在政治上思考领导权，其"起点"或说"立场"当然是人民；但是，在知识上重新思考领导权，其"起点"恰恰应该是高级文化。经过数百年的历史斗争，资产阶级最终建立了自己的高级文化，以德国古典哲学这种高级文化所代表的理性知识"批判和取代"了以基督教为代表的信仰知识。而新的人民大众文化要想建立文化领导权，必须对资产阶级的高级文化进行批判与扬弃，真正建立起属于人民大众的"高级文化"，只有这样，才会让人民大众文化具有说服力和影响力。在这个意义上，我们可以说《山河袈裟》既是"人民"的，也是"美"的，是一种人民立场的"高级文化"。正是在这里，《山河袈裟》创造了一种新的人民美学，它是高度人民性的，也是高度艺术性的，它将人民性与艺术性很好地结合在一起，并以美的创造重新定义着我们这个时代"美"的价值与标准。

在我们这个时代，什么是美的？在《山河袈裟》中我们可以找到答案，美是底层小人物身上的人性闪光，美是人间真情的自然流露，美是随物赋形能力的展现。《山河袈裟》中的每一篇作品看似都很随意，似乎是作者即兴写下来的，但却自有一种魔力与魅惑，可以让人进入这个艺术世界并沉浸其中，但当你想要将这篇文章拆解开，看看作者运用了什么技巧时，你一定会失望的，我们几乎看不出有什么技巧，或者说作者将高超的技巧融入了写作的全过程而无丝毫外在的痕迹，这无疑是更高超的技巧——如果这也可以说是技巧的话。但是另一方面，如果没有技巧，也断然写不出《山河袈裟》中的文章，这些文章的难度是极高的，如若不信，你可以将《山河袈裟》中的某一篇讲给别人听，在你费尽心力遣词造句时你便能体会到作者的匠心与苦心。

对于作者来说，这似乎并非一件难事，他有亲身经历的事件，有文学造诣，有真情实感，他所要做的就是从纷乱的记忆中剪裁、构思，然后写出来，但恰恰在这里最能见出一个作者的功力。一个优秀的作家可以随心所欲、随物赋形，甚至可以创造出新的形式，像鲁迅先生的《野草》，我们可以说它是诗，是散文，或者是散文诗，但它又超越这些命名之上，是那么独特的一种存在。张承志的《荒芜英雄路》也是这样，它是散文的形式，但充沛的激情与决绝的态度使之更像是诗，更像是独白或宣言。《山河袈裟》也是如此，它虽然也是散文的形式，但从中我们可以看到无处不在的诗意、戏剧化的场景以及小说家的笔法，正是这些构成了《山河袈裟》独特的文体感觉与形式感，可以说这是作者的创造，他的笔触随意写去，行于所当行，止于所当止，"如风行水上，自然成文"，尽得文章之妙。但作者的写作并非为了表现文章之妙，而是为了一浇心中之块垒。

在当代中国，像李修文这样的作家是极为少见的，他对人民、对底层小人物有着真挚的情感，这种情感不是浮在表面上，而是深深藏在心底的，同时他又对文学的内在规律有着深刻的体会，深得其中三昧，故而《山河袈裟》一出手就不同凡响，《山河袈裟》中有他的情感，有他的风格，有他的姿态。在《山河袈裟》中我们看到，李修文已经找到了新的表达方式，也找到了新的人生道路，相信假以时日，对"人民与美"的尊崇与追随必将会为他带来更多收获，就像鲁迅先生一样，就像张承志一样，虽然他们所处的时代不同，虽然不是每个作家都能成为他们，但是有他们在，中国文学就有了高度和宽度。

（原载《长江文艺评论》2019 年 01 期）

在新的时代如何讲述抗战故事

——读范稳的《重庆之眼》

　　在近代以来的中国史上，抗日战争是最重要的事件之一。在抗战之前，晚清以来的中国积贫积弱，国势日衰，到抗战时达到最低谷，"中华民族到了最危险的时候"，而抗战胜利彻底扭转了中国的命运，中华民族凤凰涅槃，浴火重生，从此走上了民族复兴的道路。在中华民族复兴的视野中，抗战胜利可以说是中国命运的转折，是民族复兴的起点。或许也正是在这个意义上，对抗战的记忆成为中国文学最重要的题材之一，从《生死场》《八月的乡村》，到《敌后武工队》《平原烈火》，再到《红高粱》《历史的天空》，一代代中国作家都在书写着抗战故事，这些不同时期的抗战叙事不仅映射出不同的时代精神，而且共同凝聚着中华民族的情感与认同。

　　范稳的《重庆之眼》是一部新的抗战小说，小说主要讲述抗战时期的"重庆大轰炸"，以文学的方式将这一鲜为人知的重要事件带入了当代人的视野，让我们看到了"重庆大轰炸"及其深远影响。小说主人公蔺佩瑶、邓子儒、刘海（刘云翔）三个人跌宕起伏的情感故事与大轰炸的历史纠缠在一起，战争改变了他们的命运，也改变了他们的关系。出身于富家的蔺佩瑶与中学同学刘海相恋，因她父亲的阻挠，刘海远走前线抗日，传闻在江难中丧生，此时当地望族之子邓子儒捐助飞机等义举渐渐打动了蔺佩瑶的心，两家联姻，但在他们结婚的前一天，日军对重庆的第一次轰炸让邓家造成了巨大伤亡与损失，两人在悲痛中仍然缔结了婚姻。此后不久，改名刘云翔的刘海归来，成为与日寇在重庆上空鏖战的空军英雄，蔺佩瑶与之再度相见，两个人都伤感而不舍，不知内情的邓子儒对空军英雄极为崇拜，要创作一部以刘云翔为主人公的话剧，反而促成了两人情感的再度萌发。但就在两人准备逃奔到延安的那天，日寇的大轰炸造成了"大隧道惨案"，匆忙躲到隧道中的蔺佩瑶与刘云翔命悬一线，最后被邓子儒救出，但他们也失去了相爱的机会。从此刘云翔一直单身，蔺佩瑶与邓子儒在一起生儿育女。新时期以后，中国民间开始对日索赔，重庆大轰炸的受害者在日本友人的协助下也向东京高等法院提起诉讼，邓子儒、蔺佩瑶、刘云翔作为证人再次走向前台，而在邓子儒去世后，历经沧桑的蔺佩瑶与刘云翔最终走在了一起。

小说将蔺佩瑶、邓子儒、刘云翔的情感波折与重庆大轰炸结合在一起，让我们看到了大历史中个人命运的跌宕，也让我们从他们的遭遇中看到了大轰炸的残酷。小说既注重历史的真实，也注重文学性呈现，其中日军轰炸龙舟赛的惨烈场面令人印象深刻："他还看见有一只被炸断的龙头带着一团烈火，从长江里飞升起来，在江面上划着怒火冲天的轨迹，旋转着飞行，龙嘴喷着愤怒的火焰，似乎想一冲上天……"，而蔺佩瑶在私奔途中要去"临江门的一个上海私贩那里买指甲油"等细节，也让我们看到了大历史中偶然性对人物命运的支配。正是有这些扎实的细节与场景描绘,《重庆之眼》才为我们再现了重庆大轰炸的历史现场,并促使我们思考个人与民族的命运。

在新的时代如何讲述抗战故事?《重庆之眼》作了不少有益地探索,小说具有一种新的历史视野,新的国际视野,以及新的人性视野。小说描写"重庆大轰炸",但并没有将视野局限在抗战时期之内,而是将视野涉及到当前的时代,这是与以往大部分抗战作品的不同之处,也显示了作者眼光的独特。之所以如此处理,既与作者对抗战的理解有关,也与小说的艺术呈现有关。"重庆大轰炸"作为一段重要历史值得铭记,但作者所关注的不仅仅是"重庆大轰炸",也包括大轰炸对个人与民族的深远影响,及其在当前的重要意义。所以在结构上,小说的叙述线索在历史与现实之间相互交织,将"重庆大轰炸"镶嵌在故事的核心,立体地呈现出"重庆大轰炸"在历史与现实中的回响。

《重庆之眼》讲述中国人的抗日故事,但没有陷入狭隘的民族主义,而有一种新的国际视野,在小说中协助大轰炸受害者申诉的斋藤博士、梅泽一郎等日本友人也得到了较多关注与描绘,在"世界主义者"一节中,作者描绘了他们参与受害者申诉的历史、动机与过程,对他们有深深的尊重。在小说的叙述中,我们也可以看到不少章节的内容——关于"重庆大轰炸"的细节,正是由于日本友人的访谈与参与,才在受害者的记忆中逐渐浮现出来。小说在叙述中并不排斥所有日本人,但也没有走到另一个极端——认可与同情日本侵略者的理论逻辑,而是以冷静客观的态度加以分析与呈现,这既显示了作者的思辨能力,也展现了中国文学的气度。

小说不仅关注作为事件的"重庆大轰炸",而且关注在大轰炸中生存的中国人,对战争与和平中的人性有着深入的挖掘,小说的主人公蔺佩瑶、邓子儒、刘云翔命运波折,但他们也各有其人性的弱点,比如蔺佩瑶对舒适生活的留恋，邓子儒对话剧的热衷等，小说让蔺佩瑶与刘云翔最终走在一起，也蕴含着作者对爱情与人性的深刻理解，这对穿越历史沧桑的有情人，让我们看到了历史的残酷，以及希望之光。另外值得一提的是，小说中还再现了重庆大轰炸中袍哥的江湖世界、当地望族的生活世界，以及郭沫若、老舍、应云卫、于右任等名人的文化世界，让我们从多个角度看到了重庆和"重庆大轰炸"。小说名为《重庆之眼》，是在以重庆之眼看中国，在新的时代铭记抗战历史，讲述中国故事。

（原载《人民日报》2017 年 4 月 18 日）

一个人的"革命史诗"

——读李亚的《花好月圆》

　　李亚的《花好月圆》是一部厚重的民间之书，也是一部小人物的革命史诗。小说以口述史的形式讲述了一个百岁老人前半生的经历，也勾勒出了 20 世纪前半叶中国的面影，呈现出了一个小人物眼中鲜活生动的历史。这是一部没有民国范儿的民国史，也是一部来自民间、来自个人的淳朴的革命之声。

　　小说的主人公李娃离开家乡亳州李庄，误打误撞来到上海滩，进入银行家方仪望的生活世界，在方公馆他这个乡巴佬结识了"大小姐"、"大表哥"方迈克、"大表嫂"段博士以及各色人物，他当保镖，跟大小姐学认字，度过了三年时光。"八一三"淞沪事变之前，他抗日投军，投到了国民党战区司令祝长官的官邸，当了一名生活副官。在国共摩擦日趋严重时，他去新四军前线巡察，在这里遇到了大小姐。皖南事变之后，祝长官让他押解被俘的新四军，他趁机救出了大小姐，历经九死一生之后，他成为了一名新四军战士。他护送新四军首长去延安，在亳州地界遇到日伪军伏击，身受重伤，幸亏曾与他订婚的县大队队长陈彩莲及时赶到救了他一命，在养伤期间他与陈彩莲结了婚。再次护送首长去延安开会，在这里他见到了毛主席，也见到了大小姐和大表嫂。回到新四军之后，他参加了日军的投降仪式，参加了解放上海的渡江战役，却在去方公馆巡查时，遭到了暗藏的特务的黑枪……

　　这是故事的主要线索，但是小说的内容却更为丰富，小说以口述史的形式为我们展开了对那段历史真切的描绘，我们可以看到一个小人物穿梭在亳州李庄、上海银行家公馆、国民党战区司令长官官邸、新四军部队的生活史与成长史，也可以看到在生活与历史的巨大转折中他的情感史与心灵史。其中最重要的是他与大小姐、陈彩莲之间的情感纠缠，陈彩莲是他师父的女儿，是他的救命恩人，也是县大队队长和后来的县长，是他一生相濡以沫的妻子，但是大小姐却是他的偶像和情感寄托对象，是他时刻牵挂萦绕在心的人，也是他可望不可及的一种生活方式，是他参加革命的重要动力之一。但小说并没有将之讲述成一个三角恋的故事，也没有像新历史小说那样讲成一个以欲望为动力参加革命的故事，或者像革命历史小说那样回避主人公的情感与内心世界。在小说中，李娃的情感世界是丰富的，但也是光明磊落的，他的叙述自然真切，不回避，不闪躲，同时他的情感也是有根底的，对陈彩莲与亳州，他有一种天然的依恋，而对大小姐及其逐渐显露出来的爱意，他并没有闪避，但历史的急剧转折没有给他留下痛苦抉择的机会，这份感情只能留在心底，在漫长的时光中酝酿出愈来愈芬芳的诗意，而跨越半个世纪之后，当他们终于有可能再话前缘之时，终因久居海外的大小姐溘然长逝而留下了永久的遗憾。

　　这是一部小人物的生命史，也是来自民间的述说。李娃是小说的主人公，也是故事的讲述者，他来自亳州李庄，最终又回到了亳州李庄，他讲述所面对的对象也是亳州人，他的侄子，所以在他的讲述中充满了亳州的色彩，"咱们李庄"几乎写满了全书的每一页，在这里体现出的不仅是李娃根深蒂固的乡土意识，更是李娃所采取的言说立场，即他是在乡土与民间的角度上进行述说的，在这背后，我们可以清晰地辨识出作者的民间立场，从民间立场而不是精英立场，我们才更信任李娃的讲述，李娃的讲述也才更自由，更随性，更像是一部民族的"秘史"。但是另一方面，正因为这是来自民间的小人物的述说，所以当我们在小说中遇到那些历史中的大人物时，未免会感到惊奇，这些人物包括孙中山、蒋介石、毛泽东、国民党战区祝长官、新四军首长，以及孙夫人、鲁迅、泰戈尔、张爱玲、史沫特莱等，尤其是小说写到李娃与一个神秘女子的四次邂逅，作者并未透露此人的名字，但我们可以猜测出是另一位大人物。作为一个小人物，李娃在这些大人物的生活中自然是微不足道的，但小说为我们提供了近距离接触这些大人物的契机，也让我们看到了历史的丰富性与偶然性。特别是国民党战区祝长官、新四军首长，李娃作为生活副官、护送队员曾较长时间在他们身边生活，在他的描述中我们可以猜出这两位大人物是顾祝同和陈毅，在那些关键的历史时刻——皖南事变、中共七大召开、日军投降之时，在这些大人物运筹帷幄的时候，我们经由李娃这个小人物的眼光看到了历史的运转，及其中不为人知的生活细节。在这里，我们可以看到作者飞扬的想象力，他将一个小人物的命运与诸多重大事件、诸多大人物的生命轨迹交织在一起，其背后不仅需要历史知识的支撑，也需要还原到历史现场的想象力。当然更重要的是历史观——究竟是谁创造了历史？在李娃由国民党战区逃到新四军的过程中，作者已经给出了答案。在小说中，重要的不是那些大人物，那些大人物只是历史坐标或必要的点缀，李娃的人生及其命运才是小说真正的主角。作者通过李娃的自述，为我们塑造了一个丰富饱满的人物形象，这是一个饱经沧桑看透世事的百岁老人，也是一个心地单纯心怀故乡的乡下人，这是一个自幼习武勇往直前的革命者，也是一个既不愧对妻子又始终心念大小姐的性情中人。

如何讲述中国革命的故事？这是革命胜利之后所面临的重要问题，在十七年时期的"革命历史小说"中，主要讲述革命历史中的一些重要事件，以及工农作为历史主体成长的故事，其间贯穿着必胜的信念和革命乐观主义精神。在上世纪 80 年代中期，"革命历史小说"的叙述模式遭到了挑战，"新历史小说"大多回避革命史，讲述民国史或古代史，即使讲述革命史，视角也与此前有了很大差异，或者重点讲述革命中的挫折，渲染失败与灰暗的情绪，或者将革命的动力讲述为欲望，参加革命不是为了救国救民而是为了某个女人，有的讲述"土匪抗日，妓女爱国"的故事，并且从"土匪也能抗日，妓女也能爱国"，逐渐讲成了"只有土匪才抗日，只有妓女才爱国"的故事。到上世纪 90 年代中期，在历史小说中形成了"家族史"的叙述模式，革命史成了家族史的一部分；而到了新世纪，在间谍小说或影视剧中，革命成了办公室政治斗智斗勇的一部分。可以说在这些叙述模式中，革命逐渐失去了在历史中的主体地位。

李亚的《花好月圆》突破了这些叙述模式，他站在民间与小人物的立场上，重新讲述了 20 世纪中国革命的故事，在小说中革命重新成为历史的主体，但相较于"革命历史小说"，这部小说却更加丰富开阔，将更多复杂微妙的情绪与细节容纳其中。在形式上，《花好月圆》也颇具创造性，口述史的形式让小说总体有一种苍茫沧桑之感，但又在历史与现实中随意穿插，自然平实而又自由跳脱，其语言将老人的口吻、普通话的韵律和亳州方言的色彩融为一体，独具特色，"寻找到了自己的句子"。而小说的最后一章，故事的讲述者由主人公李娃转变成了原先倾听者的儿子，这不仅是叙事形式上的反转与创新，也让我们看到了革命传统在三代人之间的曲折传承，这是李亚重新认识中国革命的途径，也是一代人对历史反思的再反思，是历史在现实中的回响，也是一个人的"革命史诗"。

（原载《文学报》2018 年 7 月 12 日）

时代新人、中国故事与现实主义的新探索

——重读石一枫的《世间已无陈金芳》

2014 年，石一枫的中篇小说《世间已无陈金芳》在《十月》杂志第 3 期发表，后收入同名小说集。这篇小说发表后，引起了文学界的广泛关注，不少评论家撰文予以积极肯定，并曾获得十月文学奖、百花文学奖、郁达夫文学奖提名奖等奖项。石一枫也以此篇小说为开端，写下了《地球之眼》《营救麦克黄》《特别能战斗》《心灵外史》《借命而生》等中长篇小说，每一部都引来了好评。石一枫的写作是我们这个时代重要的文学现象，让我们看到了青年作家对当代社会的观察与思考，及其对现实主义的新探索。

一、"时代新人"的塑造

《世间已无陈金芳》最引人关注之处，在于陈金芳这个人物的塑造，

小说以现实主义的清晰笔法，通过陈金芳这个人物及其内心的变化，勘探着我们这个时代的奥秘。小说从"我"的视角，书写了"我"20多年间与陈金芳的交往，以及陈金芳跌宕起伏的命运。陈金芳最初出现时，是从农村转学来的一个女孩，依靠姐夫在大院食堂做厨师，到"我"的初中借读，同学都因她的土气和虚荣而鄙视她，但"我"被迫练琴时有她这一个听众，与她在心灵上有某一点相通。初中之后，"我"继续读书练琴，陈金芳却走入了社会，成为了一帮顽主的"傍家"，她一改以往畏葸内向的形象，张扬霸气，是远近闻名的女顽主，但"我"也亲眼目睹了她与傍家豁子的激烈冲突。多年不见，在一次音乐会上再次见到陈金芳，她已是投资艺术品行业的成功商人，优雅，得体，熠熠生辉，穿梭在艺术家、商人之间，"我"此时早已放弃了音乐，在社会上混饭，也参与了几次陈金芳——此时已改名为陈予倩——烈火烹油的生活，但因一件事的刺激又开始疏远。最后见到陈金芳，她已破产，躲在城乡结合部的一栋公寓里自杀未遂，脸上还有被债主打的青瘀，"我"将她送入医院抢救，她醒来后，很快被乡下来的姐姐姐夫接回老家了。在小说中，我们可以看到陈金芳的人生轨迹，她从农村来，在城市里奋斗打拼，失败后又返回了农村。我们也可以看到陈金芳形象的巨大变化，她从一个土里土气的乡下女孩，一变而为城市胡同里的女顽主，再变而为左右逢源的艺术圈明星，最后成为走投无路的破产商人。

可以说，在陈金芳形象与命运的剧烈变化中，隐藏着我们这个时代最深刻的秘密，那就是在这个迅速发展的时代，尽管看上去似乎每个人都有机会，都有个人奋斗的空间，但为底层人打开的却只是一扇窄门，尽管他们一时可以获得成功与辉煌，但终将灰飞烟灭，被"打回原形"。《世间已无陈金芳》塑造了一个当代的"失败青年"形象。"失败青年"的产生，当然首先与当前社会结构的凝固化相关，随着阶层分化与贫富分化的加剧，社会流动性减弱，一个人的人生价值更多地由其出身与身份决定，这让出身社会底层的当代青年看不到改变命运的可能与希望，在难以逾越的社会鸿沟面前，来自社会底层的有为青年看不到出头之日。"失败青年"产生的另一个原因，是我们社会价值标准的单一化，或者说意识形态化。失败是相对于成功而言的，而在我们这个社会，成功的标准又是简单而唯一的，那就是以金钱为核心、以个人为单位的"人上人"生活。在这样一种价值体系中，任何成功都是值得羡慕的，而不管"成功"是如何来的，相反，任何失败也都是可耻的，也不管失败有什么理由。可以说这样一种价值体系，已经形成了一种新的意识形态，笼罩在我们社会的各个方面，甚至深入到了很多人的意识乃至潜意识深处，牢不可破。在《世间已无陈金芳》中，我们可以看到，陈金芳所信奉的恰恰是成功者的逻辑，正是因为这样，她改变命运的愿望越迫切，她的奋斗与挣扎也更具悲剧性。

但是陈金芳不只是一个"失败青年"，她还是一个"时代新人"。在陈金芳身上，我们既可以看到时代的共性，也可以看到独属于她的个性。她是成千上万乡下人进城的一个代表，她身上那种似乎永不歇止的奋斗精神与改变命运的渴望，正是时代精神最形象的表达，但是陈金芳的独特之处在于她热爱艺术，她在内心深处是一个"小资"，她渴望的不只是物质生活的成功，而且也包括精神生活的高雅格调，艺术圈热闹繁华的交际。这正如《人生》中的高加林，他不只是要进入城市，而且是要在精神上"征服"城市，这样当最后的悲剧到来时，我们看到的便不只是他们重归农村的失败命运，而且也听到了他们骄傲的心灵在现实中撞击破碎的声音。

二、"中国故事"的讲法

《世间已无陈金芳》写出了我们这个时代的希望、热情与痛苦，这不只是陈金芳个人的命运，也是千百万中国人正在经历的现实，我们可以说《世间已无陈金芳》和《陈奂生上城》《人生》等小说一样，将特定时代的集体无意识显影了出来，让我们可以从中辨认出时代，辨认出我们自己。梳理中国五四以来的文学史，我们可以发现，最为典型的中国人的形象就是中国农民的形象，从鲁迅笔下的阿Q到赵树理的"小二黑"、柳青的"梁三老汉"和"梁生宝"，再到高晓声的"陈奂生"、路遥的"高加林"、余华的"富贵"，中国作家笔下的中国故事就是农民的故事，农民的故事也是最典型的中国故事。

但是在我们这个时代，一切都在发生变化。伴随着中国剧烈而迅速的"城镇化"过程，"乡土中国"正在转变为"城镇中国"，与此同时，3亿农民工进城不仅极大地改变了城市的样貌，也改变了我们对"中国"的理解。可以说，"乡下人进城"是我们这个时代最为典型的中国故事。在这个巨大的迁徙过程中，乡下人进城有什么样的经验，什么样的生活，什么样的情感，既与我们每一个人息息相关，也是整体中国故事的一部分。

《世间已无陈金芳》讲述的就是"乡下人进城"的故事。在小说中，我们可以发现，小说是从"我"的视角讲述的，小说中的"我"是一个城市人，是一个大院子弟。从城市人的视角讲述"乡下人进城"的故事，很难不充满鄙夷和不屑，这在小说中也偶有体现，但在小说整体的叙述中，我们却可以感受到作者的同情、理解乃至超越，这是如何做到的？这里的关键在于小说中叙述者"我"的叙述姿态与叙述角度。小说中的"我"是一个生活的失败者，是游离于生活之外的旁观者，也是超然于利益争斗的"闲人"。小说中自从见面的第一天，"我"与陈金芳就把"演奏者"和"听众"的身份固定了下来。"试想一下，假如不是因为这点交情，我会不会也像其他学生一样欺负陈金芳，甚至因为她'是我们院儿的'而欺负得更狠呢？我可从来没在道德品质方面过高地信任过自己。"此后"我"也经历了拉琴失败、婚姻失败等诸多挫折，面对在困境中愈挫愈勇的陈金芳，不仅没有身份上的优越感，甚至还情愿做起了她的"帮闲"。但是，又仅限于"帮闲"，"我"很少介入她的生活与经济活动中，这样的视角与"平常心"较为疏离，但也较为客观地呈现出了陈金芳的人生轨迹。

虽然叙述者"我"身上有石一枫的部分特征，但"我"并不是作家石一枫，在小说中石一枫借助"我"打开了一个新的叙述空间，让我们看到了他对陈金芳命运的关注及其叙述角度的独特。作为一个在北京出生成长的作家，应该说石一枫对陈金芳的乡村生活及其经历并不是特别熟悉，但是在小说中石一枫化拙为巧，以"我"的视野避开了不熟悉的生活，而充分施展了自己对北京生活熟悉的特长，将小说的重点放在"进城"上，放在"艺术圈"上，放在北京的地理与美食上，可以说叙述视角的选择是这篇小说成功的关键。但更重要的问题是，为什么石一枫将陈金芳的故事写成了一个"中国故事"？这首先在于陈金芳的生活与性格颇具典型性，在她的命运中隐藏着我们这个时代的奥秘，其次在于在这个小说中也蕴含着石一枫对当代中国的思考，他写的虽然是陈金芳一个人的故事，但在其背后却又着对时代与人性的整体思考与把握，正如福楼拜在《包法利夫人》中讲的不只是爱玛的故事，或者德莱赛在《嘉莉妹妹》中讲的不只是嘉莉妹妹的故事一样，它们都是关于时代的故事，也是关于人心的故事。

三、现实主义的新探索

"在和陈金芳重逢的一年多里，我看着她起高楼，看着她宴宾客，看着她楼塌了。"小说中盛衰起伏，命运不定，读来有一种《红楼梦》式的苍凉与悲哀之感，这是我们中国人熟悉的美感，我们在历史上积累了那么多王朝的兴衰，对自然与人间的盛衰极为敏感。在《世间已无陈金芳》中，我们可以感受到作者悲悯与超越的目光，在打量着陈金芳，在凝视着他笔下的艺术世界。但是与《红楼梦》等古典小说不同，《世间已无陈金芳》所写的是当代中国的故事，所以其盛衰并不是"循环"的，而是现代性时间刻度上一个特定时段所发生的故事，其由盛而衰，有着深刻的时代根源。在这个意义上，我们可以说作者深谙传统中国美学，并在小说中进行了创造性继承与创新性发展，这是对中国美学的新探索，也是对现实主义的新探索。

一个来自底层的小人物，通过个人的努力与奋斗，终于抵达成功的巅峰，但终究无法真正融入上层，一有风吹草动就将从高处跌落。在这个层面上，《世间已无陈金芳》讲述的是与菲兹杰拉德《了不起的盖茨比》相似的故事，但二者之间又有所不同，《了不起的盖茨比》将跌落的原因归之于情感与一次车祸，注重的是偶然性，而石一枫则将这一悲剧放置在世界经济的整体变动之中，强调的是一种必然，也更具社会分析色彩。

在小说中，从顽主时代的自由竞争到 2008 年的经济危机，这些现实的经济因素构成了陈金芳命运的一部分，从豁子到胡马尼，从弱势到强势，不仅标志着陈金芳情感对象的转换，也标志着她不同的经济阶段，而与 b 哥的合作，则是陈金芳孤注一掷的豪举，但这也最终决定了她的败局，在变幻不定的国际经济局势中，连 b 哥这样的巨鳄也只能跑路，倾家投入的陈金芳也只能承受这样的结果，作者揭示了陈金芳华丽外表下的经济背景及其动力，让我们看到了陈金芳发财的过程与追寻梦想的历程，以及梦想破灭之后的困境与无奈。在这个意义上，可以说这篇小说重新回到了老舍和茅盾的传统，老舍对底层小人物命运的关注，茅盾的社会分析与经济学眼光，在小说中都有所体现。这篇小说具有一种清醒的现实主义，清醒的现实主义是一种态度，也是一种方法。面对复杂的世界或未知的因素，重要的不是急于表明态度，而是要以清醒的态度去探索；重要的也不是以个人的主观想象将复杂的世界简单化，而是在充分认识到世界的复杂性之后，以新的方式为之赋形。作家当然要从个人的经验与知识出发写作，所谓突破，不是要抛弃已有的生活体验，而是要对个人经验、知识的有限性与有效性保持一种清醒的认识，在新的现实面前做出反思与调整。只有这样，我们才能真正地切入现实。

在几个访谈中，石一枫都谈到了他对现实主义写作的认同，作为一个北京作家，他更是直接受到了老舍与王朔的影响。在早期写作中，石一枫写作上王朔的气息更浓一些，但从《世间已无陈金芳》开始的写作实践中，他似乎摆脱了王朔的影响，而开始对现实主义进行一种新的探索，这种探索既基于现实观察与对时代问题的敏感，也受益于他的学术积累与理论训练，如果说前者让他善于从时代的发展中提出问题，后者则让他对现实保持着一种既超越而又可以整体思考的能力。石一枫对现实主义的坚持与探索，不仅走在 70 后作家的前列，也走在当代中国文学的前列，我们期望更多作家关注现实，关注现实主义，也期待更多作家能够奉献出《世间已无陈金芳》这样的优秀作品。

（原载《小说选刊》2018 年第 4 期）

谍战小说的创新：小人物、信仰与先锋性

——读海飞的《醒来》

在《向延安》《麻雀》《惊蛰》之后，海飞推出了他的谍战小说《醒来》，这是其"谍战深海系列"小说的最新一部。自从事创作以来，海飞的创作历程迄今为止可以分为三个阶段，在第一个阶段，他主要从事中短篇小说创作，出版了《像老子一样生活》等小说集，这一时期他关注的是底层小人物的生活，以现实主义的笔法讲述他们的故事；在第二个阶段，海飞写出了《回家》《向延安》等长篇小说，这些作品重新讲述历史故事，以不同于"革命历史小说"和"新历史主义小说"的视角与方法，为我们呈现出了另一种历史的真相与人性的复杂，颇具先锋小说的色彩。而从《麻雀》《惊蛰》开始，海飞的创作进入第三阶段，他开始有意识地建构他的"谍战深海系列"，试图通过系列谍战小说的写作，重构 1940 年代抗战时期复杂的谍战风云世界，并深入探讨人性的复杂幽微，同时这些作品经由他本人编剧，已被改编为颇具社会影响的影视剧，海飞也由此成为横跨小说与编剧的重要创作者，足以与风起云涌的网络文学相抗衡，可以说是

纯文学与 70 后作家中的一个"另类"。

但另一方面，海飞的谍战小说也颇具纯文学色彩与个人特色，谍战题材作为一种小说与影视中常见的类型，以跌宕起伏的故事情节、扑朔迷离的历史真相，以及游移不定的个人立场见长，意在揭示社会历史的复杂以及人性中幽暗微妙的一面，其著名者如影片《无间道》《色戒》《黑天鹅》等，都映射出了特定历史时期纷纭复杂的社会情态，以及个人置身其中犹疑暧昧的身份与心理状态。但是海飞的创作却为谍战小说带来了一种清新的风气。首先，他小说中的主人公都不是叱咤风云的英雄，而是历史中的小人物，无论是《向延安》中酷爱厨艺的少爷向金喜、《惊蛰》中的"包打听"陈山，还是《醒来》中的照相馆学徒陈开来，都是大历史中的小人物，但他们在历史的偶然中却走向了谍报战场和革命之路，并由此获得了信仰，承担起历史使命，在小说中绽放出异样的光彩，对谍战历史中小人物的发现与重视可以说是海飞谍战小说的一个特色，这与那些依靠高智商精英人士的谍战小说大为不同，从中我们也可以看到海飞早期小说的影响。其次，是海飞小说的立场坚定，没有丝毫犹疑暧昧之处，在抗战时期国、共、日以及不同特务机关犬牙交错的复杂斗争中，海飞小说的主人公在血与火的洗礼中最终都走向了革命与人民，海飞在小说中关注的重点不是立场的犹疑与转变，以揭示人性的复杂深刻，而是主人公的成长与信仰的形成，以展示经过洗礼之后信仰的可贵，但是在这里，海飞也避免了早期革命历史小说中常见的公式化弊端，他没有将信仰抽离具体的历史语境，而是将之还原到复杂的战斗过程中加以展示，让人认识到信仰作为一种精神力量在具体斗争中的重要作用。再次，是海飞谍战小说的文学性与先锋性，海飞汲取了先锋小说在形式、技巧与叙述方式上的探索，并将之运用到谍战小说之中，形成了颇具个人特色的叙述节奏与叙述形式，这在

《惊蛰》与《醒来》中尤为明显，在叙述中他将优美舒缓的叙述语调、紧张刺激的故事转折、复杂多变的人物身份有机地结合起来，既使读者不断追踪情节进展，又让人时时留意其文字，形成了一种独特的叙述张力。如果说先锋小说最终指向的是历史的虚无与个人存在的荒诞偶然，那么海飞的小说则在哲学思考中融入了具体的历史内容，并在对历史的思考中逐渐确立了个人的叙述方法与立场。

在《醒来》中，海飞讲述的是杭州春光照相馆学徒陈开来，在老板李木胜被日军枪杀之后，到上海去开照相馆，并被卷入谍战的故事。小说以陈开来与舞女金宝进入上海为线索，展示了国、共、日及不同特务机关的复杂斗争，在险象环生、高潮迭起的故事中，塑造了陈开来、金宝、苏门、杜黄桥、赵前、杨小仙、苍广连等个性鲜明的人物，呈现了一个血雨腥风的谍战深海世界。在小说中，令人印象深刻的是人物形象与身份的变换之迅速，如杜黄桥在最初出场时是仙浴来澡堂的一个三弦师傅，他带着墨镜，"落魄得像一个讨饭佬"，但随着苍广连的目光，我们才发现他非同一般，"这时候苍广连轻易认出了眼前的这个瞎子，就是当年南京保卫战74军106师的突击营营长杜黄桥，也就是自己当年的顶头上司。……现在那个要对自己军法从事的顶头上司成了瞎子，苍广连觉得老天有眼，在这个冬天的上午需要算一算旧账。"随着故事的进一步发展，我们知道他救了中共地下党沈克希，陈开来开始怀疑他是不是共产党，但在接下来的情节中，却发生了急剧的逆转，"枪声响起时，顺着照相馆二楼的窗格缝隙，陈开来看见仙浴来澡堂已经被一大帮76号的特务团团围住。而领头的男子，居然就是杜黄桥！杜黄桥的腿居然不瘸了，视力也好得出奇，简直就是脱胎换骨。"到这时，陈开来才最终知道，杜黄桥竟然是76号特工总部的暗线，而他屈尊潜伏在仙浴来澡堂，其使命就是为了让军统上海区彻底瘫痪，他也由此成为小说中国共两党最为凶恶的敌人。但另一方面，这个人物并不是单面的，小说还通过他与陈开来关系，以及他与杨小仙的地下恋情展示了其人情味的复杂一面。另一个例子是苏门，她最初出场是到76号视察的不可一世的督查大员、赵前曾经的恋人，但随着情节的进展，我们看到这个喜欢泰戈尔《飞鸟集》、喜欢独自舞蹈、喜欢穿黛染霸花高跟鞋的女人竟然是军统特务，而更令人惊异的是，"后来他终于晓得，苏门在法国留学期间经上级同意秘密加入了军统，作为中共在军统的潜伏人员，回国后即开始接受军统的密令在汪精卫政府任职，自此成为双面间谍。"甚至就连在陈开来身边，看似毫无政治立场的舞女金宝，竟然也是军统派来的特务。这些人物的身份转换，带来的是敌我认知的不同，既出乎读者的预料之外，又为小说带来了强烈的戏剧性。小说在主要人物身份的渐次揭秘之中，不断重构故事的叙述倾向与读者的价值认同，这又与故事的迅速推进和情节突转相结合，叙事节奏极快，这与瞬息万变的谍战世界相适应，又借鉴了美剧等影视艺术的叙述节奏，形成了独具特色的叙述方式。

小说中最核心的情节是针对日军"沉睡"计划，中共所发动的"醒来"行动，即让潜伏的地下工作者浮出水面，参与到地下斗争中，"'断桥'同志，我是'苏堤'，我就是那个奉命唤醒你的人。"陈开来是在李木胜牺牲之后代替他"醒来"的人，他与沈克希配合，接受上级苏门的指令，在与汪伪76号、国民党军统的复杂斗争中，经过层层波折最终获胜，而这同时也是陈开来个人意义上的"醒来"，即他从一个不谙斗争的照相馆学徒到一个地下工作者的成长与觉醒过程。整部小说以杭州部分为序幕，以围捕杜黄桥及陈开来再一次潜伏为尾声，而以中间的上海部分34小节为主体，但序幕与尾声亦不可少，这些精确到每一分钟的叙事场景既提供了故事的背景与结局，也余味悠长，当我们在尾声中看到：1951 年 3 月 11 号 11：00，潜伏的陈开来在照相馆中看到银宝前来接头，这便预示着另一场谍战即将展开。小说中运用最精彩的是细节，陈开来的照相术，密码，唇语，勉牌自动打火机，苏门的黛染霸花高跟鞋，黑方，舞蹈，反复出现的泰戈尔《飞鸟集》中的诗句，以及对照相馆、仙浴来澡堂、76 号特务机关、石库门民居秋风渡等不同场景的细致描述，既为小说提供了坚实的物质生活基础，也为读者提供了丰富的想象空间。作为"谍战深海系列"中的一部，《醒来》中也穿插了海飞其他小说中的人物，如李默群、陶大春等，他们并非《醒来》中的主要人物，但他们在小说中的出场，却将海飞的"谍战深海系列"更为紧密地连接在一起，也让我们看到，海飞正在展开的谍战深海，将会由一部部精彩的小说筑基，并扩展形成一个更加宽阔而深邃的艺术世界。

（原载《长篇小说选刊》2020 年第 4 期）

时代转折中的"英雄",及其中国故事

——读葛亮小说《英雄》

    与后来《北鸢》等小说以优美典雅的文笔书写民国风致不同,葛亮在小说创作的初期,曾集中书写过一些描绘当代都市小人物的中短篇小说,引起广泛关注的《阿霞》是其中之一,而《英雄》亦是其中之一。这篇小说最初发表于《大家》2008 年第 5 期,后收入小说集《七声》时更名为《于叔叔传》,以与其他各篇的篇名相协调,如《阿霞》《安的故事》等,使整部小说集更像一个浑然的整体。但无论是名为《英雄》还是名为《于叔叔传》,小说的主体并没有改变,如果说稍有不同的话,那么"于叔叔传"无疑更加平实,而"英雄"则投射了作者或叙述者更多主观的情感色彩。

    在评论小说集《七声》时,王德威先生曾指出,"《于叔叔传》《阿霞》两篇特别动人,尤其是前者几乎可以当作是新时期以后市场经济崛起的寓言来读,颇有讨论空间,后者则是延续正宗欧洲现实主义风格,以底层社会、心地简单人物的遭遇反映人生百态。"在这里,"市场经济的寓言"更着眼于宏观与整体的寓言性,而在小说中,作者的叙述却更贴近于叔叔这个"小人物"的生活与命运。小说的叙述视角颇具特色,主要是以城市知识分子家庭以及这个家庭中的"我"为视点,来看作为城市外来者的"于叔叔"及其一家数十年的命运变迁。

于叔叔是个木匠,从乡镇到城市里来做工,因给"我"家打家具而与"我"、"我"家结缘,成为朋友,数十年来往不绝。最初,在小孩子"我"的眼中,心灵手巧的于叔叔是一个偶像,"小孩总需要偶像,我也未能免俗,于叔叔在这个时候出其不意地填补了我的信仰真空。这一点,恐怕他自己也始料未及。现在想来,于叔叔年轻的时候,外形上也的确合乎偶像的标准,高大,鲁莽。一头乱发,左耳夹着铅笔头,右耳夹着一根烟,说话时眼睛似笑非笑地看着你,实在是偶傥得很。"作为最早一代的独生子女之一,"我""乖外戾内,表面上人见人爱一小孩,做出事来逼得人发疯",但于叔叔所做的木工活很快引起了"我"的兴趣,两人的友情迅速升温,于叔叔允许"我"玩他所有的工具,与"我"下棋,甚至还在"我"的请求下帮"我"代家长签字,虽然被发现后,妈妈对于叔叔在态度上"有点淡淡的",但是"我"与爸爸却一如既往。于叔叔离开"我"家后,经爸爸推荐,又去附近的另一家打家具,后来于叔叔带领妻子和两个孩子来"我"家,"我"和爸妈也到于叔叔家里去探访,两家交往不绝。"我"也由此见证了于叔叔一家在城市里的生活及其命运的转折:于叔叔的儿子献阳和女儿燕子跟我同校读书,但献阳毕业后,却在依凤阿姨的力主下,上了"他们厂里的子弟中学";于叔叔和依凤阿姨开饭馆,请爸爸帮他们画招牌;于叔叔不开饭馆后,开了一个书报亭;于叔叔的报刊派送业务逐渐越做越大,"他雇下了更多的人,甚至在区中心的一幢写字楼里,租下了一个单位作为代理点的办事处";于叔叔与依凤阿姨的亲侄女小任一起看电影,给她买化妆品,被依凤阿姨发现"有情况";小任以怀孕为借口逼宫，献阳"扑上去，掐住了女人的颈子，顷刻结果了她"；献阳行刑那天，天上下了清冷的雨，于叔叔去领儿子的骨灰，出了车祸，粉碎性骨折，出院后他的腿跛了；燕子结婚时，于叔叔怕受到男方轻视，请爸爸作为"女方的大伯，坐在女方的主位"，而在爸爸请他来挡酒时，于叔叔"端着酒杯走了两步，走得急了，就有了一个趔趄。一些酒洒了出来，弄到了身上。他急忙着拿起桌上的纸巾擦，擦着擦着，脸上现出了颓唐的表情，终于又静默地坐下去了。"

通过以上情节线索的简单勾勒，我们可以大体了解于叔叔的生活经历，他人生的跌宕起伏和他一家人升降浮沉的命运，叙述者以第一人称"我"的视角讲述故事，这里的"我"既是故事的旁观者，又与被讲述者有着亲密关系，所以可以向读者讲述来龙去脉，同时这一视角又是限制性视角，叙述者对被讲述者的生活也不全面了解，只讲述自己看到、知道的部分，这"有限"的视角既避免了繁冗，又有真切感。这一视角是现实主义作家常用的，比如莫泊桑的《我的叔叔于勒》、契诃夫的《套中人》，比如鲁迅的《祝福》《孔乙己》《一件小事》等，在《英雄》中，我们可以看到葛亮对这些大师的借鉴，甚至"于叔叔传"这样的标题和故事本身，也可能受到了莫泊桑《我的叔叔于勒》的直接影响，在《我的叔叔于勒》中，莫泊桑通过"我"与叔叔于勒的几次相遇，展示了于勒曾经兴旺发达而终归败落的一生，《英雄》或《于叔叔传》也采取了类似的结构与讲述故事的方式，而在小说结尾，于叔叔"脸上现出了颓唐的表情，终于又静默地坐下去了"，也可以看到类似契诃夫《醋栗》结尾所表达的主人公颓唐、落寞而又无奈的心境。虽然"太阳底下无新事"，但"每一天的阳光都是新的"，与19世纪小说大师的相似只是表面的，葛亮讲述的是新世纪发生在中国的故事，自然也就带有新的时代特点与中国特色。

所谓时代特点就是王德威先生所说的"新时期以后市场经济崛起的寓言"，于叔叔所经历的正是中国由计划经济到市场经济的巨大转型时期，于叔叔的婚姻，依凤阿姨的工厂，依凤阿姨让献阳去读"子弟中学"，都受制于计划经济体制及其思维模式；于叔叔进城做木工、开饭馆、开书报亭、派送书刊，则体现了市场经济的活力，而小说中于叔叔与依凤阿姨在很多事情上的矛盾龃龉，都来自不同的思维模式，依凤阿姨还停留在旧有的计划经济下的僵化思维，而于叔叔则更接近市场经济中的独立个体，奋斗，拼搏，当然市场经济也并不是只有活力，亦有其阴暗乃至黑暗的一面，于叔叔开饭馆时所遇到的同行倾轧，他发达时造成悲剧的"人性解放"，都让我们看到了市场经济的暗面。在于叔叔身上，我们看到一个充满活力的"英雄"在时代中奔突而又最终陷落的故事，这或许是作者最初将之命名为"英雄"的本意。但于叔叔不是一个人，小说中写到的是他的整个家庭，可以说对家庭关系与伦理的重视，以及强烈的盛衰之感，正是这部小说中国特色的体现。中国人最注重家庭伦理，中国文学最长于表达沧桑与盛衰之感喟，从《诗经》到《红楼梦》莫不如此，所以与其说《英雄》的结尾更接近于契诃夫的《醋栗》，不如说更接近于"白茫茫一片大地真干净"，更接近于中国人的情感结构，由此我们也可以看到葛亮写作的隐秘路径：由《英雄》到《朱雀》《北鸢》，是暗中相通的，不同的只是作者从现实转而去写历史，也找到了更适合表述的语言，但《英雄》乃至《七声》的价值，不只是《朱雀》《北鸢》的先声，也是作者对时代观察思考之后的发声，而这则奠定了一个作家的根基。

（原载《长江文艺·好小说》2020 年第 6 期）

全景式表现武汉抗疫的"在场书写"

——读刘诗伟、蔡家园的《生命之证》

　　2020 年初在武汉首先爆发的新冠肺炎疫情，是中国与世界史上的一件大事，而中国在疫情爆发之初在武汉断然采取的"封城"措施，更是人类史上前所未有的举措。从 1 月 23 日"封城"，到 4 月 8 日开城，在短短 76 天之内，武汉经历了生与死、血与火的考验，也牵动着全中国乃至全世界的目光。无论武汉城内的人，还是中国与世界各地的人，都在关注武汉，都在关心武汉发生了什么，正在经历什么，但我们只能从媒体——传统媒体和自媒体上获得一些信息，其中不少是表面的或某个侧面的，有的甚至是真假难辨的。那么武汉究竟发生了什么呢？只有在读了刘诗伟、蔡家园的《生命之证——武汉"封城"抗疫 76 天全景报告》之后，我们才能从整体上"看到"武汉经历了什么。《生命之证》的可贵之处，在于它为我们提供了一幅武汉抗疫的全景式画面，让我们看到了在媒体上常被忽略的那些角落和人群，更在于两位作家以"逆行者"的勇敢姿态，以亲历性、在场性的书写，为我们呈现出了他们眼中"封城"时期的武汉，以及武汉抗疫的整个过程。

对于武汉的"封城"与抗疫，我们或多或少都从媒体上获知了相关消息，最常见的是传统媒体对抗疫英雄、逆行者与医务工作者的赞美，以及自媒体上从个体角度对"封城"时期日常生活的记录，其中不乏悲观失望等负面情绪的渲染，应该说在某种程度上，这些都是真实的，但仅仅有这些，也是不全面的。我们在看到抗疫的光明前景时，也不应该忽略正在经历的苦难之深重与复杂，同样在个体视角的日常生活与负面情绪之外，我们也应该看到抗疫的整体进展，以及抗疫英雄的勇敢、努力甚至牺牲所带来的希望。在《生命之证》中，我们可以看到武汉抗疫的全景画面和整体过程，它也歌颂抗疫英雄，但不止于简单的赞美，而是将之放置在抗疫的艰难过程之中，惟其如此，更显出英雄的伟大，它也关注个体的生活与情绪，但并不将这种情绪放大，而将之看作疫情爆发初期人们的一种自然反应，随着抗疫的进展，悲观情绪便让位于战胜疫情的坚定信心。在此之外，《生命之证》还为我们描绘了武汉抗疫期间的各种人群，让我们看到了他们为战胜疫情所付出的努力与牺牲。《生命之证》共十六章，前四章描述了疫情的爆发以及国家采取"封城"这一雷霆行动，最终战胜疫情的过程，中间九章分别叙述了不同人群在抗疫期间的行动，火神山、雷神山和方舱医院的建设者、重症医疗队的医生、与死神跳贴面舞的"插管队员"、中国特有的中医学者和医生、"黑夜提灯人"护士、"发挥第一堡垒作用"的社区工作者、"萤火一样发出光芒"的志愿者、日夜奋战的科研工作者。正是这些人的共同努力与奋斗，才迎来了武汉抗疫的最终胜利，我们才能看到最后三章所写的武汉与世界的交流、"开城日"，以及疫情中的儿童及其带来的希望。

在这些人群中，有的我们比较熟悉，比如钟南山、李兰娟、张定宇、张继先、艾芬、李文亮等抗疫英雄，他们的事迹媒体已广为报道，但在《生命之证》中，作者将他们还原到疫情爆发的最初时刻，突出了他们在党中央做出"封城"决策中的关键作用，这既突显了钟南山、李兰娟等人作为科学家的勇敢担当精神，也显示了我们党尊重科学、尊重人才的优良传统及其在关键时刻的重要作用。书中所写的决策过程是惊心动魄的：1月19日，"下午，专家组举行闭门会议。钟南山首先请从事传染病临床医学研究的李兰娟发言。李兰娟……表示武汉应当马上实施'不出不进'的严控措施，否则后果不堪设想。专家组全体成员认同李兰娟的观点。听到这里，同行的张宗久感到事态严重，赶紧起身走出会议室，给国家卫健委主任马晓伟打电话，回来便宣布：我们在这儿讨论解决不了问题，专家组全体成员赶快上北京汇报。下午6点后，专家组6人乘高铁回北京。""当晚12点左右，国家卫健委主任马晓伟急切地前往钟南山和李兰娟的住地拜访，听取二位对疫情的看法，对他们的意见表示重视和支持。半夜，马晓伟主任给国务院领导打电话汇报情况。""1月20日早晨8点半，孙春兰副总理听取专家组6人汇报。大约10点，国务院常务会议临时加入武汉疫情议题，钟南山院士和李兰娟院士被安排参加会议。李克强总理首先传达习近平总书记'把人民群众生命安全和身体健康放在第一位'的重要指示。两位院士先后发言，观点和意见一致，明确指出'人传人'现象和发展趋势，建议迅速采取强有力的防控隔离措施。"1月22日，"当晚11点之后，浙江省卫健委的负责人突然给她打来电话，介绍浙江的疫情，认为浙江已'守不住'……放下电话，李兰娟觉得疫情比想象的严重，……她没敢犹豫，即刻以微信和电话方式向上级领导反映情况，再次提出严控武汉疫情的建议。此时，马晓伟主任刚从武汉回北京，正在研究全国抗疫对策的会上。""23日凌晨，中央根据习近平总书记22日的重要指示，决定武汉于上午 10 点关闭离汉通道。"——从 19 日到 23 日，短短四五天内，科学家的正确判断迅速及时地转化为党中央的科学决策，为武汉抗疫和全国抗疫筑牢了堤坝，赢得了时间。而在这一过程中，科学家和政治家求真务实的精神，使他们成为抗击疫情的中流砥柱。

《生命之证》中还写到了一些我们不太熟悉的人群，令我印象最深刻的是与死神跳贴面舞的"插管队员"和"黑夜提灯人"护士。这些被称为"敢死队队员"的插管队员，冒着生命危险，穿梭在治疗的第一线，以血肉之躯阻挡着病毒的扩散，"插管时，医生为了看清患者的口咽部位和声门，准确将管子插入气道，必须与患者近距离接触，脸对脸一般就 10 厘米左右。患者呼出的大量病毒会将医生的头部包围，稍有不慎就会被感染；如果遇到患者咳嗽，携带病毒的痰液喷涌而出，危险系数更是倍增。"在这些"敢死队队员"中，有的总结出一套插管经验，有的为危重症抢救贡献了新方法，两位作家在书中采访了万里、周亚群、刘洁琼等十几名插管队员，他们发现，"这些'敢死队员'不论年龄大小，也不分男女性别，都表现出一种共同的气质——淡定。这淡定既源自扎实的专业技术，也源于内心的勇气。他们就像端起枪的战士，只要枪声响起，他们在一瞬间就都成了勇士。"

在新冠肺炎的治疗过程中，"三分治疗，七分护理"，这说的是护理工作的重要性，但是，"新冠肺炎同其他疾病不同，给护理工作带来极大挑战。……由于是传染病，患者没有家人照顾，护士得帮他们翻身、喂饭、清洁皮肤、处理垃圾；还得陪他们聊天解闷，嘘寒问暖，做心理辅导；还要帮他们联系家人，让他们感受亲人的温暖……护士成了'全能保姆'。"作者根据南丁格尔的故事将护士称作"黑夜提灯人"，他们采访并讲述了九位"黑夜提灯人"的故事，其中有泪点特别低的刘淑慧，有显得很时尚的李芒，有被称为"定海神针"的贾春敏，有住进了自己医院的郭琴，有被同事呵护的大男孩梁顺，也有"河北汉子"赵领超，有性格泼辣的关秀丽，也有牺牲在抗疫前线的武昌医院院长刘智明的妻子蔡利萍，还有临阵不慌的护士长石方蓉，"在医院里，护理患者遗体本是一项常见工作，有固定流程。可新冠肺炎患者的遗体具有强烈传染性，有更高消毒要求，护理工作十分危险。在这种情况下，石方蓉只能独自一人来处理。"——正是这些护士细致耐心的护理工作，以及她们在高危环境中付出的艰辛与努力，为身心交瘁的患者带来了生命的希望，作者借用山西省第12支援鄂医疗队的队长杨辉的话说，"人生病了就好比从悬崖上往下掉，医生的作用是止坠，护士则是一点一点把他往上拉。所以人们才说，护士是生命的守护神。"

《生命之证》的另一个特色在于，两位作家身在武汉，他们在疫情稍有转机之后，冒着生命危险，以"逆行者"的姿态前往医院、工地、科研单位等抗疫一线，做了大量深入细致的采访，用他们的话说就是，"'封城'期间，我们两人遵照政府通告居家34天后，经申请批准，戴上口罩，奔赴抗疫前线采访，至4月8日'开城'，历时42天。"他们的写作是带着体温的亲历性、在场性的写作，武汉是他们长期居住、生活的城市，是他们的"家"，当武汉遭遇疫情时，最初他们也只能待在家中，而一旦条件许可，他们就像冲锋的战士听到号角一样，奔赴抗疫的最前线，以自己的眼睛、心和笔为我们留下了抗疫的记录。《生命之证》中也留有他们采访的痕迹，比如，"采访结束，曾玉景请家园和我吃工作餐，我们有些犹豫，她看出我们的担心，给我们讲消毒防护知识，拿来饭盒与我们一起吃。这是我们第一次在前线就餐……"，"这是我们在疫情期间第一次进入定点医院内部采访。我和诗伟都小心翼翼地戴了两层口罩，我还纠结了半天是否穿防护服"，等等，从他们小心翼翼的动作与记述中，我们不难看出他们对疫情的担心，但这种小心的姿态不仅没有损害他们的形象，反而更显示了疫情的危险，以及他们冒险前行的勇敢。

难能可贵的是，两位作家都对疫情做了深入的思考，并留下了他们思考的过程，"家园和我一度也是'日记帮'。到2月中旬，家园一口气写了5万多字，被南方一家刊物拿走；我写了1.7多万字……，但我们自知，两人的日记只记录了武汉的千万分之二"，"而我和诗伟的恐惧，源于我们还没战胜自己。身处这场疫情之中，作为知识分子的我们自以为智力过人、明了真相，其实我们只是比普通市民多一点点知识和理性而已"，——从这些渐次深入的思考中，我们不难看出他们超出个体视角的整体追求，或许正是这一点使他们选择了全景式的写作方法。

更加难能可贵的是，他们在写作中没有回避矛盾和阴暗面，《生命之证》中对抗疫初期一度混乱的局面做了深刻反思，"武汉抗疫初期的战役进行为什么战况不佳？我们侦查到的战役问题在于：判断、实施、速度。"为此，他们与在政府部门工作的朋友B展开了辩论，"他高屋建瓴地开导我看待这场'封城'抗疫之战，我连忙说：你对武汉抗疫成果的肯定没错，但你不能单纯地直奔立场和态度，……不要忽略疫病的灾难和成功抗疫中的艰难曲折，要把疫病与人类这对关系凸显出来，而'补短板、堵漏洞、强弱项'才是今后的重要实务，否则你的简单升华与这场大疫的苦难不匹配，对不起这场全党全国人民众志成城抗疫的人民战争总体战阻击战"，关于病毒与人类的关系，他们也作了深入的思考，"因为病毒，人类不是地球的主宰；这个地球是人类与病毒及其他生物共享的家园，……人类只能在'共享家园'中重新寻找忧伤与光荣"，他们对加缪《鼠疫》中的瘟疫叙事、存在哲学及其"寓意"做出了深刻反思，大胆地指出，"《鼠疫》甚至不是传统瘟疫叙事的范式，而人类正在重建瘟疫主题和文化"，"正在发生的瘟疫主题与文化以人类与病毒相处相遇相争的关系为逻辑，以呵护人类生存与发展为导向，并以这一先进思想与观念照射政治、经济、科学、教育、治理乃至文学叙事——成为人类面对瘟疫（病毒）的另一种政治。如此，倒是可以放弃和排斥过时的经验、知识、方法和想象带来的不良干扰。"正是来自现实的生命体验，使他们敢于对经典作品作出批判性反思。《生命之证》中类似这样的思考还有很多，显示了两位作家实事求是的态度和卓越的思想能力。

现在，武汉的"封城"与抗疫已告一段落，但新冠疫情在海外却愈演愈烈，两位作家在《生命之证》中对武汉抗疫的全景式展现，可以说是对中国抗疫"武汉经验"的总结与呈现，武汉抗疫成功靠的是国家以及各种社会力量的"众志成城"，在其背后是党和政府为人民服务的精神，科学家、医务工作者等不同职业群体的敬业精神，普通民众对政府的信任与爱国热忱，以及我们党强大的组织能力。《生命之证》为我们生动地展示了各种力量如何集结在一起，最终取得了抗疫的胜利，这不仅是对"武汉经验"的总结，也对中国乃至世界的抗疫具有启发意义。

（原载《中国作家》2020 年第 10 期）

第四辑　经典重读

柳青精神：当代中国文学的一种传统

柳青不仅是"十七年"时期的代表性作家，而且是 20 世纪中国最重要的作家之一；他不仅对陕西文学有着重大影响，而且对中国当代文学的过去与现在都有着重要的影响。我们研究柳青，并不仅仅是要对他的作品做出评价，确立其文学史价值，或许更重要的是，需要汲取柳青精神，重新认识当代中国文学的道路，并探讨中国文学未来发展的可能性。

何为柳青精神？在我看来，柳青精神与雷锋精神、铁人精神、焦裕禄精神一样，都是在各自领域全心全意为人民服务的一种精神，它们都产生于特定的历史年代，但又超越了具体时代，而凝聚为一种精神。柳青精神虽然以柳青的名字命名，但却是一代人民作家精神面貌的集中体现，在赵树理、周立波、丁玲等作家的身上，我们也可以看到同样的精神。柳青精神可以说是文艺领域以人民为中心的艺术探索精神，具体说来，主要包括：深入生活，深入基层群众；胸怀理想，讲述中国故事；精益求精，勇攀艺术高峰。

深入生活是文艺界耳熟能详的语言，但我们往往忽略了其理论前提。

柳青等作家正是深刻认识到中国处于一个伟大变革的时代，而变革的动力来源于人民群众，才会真心诚意地走入人民之中，亲身经历人民创造历史的伟大过程，并将之容纳到自己的作品之中。柳青扎根长安县皇甫村14年，参与土改与合作化，他的着眼点虽然只是蛤蟆滩上几户农民的生活及其变化，但他参与的是数千年中国历史变化的一个重要节点，也是中国农民改变自身命运、重塑新的形象的历史性时刻。他所深入的生活，是人民创造历史的生活，也是一个时代变化的核心。在他的作品中，我们可以看到时代最真切的变化和最深层的奥秘，正是在《创业史》中的梁三老汉和梁生宝身上，最为深刻地呈现了中国农民在历史变革中的生活变迁及其深刻的内心变化。在这个意义上，柳青深入生活的动力，不是来自于外部，而是来自于内在的召唤和艺术创造的冲动。他的艺术雄心不在于表现个人，而在于将个人融入到时代与人民之中，并刻画出一个时代的风貌与核心。在这个意义上，柳青的追求既是一个人民作家的追求，也是一个大作家的追求。

在《创业史》刚刚出版时，敏锐的评论家就注意到了其整体感与创造性，同样是写合作化题材，但是柳青的《创业史》与赵树理的《三里湾》、周立波的《山乡巨变》不同。如果说《山乡巨变》更注重地方性特色，《三里湾》更注重碎片式的复杂经验，那么《创业史》则提供了一种整体性，这种整体性来自于作家对时代的理解，也来自于其世界观与创作方法。作者以现实主义精神观察与描摹生活，但又不拘泥于现实，而是将对过去、将来的理解融入到当下的现实之中，让我们在当前现实的脉动中，可以感受到历史的脉络和未来的趋向。在这个意义上，柳青《创业史》所讲述的中国故事，既是现实主义的典范，又充满着理想的光辉。新时期之后，伴随着对"合作化"评价的变化、现实主义的边缘化、"宏大叙事"的消解等社会文艺思潮，对柳青与《创业史》的评价一度走低。但时过境迁，在经历过个人写作、日常生活、私人写作等文艺潮流的洗礼之后，柳青与《创业史》的价值更加突显出来。

在艺术创作上，柳青的严谨、细致与精益求精值得我们学习。如果通读柳青的文集，我们可以发现，柳青在创作上是不断进步的。在《创业史》之前，柳青已经写出了《种谷记》《铜墙铁壁》《狠透铁》等优秀作品，但柳青并不满足于所取得的成就，勇于攀登高峰，勇于超越自我。1952年8月，柳青任陕西长安县委副书记，主管农业互助合作工作。他深入调查研究，给区乡干部、农民讲社会发展史，讲社会主义制度的优越性，亲自指导王莽村"七一联合农业社"、皇甫村"胜利农业社"，使长安农业社运动健康发展，成为陕西和西北的先进典型。柳青的文学来源于生活与实际工作，但又超越了一时一地具体工作的限制，蕴含着他对中国整体发展的深刻思考。1953年3月，柳青辞去长安县委副书记，开始定居皇甫村，住在一个破庙里，专门从事长篇小说《创业史》的创作。《创业史》是柳青创作的一个飞跃，正是生活积累、艺术积累、思想积累达到了一定程度，柳青才能够创作出《创业史》，才能真正成为"柳青"。1960年4月，柳青将《创业史》第一部10万册的稿酬16065元，捐给王曲公社做工业基建费用。柳青的创作来自于人民与生活，又以独特的方式反馈给人民，在他的身上，我们可以看到一个人民作家的精神与风范。柳青的《创业史》本拟写作四卷，从整体上反映中国农民在土改、合作化等运动中生活与精神的深刻变革，但遗憾的是没有最终完成。柳青在病床上仍在精心修改《创业史》第二部的场景，让几代作家铭记于心，激励着他们执着创作，不断超越自己。在《柳青传》中，我们可以看到更多柳青对艺术问题的思考、斟酌以及他个人的创造。新时期以来，柳青已经成为当代中国文学的一种传统，不仅直接影响了陈忠实、路遥、贾平凹等作家的创作，更是在广大作家、读者之间有着良好的口碑与传承。今天我们重新认识柳青精神，不仅将会更加深刻地理解柳青，更将会对中国文学的未来发展起到重要而积极的作用。

（原载《学习时报》2019 年 1 月 4 日）

几回回梦里回延安，双手搂定宝塔山

——《回延安》的诞生与影响

　　《回延安》是中国当代著名诗人贺敬之的代表作之一，它抒发了诗人1956年重回阔别十余年的延安时的激动与喜悦之情，赞颂了延安在中国革命史上的贡献和新中国成立后的变化。"几回回梦里回延安，/ 双手搂定宝塔山。/ 千声万声呼唤你 /——母亲延安就在这里！"脍炙人口的诗句在几代人中深情传唱，它之所以能打动无数读者的心灵，就在于它对革命圣地延安的真挚情感和对延安精神的礼赞。"回延安"已成为一种重要的精神象征，提醒中国人民时刻不忘初心，矢志永远奋斗。

一

　　1956年3月，32岁的贺敬之赴延安参加团中央组织的西北五省（区）青年造林大会，这是贺敬之在新中国成立之后第一次回延安。

1938 年，14 岁的贺敬之离开硝烟炮火中的家乡台儿庄，踏上追寻革命与真理的道路，他追寻已内迁的学校，辗转了大半个中国。在"保卫大武汉"失败后，学校又迁往四川。学生们跟随学校一路走，一路寻找着救国之道，目睹了日寇的残暴与国民党军队的无能。贺敬之看到山河破碎、满目疮痍，也看到了国民党军队的消极抗战和一些弊端。贺敬之的思想在 1939 年发生了变化，这时候他从报纸上看到了平江惨案与确山惨案的发生，八路军和新四军的办事处被国民党特务捣毁。在这种情况下，贺敬之与另外三位同学毅然踏上了北上延安的道路。他们走了一个多月，沿着川陕公路，穿过偏僻的小道，一路遇到不少艰难险阻，甚至还迷了路，最后到达西安八路军办事处驻地七贤庄，后来贺敬之在一首诗中写道："死生一决投八路，阴阳两分七贤庄。"

　　1940 年，贺敬之终于到达延安。在延安，贺敬之进入鲁迅艺术学院学习，1941 年入党。1945 年，21 岁的贺敬之参与创作了新歌剧《白毛女》，是剧本的主要执笔者。此外，贺敬之还创作了《南泥湾》等至今传唱的歌曲的歌词，迎来了他创作生涯的第一个辉煌时期。可以说，在延安受到的革命与文学的教育奠定了贺敬之一生的底色，也让他对延安产生了如同再生父母般的深厚感情。在去延安之前，贺敬之只是一个仇恨日本帝国主义的少年，他关心国家的命运，想要打垮日本鬼子，但是并未找到抗日救亡的道路，正是延安教育了他，让他走上了革命之路。在延安，贺敬之初步形成了自己的世界观、人生观与价值观，从一个爱国者成为了一个革命者，成为了"中国革命文艺发展新阶段的一个小兵"。

　　抗日战争胜利后，1945 年底，按照党中央的部署，鲁艺等文化机构经张家口进入华北地区，贺敬之从此离开了延安。

　　10 年之后，中国革命已经取得了胜利，社会主义建设高潮正在到来，贺敬之在这个时候回到其革命与文学生涯的起点延安。从五里铺到南关的河滩上，热闹的锣鼓唢呐声响了起来，头扎雪白的羊肚子手巾、腰系紫红色腰带的男女老少，扭起了陕北大秧歌，他们是欢迎贺敬之一行的延安人民。贺敬之欣喜地发现，熟识的延安已旧貌换新颜：杜甫川上，架起了宽大的钢筋水泥大桥；南关大街两侧是一排排的百货店、新华书店、饭馆、人民医院……新旧社会的强烈对比冲击着贺敬之的心灵，最终凝结为这首脍炙人口的诗歌《回延安》。

其实在回延安之前，贺敬之并没有想要写诗，而只是打算写几篇报告文学和新闻报道，所以他先后给《中国青年报》写了报道《红色旗帜下的绿色高潮》、散文《重回延安——母亲的怀抱》。青年造林大会结束那天，要举行一个联欢晚会，大家让贺敬之出一个节目。贺敬之想了一下就答应了，表示将用信天游的方式写几句诗。对于这次回延安，贺敬之后来在2013年重回延安时，曾回忆说："《回延安》这首平凡的诗对伟大的延安来说无关宏旨，巍巍宝塔山不是靠这首诗扬名的。不过对我个人来说，它确实是我的心路历程和创作历程中的一个重要的印记。1956年我参加了由团中央组织的西北五省（区）青年造林大会，回到离别十多年的延安。会议期间，我和代表们参观了党中央当年在延安各处的旧址，在杨家岭山头上种了树，又探访了母校鲁艺所在地桥儿沟的干部和乡亲，十几天来一直心情激动，确实是感到回到了母亲的怀抱。大会结束前要开一个联欢会，我准备用'信天游'的形式唱出这次重回延安的感受。延安的三月还很冷，夜间一边哼唱着一边写，一边激动地流着泪，不觉中感冒嗓子失声了，不能上台朗诵，回来就在文学刊物《延河》上发表了文字稿。"

关于《回延安》的发表，还有一则小插曲。郭强当时是西北人民广播电台的记者，被安排与贺敬之住在一个宿舍，"几天后，两个人比较熟悉些了，郭强问贺敬之到延安后写了什么大作。诗人风趣地说，只有几首'小作'，还是陕北民歌信天游，是老调子了，正在改。郭强趁热打铁，向他索稿，说：'信天游更好，我们广播电台可以请人朗诵，还可组织文工团的歌唱家演唱。'贺敬之听了，欣然应诺。大会闭幕后，郭强回到西安。对《回延安》这首诗，他一面请话剧团著名演员张痴同志朗诵，一面准备请刘燕萍同志用信天游演唱。但谁能料到，他的播出计划竟然没有获得主编的批准。西安《工人文艺》编辑杨小一同志看了《回延安》诗稿，大加赞赏，连声称好，他拍着胸脯说：'你先不要送《延河》，让我们《工人文艺》发表！'隔了几天，郭强向他打问情况，他悻悻然地说：'我们的头头，也是有眼无珠，我和你一样，做不了主，送《延河》吧！余念是诗人，他们识货！'余念即诗人玉杲，当时是《延河》的副主编，经郭强打电话联系，他让立即把稿子送去，接着编辑部来电话表示：'好！他们不发我们发！'"（《贺敬之〈回延安〉创作及发表始末》）。就这样，《回延安》在被一家电台和一份刊物拒绝之后，终于在 1956 年 6 月号的《延河》杂志上发表了。

二

《回延安》抒写了诗人回到阔别十余年的延安时的喜悦之情，赞颂了延安在中国革命史上的贡献和新中国成立后的变化，语言淳朴，感情真挚。全诗共分五部分。第一部分，写诗人重回延安母亲的怀抱，与亲人相见时的兴奋。"心口呀莫要这么厉害地跳，/灰尘呀莫把我眼睛挡住了"，写出了诗人内心激动的情绪。第二部分，诗人追忆在延安的战斗生活，表现了与延安母亲的血肉关系。"树梢树枝树根根，/亲山亲水有亲人""羊

羔羔吃奶眼望着妈，小米饭养活我长大""东山的糜子西山的谷，/肩膀上
的红旗手中的书"，诗人赋比兴结合，表现了对母亲延安的感激和怀念。
第三部分，诗人描绘了与亲人见面团聚的场面，表达了相互间深厚的情
谊。"一口口的米酒千万句话，/长江大河起浪花。"第四部分，描绘延安
新貌，赞美了十余年来延安的巨大变化。第五部分，歌颂延安的光辉历史，
展望了美好的明天。"杨家岭的红旗啊高高地飘，/革命万里起高潮""身长
翅膀吧脚生云，/再回延安看母亲！"整首诗歌以夸张的手法、豪迈的感情，
抒发了对延安母亲的眷恋。这是诗人吸收民歌而创作的一篇优秀作品，以
信天游的形式赞颂延安，在形式和内容上达到了完美的统一。

《回延安》发表后，很快就在诗歌界与社会各界引起强烈的反响，诗
人臧克家说："这是解放以来我最喜爱的一篇诗，恐怕也是贺敬之同志的
最有代表性的一篇诗。每次读它的时候，我总想起杜甫的《赠卫八处士》。
我想这是有理由的。这两篇优秀的诗，都是久别重逢抒写胸臆的。情感的
浑厚真挚，艺术成就所达到的境界，都可以相比拟。当然，《回延安》的
气氛与情调和《赠卫八处士》是截然不同的。前者是在极度的欢乐字行间
闪耀着希望的金光，而后者却不胜伤感，读后令人为之黯然。"他将《回
延安》与杜甫流传千古的《赠卫八处士》相提并论，足以看出对这首诗的
推崇与赞赏。这首诗也很快被收入中学语文课本，成为诗歌的经典作品，
参与塑造了几代中国人的诗歌感觉与文学感觉，在中国文学与中国社会上
产生了广泛而深远的影响。

《回延安》开启了贺敬之创作生涯的第二个辉煌时期。在1940年到达
延安之前，贺敬之的诗歌表现的是知识分子式的忧郁和憧憬，但是经过延
安时期《白毛女》《南泥湾》等作品，贺敬之找到了革命与历史的主体，
他的创作形式也从以新歌剧、歌词为主再次转变为以新诗为主，进而形成

了新的诗歌艺术风格。从《回延安》和《放声歌唱》开始，贺敬之创作了《西去列车的窗口》《雷锋之歌》《中国的十月》《八一之歌》《桂林山水歌》《三门峡—梳妆台》等诗歌史上的经典作品，代表着一个时代的最强音，在文学界引起了震动，强烈地震撼着那个时代青年的心灵。在这个时期，贺敬之褪去了知识分子气息与学生腔，他诗歌的主题、题材、色调、格调都已经发生了巨大的变化，在经历了中国革命的洗礼之后，他已成长为一个新的抒情主体。从早期诗歌创作到《白毛女》《南泥湾》，再到《回延安》和《放声歌唱》，我们可以看到贺敬之融入人民大众的过程，他的作品不再表现"小我"的情绪，而与民族、与时代融合在一起，走入了广大人民群众和广阔的社会生活。

1942 年《在延安文艺座谈会上的讲话》发表之后，艾青、何其芳等诗人开始借鉴民族、民间与民歌资源，走向了民族化和大众化的创作道路，但是如何将诗人的个性与新诗的大众化结合起来，是很多诗人探索而未能得到解决的问题。贺敬之及其《回延安》《放声歌唱》等作品的出现，可以说是新诗民族化大众化探索的一个高峰，在《回延安》中，贺敬之借鉴了信天游的形式，但又摒除了其俚俗气息，既是诗人的个人创作，又没有新诗的文人气息，仿佛长在田野里的一株庄稼，是那么自然而真挚；《放声歌唱》等政治抒情诗借鉴了马雅可夫斯基的楼梯体，但我们丝毫感受不到生硬的译诗的气息，相反，这些诗歌对现代汉语的节奏、韵律、气息的出色运用，极大地拓展了现代汉语的表现能力与范围。

如今重读这首诗，可以重新启发我们关于中国诗歌发展道路的思考。在新时代，中国新诗既要借鉴现代西方诗歌的经验，也要继承中国传统文化的文脉，更重要的是，要从当代中国对于新诗的民族化大众化的探索中汲取历史经验，只有这样，才能更好地找到中国经验新的美学表达方式。

在这方面，贺敬之及其《回延安》无疑可以给我们以启示。

三

《回延安》之所以能打动无数读者的心灵，就在于这首诗表达了对延安与延安精神的赞颂，这既是对延安的歌颂，也是对中国革命的礼赞。这种赞颂是作者从内心流淌出来的，所以它的情感表达才那么亲切自然，同时又具有阳刚之美。这首诗不仅打动了当时的读者，也打动了一代代读者。

2008 年全国两会期间，时任中共中央政治局常委、中央书记处书记的习近平同志曾谈道："我是在延安入的党，是延安养育了我，培养了我，陕西是根，延安是魂，就像贺敬之那首《回延安》的诗里所描绘的：我曾经几回回梦里回延安。我期盼着在一个合适的时候，能去陕西再去看看延安，向老区人民学习，向陕西的各级干部学习。"

贺敬之没有忘记延安人民，延安人民也没有忘记贺敬之，《回延安》中的名句"几回回梦里回延安，双手搂定宝塔山"，如今已被镌刻在延安的宝塔山下，向人们提示着对延安精神与中国革命的深情与向往。而当贺敬之再次回到延安时，更是受到延安人民的热烈欢迎。"掌声经久不息。好久没有听到如此真诚热烈的掌声了……2001 年阳光明媚的 5 月，回到延安的人民诗人贺敬之，就处在这样的掌声之中。谁能说得清，76 岁的老人，当他面对掌声雷动的场面，面对真诚而热烈的人群，面对那海潮一般的激情，离他是那样的近，你起初从他老年人平静的脸上似乎看不出什么变化，你从那眼镜片背后的目光中，却看出了他胸中燃烧着激情，诗人克制着自己，表面显得那样的平静，一个慈祥而坚毅的老人，荣辱不惊地端坐在那里望着人群，只是嘴角微微地颤抖，显示他急切地等待掌声落下……"（忽培元：《〈回延安〉的诗人回来了》）

　　但是面对大家对这首诗的肯定与赞美，贺敬之仍保持着清醒与谦卑的态度，他在谈到创作《回延安》的心得与感受时说："我这首诗之所以引起读者共鸣并流传下来，只能说是由于写了我人生经历中对'母亲'——延安、党、祖国的真情实感，是发自内心深处的声音。"他又说："比起当年鲁艺的师长们和老同学们以及从延安出去的广大干部，无论在文艺创作或其他工作上，自己的贡献都很少，每次回想起来总是深感愧疚。不过，当想到整个延安，想到这个名字标示的伟大历史内容和辉煌业绩，却不能不永远为之骄傲。想到作为它队伍中当年的一名小兵和今天还活着的一名老兵，我不能不感到无比荣幸。"在这里，我们可以看到贺敬之自觉地将自己归为革命队伍中的一名"小兵"和"老兵"，现在贺敬之已经95岁了，但仍然"老骥伏枥，志在千里"，保持着一个人民诗人的本色。

　　如今，距离这首诗最初创作的1956年，已经过去63年了，当年贺敬之和西北五省（区）的青年在杨家岭上所栽种的那些小树苗，早已长成了参天大树，而他创作的这首诗歌也代代相传，将永远铭刻在中国人的记忆之中，不断启示着我们在新时代要继承延安精神：不忘初心，继续前行！

（原载《光明日报》2019 年 5 月 31 日）

一代人有一代人的"青春之歌"

　　我最初读《青春之歌》是在中学时期。记得是一次学校运动会，我参加完越野长跑之后，疲累不堪地回到教室休息。一个同学桌上摆着一本红色封皮的书，是一本小说，《青春之歌》，她刚看完，正准备去还。我说让我看看吧，答应尽快还给她，而后将书揣在书包里，骑上自行车回家了。

　　从学校到我家大约七八里路，路两侧都是高大的白杨树，出了城便是一片广阔的原野，我骑行在路上，心里想着林道静和书中的故事，忍不住停下来，在一棵白杨树下翻看了好一会儿。运动会之后，学校放了两天假，我便在那两天里将厚厚的一本书读完了。"清晨，一列从北平向东开行的平沈通车，正驰行在广阔、碧绿的原野上。……这女学生穿着白洋布短旗袍、白线袜、白运动鞋，手里捏着一条素白的手绢，——浑身上下全是白色。"那天晚上我夜不能寐，反复回想着小说中的场景，想象着林道静的音容笑貌，以及她所走过的成长道路。我被小说里的故事深深地吸引着。那时正是上个世纪 90 年代初，我刚从乡村到县城读书，对一切都很感兴趣。县城里不知什么时候出现了很多录像厅，我跟同学看了不少录像，如《英雄本色》《纵横四海》等，影片中的主人公又酷又帅，强烈地吸引着我们，但是《青春之歌》却让我们看到了另一种青春。当时我还分析不出他们"青春"的不同，但我觉得小马哥的青春充满着江湖豪情，而林道静的青春则带有一种小资情调与崇高的美。

在那之前我已经读过巴金的《家》，我在当天的日记中写下了对这两部小说的感想与比较，心中也萌生了一种朦胧的愿望，作为一个青年人，我要像觉新和林道静一样，挣脱家庭的束缚，走向广阔的社会，勇敢地承担起时代所赋予我们的重任。这是我当初最深的印象，或许也是这两部作品对青年所起到的重要作用。

到北大读书之后，我主要研习中国当代文学，文学界素有"三红一创，青山保林"之说，《青春之歌》作为当代文学的经典作品，也在我的关注范围之内，这个时候我更多是以研究者的眼光阅读《青春之歌》。此时正是新世纪之初，关于《青春之歌》，出现了不少新的史料和新的研究视角，对我造成了相当的思想冲击，也让我有了更多角度的思考。

其一是张中行的散文。我们都知道，张中行是《青春之歌》中余永泽的原型，余永泽在小说中作为"个人主义"的代表，既是林道静最初的恋人，也是她走上革命道路需要克服的对象，或需要超越的阶段，小说在叙述逻辑上很好地解决了这一问题。但是上世纪90年代之后，伴随着张中行《负暄琐话》等散文的盛行与广受好评，我们发现，历史上的"余永泽"比小说中的余永泽更为复杂，他走向学者的人生道路与林道静"走向革命"的人生道路构成了一种对比，也有其合理性，那么《青春之歌》所展示的人生选择便不是必然与唯一的，我们在何种意义上认同《青春之歌》的道路？

其二是老鬼的《母亲杨沫》。老鬼是杨沫的儿子，曾写过《血色黄昏》

等小说，在《母亲杨沫》中，他以手术刀般的冷静书写了对家庭与母亲的认识与反思，我们可以看到革命之后的"林道静"在日常生活与亲密关系中的"真实"形象。老鬼对母亲生活的揭示超过了一般人的勇气，也让我们看到了革命历史内部的复杂性。

其三是韦君宜的《露莎的路》和《思痛录》。韦君宜与"林道静"一样也是"一二·九"一代的青年知识分子，她后来走向延安、走向革命，亲历了中国革命的挫折与胜利。在这两本书中，她深刻反思了革命进程中的一些失误以及带给知识分子的创伤，从中我们可以看到"林道静"所可能遭遇的心灵磨难，可以更加深切地理解历史的复杂、改变的不易与奋斗的可贵。

现在看来，相对于中国革命的丰富、复杂与曲折，《青春之歌》的可贵在于找到了一种简洁而自然的方式，展示了青年知识分子走向革命的必然，它不可能触及到革命进程中的所有问题，但却以直观的方式让我们看到了一代知识分子在中华民族生死存亡关头所迸发的力量。

《青春之歌》作为一部有浓厚个人自传色彩的小说，读者自然会比较关注小说中的人物原型。虽然杨沫自己也曾经说过，"林道静的许多生活并不是作者直接经历的，而是把很多同志的生活和形象糅合在一起了"，由此才写出了典型人物，但人们还是不由自主地将作者个人的经历代入作品中。

在今天这个新的语境中，我们该如何理解林道静的选择呢？对于当前的"70后""80后""90后"来说，我们熟悉的是"小时代"的氛围，是消费主义，我们熟悉的是关于个人奋斗的故事，是个人意义上的挫折、痛苦与幸福。在这样的语境中，我们能否理解另外一种青春，另外一种青年？对于林道静他们来说，优渥的家庭条件带给他们的不是满足与炫耀，而是精神上的束缚与痛苦，他们追求的是理想与正义，是改变不公正的社会秩序，是将个人生命融入伟大的事业。在婚恋问题上，他们所向往的不是嫁入豪门，去过富足的生活，也不是门当户对，他们追求的是恋爱自由、婚姻自主，是超越于物质条件之上的精神愉悦，是在共同奋斗中凝结而成的深厚情感。对于我们来说，这样的青春与爱情似乎已经很陌生、很遥远了，需要我们重新思考，重新认识。林道静逃出家庭，踏上茫茫未知的旅程，恰恰隐藏着现代中国的秘密——正是因为传统中国的秩序无法维系，在内忧外患的空前危机中，才诞生了新一代中国青年，正是因为有觉慧、林道静等青年的奋斗、牺牲，中国才能避免被瓜分或灭亡的命运，才能凤凰涅槃，浴火重生，走上民族复兴的道路。

《青春之歌》作为 20 世纪中国发行量最大的小说之一，从 1958 年初版起就拥有广大的读者，它带着那个时代关于青春、爱情与理想的思考，与一代代读者对话。对于现在的青年来说，《青春之歌》的价值或许不仅仅在于讲述了一个故事，更在于让我们在自己的青春之外看到了另外一种青春，相对于我们日渐物质化与世俗化的生活世界，林道静的"青春之歌"无疑是富有光彩与魅力的。今年正是五四运动一百周年，我们可以看到，正是一代代青年的奋斗，才彻底扭转了中国的命运，而在这一过程中，中国青年不仅承担起了时代的使命，而且改变了自身，成为真正意义上的现代青年。一代人有一代人的"青春之歌"，但愿每一代人的青春都能绽放出独特的芳华。

（原载《光明日报》2019 年 6 月 28 日）

周克芹与当代中国文学的"转折"

今年是周克芹先生去世 30 周年，1990 年他去世时只有 54 岁，假如他现在仍然在世，也才 84 岁，在当代中国社会并不算很老的年纪，就像路遥一样，路遥 1992 年去世时只有 43 岁，活到现在也不过 71 岁，但是也已经去世 28 年了，他们永远停留在了那个年代，已经成了历史上的人物。但好在他们还有作品留存于世，路遥有他的《人生》和《平凡的世界》，周克芹有他的《许茂和他的女儿们》，他们都曾有他们的巅峰时刻，也铸造了他们人生与文学的传奇，或许这对一个作家来说，就已经完成了他们的使命——他们在历史中完成了"自我"，也完成了对时代的书写与命名。但是在有的时刻，面对时代纷纭而剧烈的变化，当我们陷入迷惘之际，仍然忍不住会想，如果他们仍然在世，他们会怎么观察、思考、描摹这个时代？

我最初读《许茂和他的女儿们》，是在上世纪 90 年代中期刚上大学时，作为一个刚从偏僻乡村进入北京的外语系文学青年，我从无书可读一下进入贮藏丰富的图书馆，简直像发现了一个宝藏，如饥似渴地投入中外文学名著的阅读之中，但那时我并没有文学史与理论的视野，只是凭着兴趣和本能去阅读，《许茂和他的女儿们》就这样进入了我的视野。现在想来，这部小说吸引我的主要是对地方风情与自然景物的出色描写，对人情美、人性美的细致刻画，以及对家庭关系及其内在复杂性的细腻把握。但我和其他如饥似渴的文学青年一样，读完一部很快投入下一部，囫囵吞枣，来不及咀嚼与思考，而《许茂和他的女儿们》就停留在脑海中成为了一个日渐模糊而遥远的世界。

现在重读《许茂和他的女儿们》，我们可以发现，这部小说以及周克芹的创作在当代文学史上处于一个重要而关键的位置上。《许茂和他的女儿们》创作于 1978 年，发表于 1979 年，这部作品在题材上属于"伤痕文学"和"反思文学"，在写作方法上是现实主义的，以许茂及其女儿们的遭遇重新审视了葫芦坝合作化以来的乡村历史，暗合了新时期之初意识形态领域的"拨乱反正"，所以这部作品甫一发表，便受到了文学界和社会各界的欢迎，老一辈作家、理论家周扬、沙汀、殷白等人给予肯定和鼓励，《红岩》杂志开辟专栏进行讨论，1982 年获得首届茅盾文学奖并在获奖作品中排在第一位，八一厂和北影厂竞相将之搬上银幕，两部电影《许茂和他的女儿们》汇集了王馥荔、李秀明、刘晓庆、斯琴高娃等明星，同时在全国各地上映，书写了中国电影史的奇观，同时四川人民广播电台和中央人民广播电台先后开始连播，还被改编为多种地方戏、电视剧、广播剧，可以说一时风头无两，周克芹由此也被誉为中国当代文学史上最重要的作家之一、"中国新时期文学的一座丰碑"。

但时过境迁，在 40 年后的今天，情况却发生了变化，"近 20 年来周克芹的文学史形象实际上已被忽略乃至遗忘了。在几部颇具权威且影响甚大的《当代文学史》著作中，周克芹及其乡土小说代表作要么一笔带过，要么完全缺席。即便提到周克芹的小说，也只点评一下《许茂和他的女儿们》，而他中晚期的优秀作品则几乎不着一字。"（向荣《周克芹的乡土创作之路》）。在接受舒晋瑜访谈时，第一届茅奖评委谢永旺谈到，"获奖作品怎么排列，是评委协商确定的。魏巍的《东方》写抗美援朝，革命英雄主义，是否应该排在前面？《李自成》写得好，姚雪垠又是有名老作家，是否也应该排在前面？最后考虑到，我们要提倡文学及时反映我们时代的生活，反映现实又写得好的作品适宜排在前面，《许茂和他的女儿们》就排在靠前。《芙蓉镇》也是反映现实的，人物形象足够典型，艺术上有特色，但是对这部作品的情调和某些描写有一点争议，就放在后面。"而在被问及十部有生命力的茅奖作品时，谢永旺列举的作品中却并没有《许茂和他的女儿们》。青年作家弋舟在访问周克芹故乡简阳之后，也谈到，"……但我却没有读过这部作品。非但我没有读过，我想，同行的一众作家、编辑，读过的怕也是不多。这里面一定有重大的文学命题值得思考——是什么，在这几十年来阻断着我们与《许茂和他的女儿们》之间的相遇，阻断着我们去赓续周克芹的文学世界。"（《再寻周克芹》）

为什么会发生这么巨大的变化？这确实是一个重要的文学命题，但这个命题不仅与周克芹有关，甚至不仅与文学界有关，而是涉及到整个时代的文艺思潮问题。确切地说，是与西方文艺思潮涌入所带来的 85 文艺新潮有关，在 1985 年前后，文艺评价标准发生了巨大的变化，在那之前，现实主义的、触及重要社会问题的、探讨人性美与人情美的作品，时常会在文艺界和社会领域产生轰动性的影响，而在那之后，伴随着文艺界对"主体性""向内转""写什么与怎么写"等问题探讨的深入，以及西方文艺思潮的影响，一种新的美学原则迅速崛起并对此前的审美标准造成了降维式打击，这在文学界是"先锋文学"、"寻根文学"对此前的"伤痕文学""反思文学""改革文学"的批判与超越，在电影界则是"第五代"对"第四代"、"第三代"电影人的全面碾压与取代，伴随着时代的巨大转折与断裂，新一代作家与导演迅速登场，而此前的作家与导演及其艺术探索，则被遮蔽在历史断裂处的褶皱里，很少为后人所知了。

但从另一个角度来说，周克芹、莫应丰、李国文、李準等作家不只是时代转折的"受害者"，他们也是另一个时代转折的"受益者"——那就是从"文革"到新时期的巨大转折。虽然在新时期之初，文艺界对"八个样板戏，一个作家"同仇敌忾，但是当我们今天远离了当时的政治语境，以客观冷静的眼光来审视，我们也应该承认，八个样板戏，在艺术上确实达到了某种高度，是后来者很难逾越的。正是新时期的转折带来了社会的巨大变革，也带来了审美标准的转换，"文革"时期象征性的、程式化的、强调革命精神与斗争精神的文艺被中断，而开启了新时期之初现实主义的、贴近生活的、注重人性美人情美的文艺探索之路。周克芹正是这一潮流的弄潮儿，并以《许茂和他的女儿们》《勿忘草》《山月不知心里事》等作品，成为了这一时期的代表性作家。但时代留给这一代作家的时间并不多（徐怀中先生是个例外，可参见笔者相关论述），从 1976 到 1985，短短十年时间，他们处在时代的风口浪尖上，此后他们虽然仍在创作，但在文艺界和社会领域的影响却日趋弱化了。向荣谈周克芹，"从 1985 年至 1990 年他就在美学反思和艺术探索中进入了乡土创作的晚期阶段，这个阶段是他稳中求变、艺术个性和美学风格相对成熟的创作阶段。"（《周克芹的乡土创作之路》）但相对于新潮作家的花样翻新，周克芹的"稳中求变"虽然就其个人来说是新的探索，但从"新的审美原则"来看，则远远落在时代后面了。现在谈到周克芹，大多是在"李劼人、沙汀、艾芜、克非"的文学脉络上，强调其"四川乡土地域色彩较为浓郁"，似乎周克芹只是个地方性作家，而不是具有全国性影响的作家了。

现在中国文学已进入新时代，我们需要重新审视85新潮及其"新的审美原则"，从客观上来说，西方文艺思潮的涌入以及"新的审美原则"的兴起，确实为中国文学打开了新的视野，中国文学开始注重形式、技巧与叙述方式，开始注重个人内心世界的挖掘，开始"走向世界"并产生了国际性影响，中国电影也是如此，并领先文学一步。但是从现在的视角来看，"新的美学原则"也有其弊端，即这是一种偏于西方化、精英化、现代主义式的美学标准。如果我们不以这样的审美标准来看，而以是否表达出了当代中国人的经验、情感与内心世界，是否做出了艺术探索并达到了较高的艺术境界来判断，我们就可以发现，相对于85新潮及其艺术探索，周克芹及其一代作家、"第四代"电影人的艺术经验似乎更值得重视，更值得我们重新认识。

具体到周克芹，新时期之初，他就在《许茂和他的女儿们》中，写出了一代人对"文革"的反思，并在艺术上有自己独特的探索，其中最重要的是他打破了以路线斗争为核心的结构模式，而将叙事的焦点集中于"家务事、儿女情"，虽然小说中仍有金东水和郑百如的政治斗争，也存在将政治道德化的倾向，但小说的故事主要围绕许茂和三姑娘、四姑娘、七姑娘和九姑娘展开，读者更关注的也是他们的性格和命运。在这里周克芹开创了一种新的叙述模式，即将时代风云与儿女情事结合起来，以儿女情事的变动书写时代风云的变化，这可以说是文学史上"革命加恋爱"小说的一种变形，极大地影响了新时期小说的创作，在贾平凹的《浮躁》、路遥的《平凡的世界》甚至在浩然的《苍生》中，我们都能看到这一模式的影响。

更重要的是，由于作者将笔墨主要集中于三姑娘、四姑娘、七姑娘和九姑娘等青年女性的生活世界，便使小说充满了久违的阴柔之美和抒情气息。在当代文学史上，我们看到更多的是李双双（《李双双小传》）、徐改霞（《创业史》）、焦淑红（《艳阳天》）等青年女性形象，她们要么是小说中的先进分子，要么是小说中的次要角色，没有充分展现其个性和女性气质。但是在《许茂和他的女儿们》中，作者为我们塑造了一组青年女性的群像，四姑娘的隐忍、三姑娘的泼辣、七姑娘的庸俗、九姑娘的纯真在小说中都有充分展现，她们的个性和命运各不相同，为读者留下了深刻的印象。在此之外，小说对自然风景和地方风情民俗的出色描绘，则给整个小说提供了一个充满诗情画意的空间，如小说第一章所写的那场大雾："晨曦姗姗来迟，星星不肯离去。然而，乳白色的蒸气已从河面上冉冉升起来。这环绕着葫芦坝的柳溪河啊，不知哪儿来的这么多缥缈透明的白纱！霎时里就组成了一笼巨大的白帐子，把个方圆十里的葫芦坝给严严实实地罩了起来。这，就是沱江流域的河谷地带有名的大雾了。"如此描写让小说充满了清新质朴的气息。

如果说在《许茂和他的女儿们》中，这种抒情气质因主题、题材的重大而有所冲淡的话，那么在周克芹的中短篇小说中，这种抒情气质则得到了更加充分的突显，在1980、1981年分别获得全国优秀短篇小说奖的《勿忘草》《山月不知心里事》，以及《桔香、桔香》《绿肥红瘦》等小说则充满了更浓郁诗意和抒情气息。在《勿忘草》中，纯洁善良的村里姑娘芳儿，排除家庭的阻挠，跟知青小余相爱并结婚，他们也有了一个孩子珍珍，但新时期开始之后落实知青政策，小余回到城里为老父亲奔丧，留在城市的工厂里，这一对恩爱夫妻的情感陷入困境，小余的信来得越来越少，知青点的房子县里要收回，芳儿只能带着珍珍搬回了娘家，等待着她的将会是什么呢？这篇小说和路遥的《姐姐的爱情》一样，是很少有的站在农村角度书写的知青故事，与"知青文学"更多站在知青角度强调"青春无悔"不同，这两篇作品则从乡村少女的角度，讲述了她们的情感受到伤害的故事，这是一个很容易忽视的视角，周克芹、路遥正是因为心跟农民贴在一起，熟悉他们的生活与情感，才能从这样的视角去反思知青运动，这是对"知青文学"的一个重要补充或颠覆，有助于我们从社会整体角度（而不仅仅是知青角度）去重新认识这场运动。更难能可贵的是，周克芹的小说紧紧贴着芳儿的心事展开，将这个女孩微妙而复杂的心理刻画得细致入微，"怨而不怒"，富有抒情性。《山月不知心里事》写容儿和巧巧两个女孩在月光下行走，去看望另一个即将结婚的女孩小翠，一路上山月随人，她们谈到乡村的未来和各自的命运，又与遇到的小翠的哥哥明全谈到乡村的科研组，重新燃起了她们生活的热情。小说中的风景很美，"天上有一抹淡淡的浮云。初升的圆月在薄薄的云后面窥视大地。山峦、田野、竹园、小路，一切都是这样的朦朦胧胧，好象全都被溶解在甜甜的梦幻中。庄稼人在整天的劳累之后，老天爷就给安排下这样的静静的夜晚，和这样的溶溶的月光，好让人们舒舒服服地进入梦乡去"，散淡写来，颇有诗意。

　　周克芹的创作经历了时代的两个转折，第一个转折成就了他，第二个转折又遮蔽了他，当我们从今天的视野重新审视他时候，发现他的创作是宝贵的精神财富，他始终关注时代的变化，敏锐地观察着农民的生活、情感、命运及其心灵世界；他创造了一种新的叙事模式，将时代的风云变幻收拢于一个家庭的内部变化，以"家务事，儿女情"展现时代变迁；他继承并发展了"抒情诗"的传统，写景状物，抒情叙事，既富于地域性特色，又是对中国传统美学的探索；他塑造了一系列形象鲜明的青年女性形象，使小说富于女性气质与阴柔之美，罗伟章说，"阴柔是一种温润的美、弱质的美、低处的美，也是与土地靠得最近的美"（《夏天里的周克芹：面对生活，背对文坛》），王祥夫也说，"周克芹先生的性格却又有着月光铺地般的明洁，是柔性的"（《山月不知心里事》），他们可以说是周克芹深层次的知音者。现在我们纪念周克芹先生去世30周年，并不仅仅是要重新阅读与评价他的作品，而是要以之反思新时期文学的发展变化，重新激活现实主义与"抒情诗"传统，只有这样，才能让周克芹的传统活在我们心中，活在当代文学现场。

（原载《四川文学》2020年第10期）

现实主义与浪漫主义的结合

——从《平凡的世界》谈起

以"人民文学"传统重构当代文学

前不久，电视剧《平凡的世界》热播，引起了关于路遥和现实主义的广泛讨论。路遥的长篇小说《平凡的世界》在 1988 年完成，但这部现实主义鸿篇巨制在当时并没有得到文学界的足够重视。在文艺思潮风云变幻的上世纪 80 年代，现代主义、先锋派等文艺思潮风头正劲，逐渐形成了一种新的审美规范，在这一审美规范的视野中，"现实主义"是一种陈旧、落后、保守的写作方式，而只有形式、技巧与叙述方式的探索，才是"创新"。面对以现代主义为新时尚的文学界，路遥坚持自己的创作方式，因而《平凡的世界》遭到的冷遇可想而知。

《平凡的世界》虽然受到主流文学界与评论界的忽视，但却得到了读者的广泛欢迎，几项读者调查显示，《平凡的世界》是"当代大学生最喜欢的文学作品""20 年内对被访者影响最大的书"，等等。最近，《平凡的世界》"专家冷、读者热"的奇特接受现象，也引起了文学界的关注与反思，不少学者与评论家认为，应当重新认识《平凡的世界》的文学与思想价值。在我看来，重新认识路遥与《平凡的世界》，我们需要重新思考以赵树理、柳青为代表的"人民文学"传统，重新思考现实主义的精神，重新思考当代中国文学的发展方向与评价体系。

路遥在他的小说与随笔中，多次表达了对柳青的尊重。柳青不仅以《创业史》等经典作品著称于世，而且他长年扎根在长安县皇甫村的经历，也在文学与生活、文学与人民的关系等问题上，对路遥这一代作家，产生了积极而重要的影响。柳青对路遥的影响是多方面的，在我看来，至少有以下几点：扎根生活与人民，在对生活的长期观察与思考中构思与创作自己的作品；以典型人物与典型的社会关系为核心，敏感地捕捉一个时代及其精神的变化，并以史诗的格局呈现普通民众的生活与情感；锲而不舍的文学追求，以及勇攀高峰的执着精神，柳青在病榻上仍在修改《创业史》第二卷，而路遥为创作《平凡的世界》，也几乎累垮了身体。柳青只是"人民文学"传统的一个突出代表，赵树理、周立波等作家，在上世纪 50 年代也都回到故乡，寻找一块根据地，长期深入地体验生活，在与普通民众的接触了解和共同生活中，才创作出了《三里湾》《山乡巨变》等经典作品。

以"现实主义"精神讲述中国故事

《平凡的世界》的成功，可以说是"人民文学"传统的胜利，也是现实主义的胜利。现实主义在 20 世纪初传入中国，在中国文学界有着长久而深远的影响。现实主义不是简单的写实，在现实主义背后有一整套现代性的思想与世界观，以及科学的认识论与创作方法。现实主义要写生活中的人物、故事与细节，但更重要的，是要写出作者对生活的认识与理解。优秀的作家，总是能将对世界的整体理解融到作品之中，在托尔斯泰、巴尔扎克、狄更斯的笔下，我们看到的是不同的生活世界，也是作家对生活的不同理解与思考，在鲁迅、茅盾、老舍等作家的作品中也是如此。

所谓现实主义精神，就是作家孜孜不倦的求真精神，这种求真，既包括作家对生活细节的观察与描摹，也包括作家对时代与世界的整体认识与判断。并不是所有作家都能对时代做出清醒而深刻地分析，因为这超出了个人经验的范畴，需要思想的穿透力与理论的抽象能力，以及整体性的艺术提炼能力。在这个意义上，现实主义并不只是与现实相关，也与历史和未来相关，与我们对世界的整体理解相关。

在 20 世纪中国文学史上，围绕现实主义曾产生过无数争论，如果粗略地概括一下，我们可以发现，在 20—40 年代，现实主义在与其他艺术流派的论争与竞争中，逐渐成为文学界的主流；在 50—70 年代，主要是现实主义尤其是社会主义现实主义内部的争论；新时期以后，在现代主义诸种思潮的冲击下，现实主义逐渐被边缘化。应该说，社会主义现实主义理论在实践中的僵化，是新时期现代主义兴起的重要原因。但在今天，如果我们在一个更大的视野来看，在 19 世纪欧洲批判现实主义的高峰之后，20 世纪欧美的现代主义与苏联、中国的社会主义现实主义，都是超越批判现实主义的努力。现代主义主要是以抽象的方式表达现代资本主义社会中人的绝望、颓废与挣扎，而社会主义现实主义则以一种建构的、乐观的方式，描绘当代生活，勾画理想的未来。在上世纪 80 年代，我国主流文学界简单地抛弃现实主义，热情拥抱现代主义，虽然有可以理解的因素，但更多的是一种态度与情绪，缺乏理论上的分析与辨别力。这也可以解释，为什么新潮批评家无法认识《平凡的世界》的价值，反而是秦兆阳、朱寨等老一代理论家对之做出了高度的评价，现在看来，秦兆阳等人的分析与判断无疑更具说服力。

以"浪漫主义"情怀创造艺术世界

现实主义精神并不排斥浪漫主义情怀，在现实主义理论的结构内部，就包含着对作家主体性的尊重，包含着对未来的想象与召唤，包含着虚构与幻想的空间。如果我们不在所谓"浪漫主义—现实主义—现代主义"的进化链条上理解现实主义与浪漫主义，而将之作为把握世界的不同艺术方式，那么现实主义精神与浪漫主义情怀的结合便是自然而然的。如果说现实主义更注重客体与客观性，以科学的方法与精神追求真实，那么浪漫主义则更注重主体与主体性，强调以作家的思想、精神与情怀观照这个世界，从中我们可以更多看到作家的才情与想象力。只有现实主义精神与浪漫主义情怀相结合，才能在主客体的融合中呈现出一个完整的艺术世界。

在《平凡的世界》中，既有现实主义精神，也有浪漫主义情怀。为了创作《平凡的世界》，路遥翻阅了10年的《人民日报》《参考消息》以及多种地方报纸，并亲自到煤矿等地体验生活，充分显示了一个作家孜孜不倦的求真精神。但在小说中，也处处充溢着浪漫主义情怀，小说中对孙少平、孙少安在艰难生活中执着奋斗精神的描绘，对孙少安与田润叶、孙少平与田晓霞浪漫爱情的描述，都深深地打动了读者的心。

习近平总书记在文艺工作座谈会上指出，"文艺创作方法有一百条、一千条，但最根本、最关键、最牢靠的办法是扎根人民、扎根生活。应该用现实主义精神和浪漫主义情怀观照现实生活，用光明驱散黑暗，用美善战胜丑恶，让人们看到美好、看到希望、看到梦想就在前方。"路遥的《平凡的世界》，可以说正是扎根人民、扎根生活的产物，也是"现实主义精神和浪漫主义情怀"相结合的典范。我们只有像路遥那样，才能与时代和民众保持血肉般的联系，才能创作出新时代的经典作品。

（原载《人民日报》2015 年 6 月 5 日）

陈映真是一面精神旗帜

　　听到陈映真先生去世的消息，我内心感到一阵悲凉，虽然我并未有幸与陈映真先生谋面，仅有一点文字之交，但在我的心目中，陈映真却是我们这个时代最值得信任、期待的作家与思想者之一，伴随着他的离去，在这个日益纷乱复杂的世界上，我们失去了一位可以信赖的知识分子，一个"时代的良心"。在这个意义上，我们也可以更深刻地理解，1936年鲁迅先生去世之后，社会各界和青年学生所表现出来的那种悲痛。

　　作为一个作家和思想者，陈映真先生在文学、思想与社会各领域都取得了众所瞩目的成就，我并非陈映真与台湾文学研究的专家，只能从个人的角度谈一点感想。我与陈映真先生的交往极为有限。新世纪之初，中国大陆出现了"底层文学"思潮，我应台湾人间出版社范振国先生的邀请，撰写了一篇文章《转变中的中国和中国知识分子》，分析介绍了围绕底层文学的争论，并在邮件中发去了曹征路《那儿》等代表性作品。那时围绕《那儿》等作品出现了不少评论，我想编辑一本评论集，也写信给范先生，问陈映真先生是否有可能写一篇文章。过了大约一个月，他就传来了陈映真先生的文章《从台湾看〈那儿〉》。在这篇文章的开头，陈映真先生谈到：

"朋友如获至宝似地拿了从网站上下载的、大陆作家曹征路先生（以下礼称略）写的中篇《那儿》来。后来又取得李云雷先生（以下礼称略）新写的论文《转变中的中国和中国知识分子——〈那儿〉讨论评析》。……读完《那儿》，心情很激动。读完云雷的大论，也让人思潮起伏。《那儿》在祖国大陆的读书界讨论，已阅两年许。为了免于狗尾续貂，想从一个半生生活在台湾的老作家的视角，说一说一些不成熟的感想。"在这篇文章中，陈映真先生结合他在台湾的经验，谈了左翼文学与艺术性、工人的阶级意识、外来文论的失效、光明与希望之必要等问题，让我们看到他的热情与理论兴趣。这篇文章是陈映真先生晚年最重要的文章之一，也是他很少的专门谈论大陆作家作品的文章，或许在"底层文学"之中，陈映真先生看到了他所期待的中国文学，2009年大陆编选的《陈映真文选》也以此文收束。

读了这篇文章之后，我期待能有机会与陈映真先生见面。后来听说陈映真先生来到了北京，但是生了病，正在治疗，不愿意见人，我想等他病好之后或许能够见到，但没想到一直拖了这么多年也没有见到，没想到最后等来的竟是他去世的消息！

在我的心目中，陈映真先生是一面精神旗帜，他的意义在于文学，在于思想，在于他的人格魅力，在于他对左翼文学传统的继承与创新，对底层民众的深厚情感，对祖国统一的坚持与热望，这些体现在他的作品和行动中，我们都可以看到，这也是我们最为宝贵的精神财富。陈映真的文学，在今天的文化语境中具有重要价值，无论是大陆还是台湾，无论是中国还是在欧美，文学在整个社会格局中的分量都在减弱，文化消费主义甚嚣尘上，很多人更愿意将文学当作一种消遣与娱乐。但陈映真的文学却并非如此，从最初走上文学道路开始，陈映真就将文学当作一种精神上的事业，是他直面世界、直面自我的一种形式，而陈映真最为卓越之处，不仅在于他继承了鲁迅的文学传统，而且在于他真正实现了艺术上的创造，他的《将军族》、《山路》、"华盛顿大楼系列"等作品，深刻地切入了台湾的历史与现实，让我们看到了幽暗历史的回声，以及人性在时代变化中的扭曲与畸变，至今仍是难以超越的经典。陈映真不仅是一个作家，也是一个知识分子，他有着自觉的理论意识与现实追求，是他为台湾打开了一个新的思想空间，让更多的人意识到台湾的真实处境，以及底层劳工的重要价值，而他创办人间出版社、组建中国统一联盟等实际行动，更是让我们看到了一位知识分子身体力行的风采与精神魅力。

陈映真是一面精神旗帜，他的意义在于台湾，在于中国，在于世界。今天的台湾知识界，吕正惠、蓝博洲、赵刚、陈光兴等学者都在重新解读陈映真，陈映真为台湾带来了左翼的传统和"第三世界"的视野，而这，在今天台湾的现实环境与文化语境中，尤其具有重要的意义。陈映真的视野可以让我们看到，台湾社会各界的议题虽然众多，但却忽略了最为重要的议题，那就是底层民众的现实处境，在众声喧哗的文化泡沫之中，陈映真的声音可能会被边缘化，但伴随着现实的发展，更多有识之士将会在陈映真身上发现闪光的东西。

陈映真在中国大陆的接受，有一个历史的错位，王安忆、阿城、张贤亮、陈丹青、查建英等人，对陈映真都有过或排斥或"误解"，当陈映真在反思跨国资本主义的时候，刚经历过"文革"的中国文学界与知识界，正在反思社会主义的"伤痕"，那是在上世纪 80 年代初期。但是，伴随着中国逐渐融入资本主义世界体系，当年陈映真所批判的东西真的出现在了我们面前，我们的思想界也在重新认识陈映真，重新认识左翼文学传统，重新认识中国的社会主义道路，"底层文学"与"新左翼文学"的兴起，是文学界所做出的一个反应。而在学术界，虽然洪子诚、蔡翔等研究者已将左翼文学—社会主义文学推到了文学研究的最前沿，但是在中国大陆的语境中，在经历过"文革"的历史波折之后，"左翼文学"在某种意义上并不具有自明的说服力，在这样的时刻，陈映真作为"左翼文学"在台湾的传承者与创造者，以其精湛的艺术与精深的思想，让人意识到了左翼文学的创造性与生命力。在这个意义上，我们可以说，陈映真及其文学传统，为我们打开了一个新的视野。而这样的视野，不仅限于文学与思想界，也与当今中国的现实密切相关。

在当今世界的整体格局中，伴随着英国脱欧、特朗普选举等事件，新自由主义所建构的世界观与历史观正在瓦解，民众对公平正义的追求，对贫富极端分化的不满，以"民粹主义"或"文明冲突"的形式表现出来。在这样的历史时刻，我们尤其需要重新认识20世纪的社会主义经验，重新探索超越资本主义的可能性，重新想象人类的未来。这可以说是人类重新认识自身历史的时刻，也是人类重新寻找自身道路的时刻，在这样的时刻，我们需要"重估一切价值"，需要反思"历史终结论"所带来的深刻影响，需要找到让底层民众可以发声的理论与实践，而陈映真所走过的路，也正是对这样的道路的探索。在这个意义上说，陈映真是一面精神旗帜，他的意义是属于未来的，他已经融入了一种伟大的传统，并将召唤未来的人们继续为公平和正义而奋斗。

（原载《文艺报》2017 年 1 月 25 日）

金庸小说何以成为经典？

最近《射雕英雄传》英文版第一卷出版发行，年届 94 岁的金庸先生又一次成为了社会关注的热点。值得我们思考的是，过去了这么多年，金庸作品为什么还能吸引国内外读者？在武侠小说中，金庸的小说缘何成为了高峰与经典？而在今天回顾金庸的创作，又能给现在的网络文学、通俗文学创作以什么启示？

金庸小说创作于 20 世纪 50 至 70 年代的香港，当时主要在港澳台及海外华人中传播，在 80 年代初传入中国大陆，随即引发了新一轮阅读热潮，在 90 年代首次进入大学课堂，并在此后引发了数次关于金庸与经典等问题的讨论与争鸣。金庸小说是不是经典，是何种意义上的经典？是这些争论的核心问题。在上世纪 90 年代初的一次经典作家排行榜上，金庸入围，茅盾出围，曾引起了极大的争议，茅盾作为新文学的经典作家，是"鲁郭茅、巴老曹"之一，在中国现当代文学史上有着重要地位，在那次评选中他被金庸取代，可以说是 90 年代初大众文化崛起的时代精神症候之一。在另外的经典作家评选以及作品入选教材等问题上，金庸常会被与鲁迅相提并论，在一次谈话中，金庸谈到，"我的小说就主题思想、文学价值各方面来说，固然不能与鲁迅、巴金等大师并列，也远远及不上茅盾及近代、当代的其他许多小说家。"在这里，我们可以看到金庸的谦逊与清醒。鲁迅等新文学作家在"塑造现代中国人的灵魂"、"改造国民性"等攸关现代中国命运的重大问题上所起到的作用，是金庸无法相比的。但金庸却另辟蹊径，在武侠小说领域开创出了一片新天地，并成为了一座高峰。

当然要成为经典并不容易，金庸小说有什么特质，为什么能成为经典呢？这又能给现在的创作者什么启发？在我看来，最重要的是金庸汲取了古今中外的文学滋养，将武侠小说这一传统文学类型进行现代改造，创造出了新武侠小说的集大成之作。

武侠小说是中国一个古老的文学类型，从《史记·刺客列传》到《虬髯客传》再到《水浒传》、《三侠五义》，中国的武侠有绵延不绝的根脉，近代以来也涌现出了还珠楼主、平江不肖生、王度庐、赵焕亭、郑证因等武侠小说名家，香港的新武侠小说正是在此脉络上别开新枝，出现了金庸、古龙、梁羽生等武侠小说大家。武侠小说也有一个现代化的过程，传统武侠小说大多篇幅短小，即使有长篇如《水浒传》《三侠五义》等，似乎也是短篇故事的连缀，在结构上很不讲究，但从近代开始，武侠小说也开始注重小说的布局、结构与线索，这在金庸小说中达到了一个顶峰。我们读《射雕英雄传》《神雕侠侣》《笑傲江湖》《天龙八部》，便会进入一个峰峦叠嶂的武侠世界，其构思之精巧，线索之众多，布局之严密，令人叹为观止。金庸不仅在形式上对武侠小说进行了革新，也在小说主题上融入了很多现代的观念，传统武侠小说的主题仅限于武侠精神、"替天行道"、江湖与庙堂的矛盾等，但在金庸的小说中却出现了现代的个人观念（如郭靖的成长）、现代的爱情观念（如杨过小龙女之恋）以及现代的民族国家意识（如乔峰的家国意识），对于武侠精神，金庸也将之从个人的武力、侠义拓展到了"侠之大者，为国为民"，做出了新的理解与诠释。

金庸小说在风格上的特征是厚重与轻盈的融合，是现实与浪漫的结合。还珠楼主在《蜀山剑侠传》中创造了一个仙侠的世界，古龙在他的小说中开创了一种极具风格化、极具个性化、极具浪漫化的叙述方式，与他们的小说相比，金庸的小说更具现实感与历史感，无论是郭靖、杨过，还是乔峰、韦小宝，都生活在具体的历史时空中，具有触手可及的真实感，他们的身世遭际也更能牵动读者，但金庸又不拘泥于历史的真实，他在历史之外又开拓出一片江湖的天地，融入了浪漫瑰丽的想象，创造出了一个独属于他的武侠世界，这又与郑证因、梁羽生等武侠小说家重视技击、历史等不同，可以说在历史与想象之间、在形式与内容之间，金庸走的是一条中间道路，但这是一条艰难的道路。应该说极具风格化、个性化的作品更容易引起读者关注，而更加重视技击、历史的写作则更容易获得武侠小说界的青睐，但时过境迁，金庸却将这条艰难之路走成了通向经典之路，在他那厚重而轻盈、现实而浪漫的艺术世界中，凝聚了几代读者的情感。

金庸凭一己之力将现代武侠小说推向了高峰，可以说是武侠小说的"集大成"者。所谓"集大成"是指金庸小说在武侠小说史上奇峰突起、截断众流，此前的武侠小说各个脉络汇聚到金庸笔下，金庸汲取其长处，自成一个传统，此后的武侠小说无不受其影响，或正面继承，或反向叛逆，或借鉴其一点而发扬光大，或学习其一处而自成风格，金庸小说是后来的武侠小说绕不过去的巨大存在。金庸之所以能做到这一点，原因自然很多，但我以为最重要的是他的学识与其孜孜不倦的求学态度。2010 年，金庸在剑桥大学获得历史学博士学位，曾引起媒体的广泛关注。金庸学识广博，对治学一直有兴趣，他曾说，"如果有时间的话，我最想再去研究学问，……我想当初如果我不是写小说，而是去做学问的话，我一定也可以成为一名学者的。"而他在晚年仍然去读博士，可见其求学态度之真诚热切。正是有广博的学识做根底，金庸终成一代武侠小说大家。

金庸的创作态度可以用"精益求精"来形容。熟悉武侠小说的朋友都知道，金庸小说经历了两度修订，共有三个版本。自 1955 于香港《新晚报》连载《书剑恩仇录》开始，至 1977 于《明报》刊载完《鹿鼎记》为止，不论是报上的连载，或是结集成册的初版本金庸小说，在读者群中统称为"旧版"，这是最原始的版本。其后，金庸以十年的时间，细细修订旧版小说，出版了"新版"金庸作品集。此后数十年岁月荏苒而过，尽管金庸对外宣称封笔、却没有一日停止检视自己的著作，从 2000 年至 2006 年，历经七年的再次修订，新修版金庸小说终于在 2006 年 7 月全部面世。金庸之所以拿出那么多时间与精力反复修改旧作，在于他创作态度的严肃认真，他既对作品负责，也对读者负责。

金庸小说何以成为经典？创作态度的严肃、求学态度的真诚、创作道路的选择，以及对传统文学类型的创造性转化与创新性发展，都是重要的原因。对于今天的创作者来说，我们要向金庸先生学习，就要学习他的态度与他的选择，力争在自己的领域中攀登高峰，创造出属于自己的精品力作与经典作品。

（原载《人民日报》2018 年 7 月 24 日）

为什么《红楼梦》离我们更近？

      最近重读了一些经典作品，我发现一个有意思的现象，在读《红楼梦》《水浒传》等古典小说时，我感觉离我们的生活更近，而一些当代文学经典比如《平凡的世界》《白鹿原》，反而在心理距离上感觉比较远，这是一个层面的问题；另一个层面，是《平凡的世界》《白鹿原》又比上世纪80年代的先锋小说，感觉上离我们的生活更真实更切近。这后一个层面比较好解释，那就是先锋小说追求的是形式上的新奇与叙述方式的创新，一旦这些作品的技巧为我们所熟悉，也就失去了新鲜感，其艺术价值也大为降低，相反更加注重生活本身的《平凡的世界》则显示出了朴素的力量，其对1975—1985年间中国城乡生活转折的现实主义描述，在时光的流逝中愈发显得真切与可贵，从这个角度我们可以说，《平凡的世界》所提供的改革前后中国人的生活与心灵史，比上世纪80年代的先锋小说更丰厚，已经成为我们回顾改革初期不可或缺的重要参照。《白鹿原》也是如此，《白鹿原》以浓墨重彩的方式书写了20世纪前半期中国宗法制解体，以及革命风起云涌的过程，讲述了一段"民族秘史"，塑造了白嘉轩、鹿子霖等一批鲜明的人物形象，比同时代的"新历史小说"视野更开阔，思考更深邃，更有历史感和厚重感，可以说是已成为当代文学经典。

但是为什么《红楼梦》比《平凡的世界》《白鹿原》让人感觉更切近呢？贾宝玉、林黛玉好像是生活在我们身边的人，而孙少平、孙少安好像已经是上一个时代的人物，而白嘉轩、鹿子霖则似乎是年代更为久远的人物了。当然感觉上的"远"与"近"不是评价一部作品的客观标准，但是这里也涉及到文学经典的时效性与生命力的问题，即一部经典是否可以穿越所有的时代，而让任何时代的人读到都有亲切感，感觉是在讲述他们自己的故事。这当然是极高的要求，只有极少数作家作品能达到这样的境界。或许也正是在这个意义上，柳青才提出"以六十年为一个单元"，提醒作家不应为一时一地的风气所左右，而应该有更加宽阔的视野和更加高远的追求。在 20 世纪中国文学史上，似乎只有鲁迅等少数作家达到了这样的境界，鲁迅的小说和杂文不仅穿越了几个时代，而且至今常读常新，似乎是在对当代现实发言，而与他同时代的不少作家的作品，则只有文学史的研究价值，而失去了文学的价值和生命力，很难再唤起当代人的认同与共鸣。

相对来说，《平凡的世界》《白鹿原》让人感觉较远，与中国的迅速发展和剧烈变化有关，《平凡的世界》讲述的是 1975—1985 年的故事，那是改革开放前后，距离现在（2020 年）已经有三四十年了，这三四十年是中国发展最为迅速、社会变化最为剧烈的时代，虽然小说中孙少平兄弟的奋斗精神依然感人、城乡二元结构仍然存在，但小说中很多具体的场景、风俗、细节及其蕴育的微妙心理都已经消失了，现在的中国与 1980 年代中期的中国相比，已经处于不同的社会发展阶段，路遥创作时所关注的很多问题现在已经不重要，甚至不存在了，而另外一些他没有或较少涉及的问题则变得重要了——比如孙少平进城打工，可以说是开创了打工的先河，但80年代前半期体制条件下的打工，与90年代之后风起云涌的打工潮有着根本上的不同，与现在的二代打工者在心态上更不相同。这三四十年中国天翻地覆的巨大变化，让路遥笔下的生活世界似乎迅速成为了过去，成为了"昨日的世界"，这对于中国来说是一件幸事，但对执著于书写现实的作家来说则充满了挑战，面对瞬息万变稍纵即逝的"现实"，作家如何书写才能捕捉住现实，才能让自己的艺术拥有长久的生命力？相对于同时期的很多现实主义小说来说，路遥和他的《平凡的世界》是幸运的，这不仅在于这部作品获得了茅盾文学奖，在时光的冲刷下初步得以经典化，而且在至今尚有众多读者，更重要的是其描述的生活世界虽然已然过去，但其中蕴含的奋斗精神，以及对时代心理、情感结构的深刻把握至今仍有其价值。阅读托尔斯泰的《战争与和平》《安娜·卡列尼娜》，我们并不会因为沙皇俄国的贵族阶层、农奴改革已经消失，或者距离我们过于遥远，而失去阅读的兴趣，相反我们会跟随小说主人公的眼光与心境，去重新体验他们所置身的现实，重新思考做人的道理，从而在阅读中极大地扩展自己的人生与审美的体验——也正是在这样的意义上，托尔斯泰的作品超越了时代的限制，获得了不同时代读者的喜爱。但其前提在于，托尔斯泰或小说中的主人公是我们极为信任、喜爱甚至可以"代入"的人物，我们才愿意在阅读中与之开启一段"灵魂的冒险"之旅。同样，我们也愿意跟随路遥和孙少平、孙少安走进《平凡的世界》，也愿意跟随陈忠实和白嘉轩走进《白鹿原》的世界。

但是另一方面，为什么我们又感觉孙少平、白嘉轩离我们的生活较远，而感觉《红楼梦》中的人物就在我们的生活之中呢？除了小说人物更加生动鲜活之外，我觉得主要是《红楼梦》写出了我们这个民族的日常生活、情感结构与集体无意识，以及我们这个民族的人生观、世界观、宇宙观，这部伟大的作品既是包罗万象的百科全书，也是集大成之作，所以其生命力是恒久的。与之相似的是鲁迅的小说与杂文，再次重读鲁迅的著作是令人震惊的，且不论其小说对民族性格的深入剖析令人叹为观止，其杂文看似写的都是一些琐屑的生活细节，一些社会新闻的边角料，但正是在这些细节中，我们看到了中国人之为中国人的行为逻辑，虽然几经时代变迁，这样的逻辑仍在我们的时代、我们的生活中存在，而鲁迅的伟大就在于其倾尽全力关注、反思这样的细节与逻辑并与之搏斗，而正是这样的搏斗过程才诞生了"鲁迅"这个主体，才产生了"杂文"这样的独特文体。一个有意思的问题是，鲁迅在五四时期激烈地批判传统文化，而在其逝世后竟被誉为"民族魂"，那么这一"民族魂"是何种意义上的"民族魂"？有学者称鲁迅是"反现代性的现代性"，那么我们也可以称其为"反民族魂的民族魂"，即鲁迅是在激烈批判传统文化的基础上，重铸了现代中国人的灵魂，当然这至今仍是一个未完成的过程，所以鲁迅仍然生活在我们中间，仍然是我们的"同时代人"。从曹雪芹到鲁迅，我们可以看到中国人生活与内心的巨大变迁。

但是在阅读中仍有一个疑问，作为一个经历过 1980 年代的人，我为什么会觉得《红楼梦》更亲近，为什么不是《平凡的世界》更亲近呢？如果从细微之处体察，我感觉得到《平凡的世界》也是亲近的，其主要人物宛若我的父兄甚至我自己，但是一再重读之后，就会觉得小说中所讲述的是过去的时代、过去的人物，而在今天，中国的社会结构与社会氛围已经与那个年代大相径庭，我们所关注与焦虑的主要问题也已与《平凡的世界》中涉及到的问题大为不同，虽然其奋斗精神仍可激励我们，但却并无具体的现实指向性，或者我们可以说《平凡的世界》是一个时代集体心理的精神凝聚，但是当那个时代过去，时过境迁之后，我们便不能从其对时代"特殊性"的描写中发掘更多的"普遍性"，相反《红楼梦》虽然已经诞生了两百多年，虽然其间经历了从传统到现代的剧烈变化与转折，但我们从中却可以感受到更多的民族文化精神密码，更多的"普遍性"，更多可以唤起中国人情感与精神认同的东西，这包括家族、礼仪，盛衰之感，欲言又止的爱情，人际之间的微妙关系，以及三教合一的信仰背景等诸多方面。但是这么比较，或许对《平凡的世界》等当代作品不公平，如果引入另外一个参照系，或许我们可以更客观地看待这一问题。作为一个当代文学研究者，近20年来，我所阅读过的当代文学作品数以万记，但像《平凡的世界》这样真正可以产生亲近感的作品是极少的，大多数作品或者追逐风潮，或者关注社会问题，或者讲述故事，从道理上来说，文学关注社会问题或讲述故事本身并没有什么问题，但其病在层次较浅，缺乏对人心与人性的深刻挖掘，也缺乏对中国人丰富、复杂的人际关系的微妙把握，更缺乏对传统中国到现代中国巨大转折的深入研究。而《平凡的世界》《白鹿原》则突破了这一较浅的层次，为我们呈现出了一个相对丰富、完整的世界，让我们可以作为镜鉴反思自己所走过的路，这已经是难能可贵的了。但如果我们要求更高的话，就会发现如上面我们所说的，它们虽然凝聚了一个时代的特殊经验，但却并不像《红楼梦》那样具有超越时代、常读常新的独特魅力，这是为什么呢？原因可能在于，《红楼梦》写得更深，更透，更触及到了我们这个民族的无意识深处。当然我们不可能让所有作家都去学曹雪芹，但《红楼梦》所达到的思想艺术境界却可以作为一种标高，给后来的创作者以启示。"取法乎上，仅得其中"，如果我们能从中学到一些东西，就很好了。

但另一个问题是，《红楼梦》是可以学的吗？二百年来，尤其是五四新文化运动以来，曹雪芹和《红楼梦》已经成为一个神话，当代作家似乎只能仰望，但在张爱玲的《红楼梦魇》中我们可以看到，《红楼梦》在构思写作阶段，也曾有几次大的调整，而后的"批阅十载，增删五次"，也都是确确实实发生过的，而后的传抄阶段也出现了不少版本的异文，直到1791、1792年程甲本、程乙本的出现，才开始以一百二十回本流行于世。也就是说，《红楼梦》也有一个成形的过程，也有一个经典化的过程，如果我们并不将之作为一个高不可及的经典，而从发生学的角度去看，就可以发现，曹雪芹将自己的生活经验、艺术理想都熔铸进了这部著作之中，甚或可以说他将自己的整个生命都献给了这一部书。但是另一方面，也并不是说将生命献给了某部书，某部书就能成为杰作或经典。只有真正有艺术修养、艺术才华所付出的艺术生命，才有可能诞生经典之作。在路遥的《早晨从中午开始》、陈忠实的《寻找属于自己的句子》中，我们可以看到《平凡的世界》、《白鹿原》的诞生过程，以及作家为这两部小说的诞生所作的艰苦卓绝的努力，读过的人都会为之感动。《红楼梦》没有创作谈，但我们从脂砚斋的评点中，偶尔也能看到一些麟爪，"书未成，芹为泪尽而逝"，此中我们可以看到曹雪芹为之付出的心血。根据众多红学研究，《红楼梦》不是曹雪芹的自传，但却取材于作者的某一段真实生活，作者将最真切的生命体验与生命中最重要的人物，加以对象化、艺术化与理想化，才融铸成这样一部巨著。这也提醒我们，书写社会与现实，不能只抓住现实的浮皮与表面，而要深入到自己最熟悉、记忆最深刻的领域中去，只有这样，才能写出最为丰富复杂微妙的人生体验，才能塑造出最为生动鲜明的人物形象。我们不仅要像路遥、陈忠实那样努力写出一个时代的"民族秘史"，更要像曹雪芹、鲁迅那样写出一个民族的生活、情感结构和民族性格，只有这样，才能让写作融入民族的精神生活之中，成为新的民族史诗。当然这是一个极为高远的目标，"高山仰止，景行行止"，我们的作家仍需努力。

从阅读的角度说，为什么《红楼梦》离我们更近呢？这是因为优秀的作品都有生命，而其生命正来自创作者生命的对象化，在作品中我们可以感受到创作者的体温、眼神，以及他面对这个世界的想法与态度。《红楼梦》正是这样一部深藏着我们民族精神密码，而又蕴含着作者生命的伟大作品。我们从小说的诸多人物身上，可以感受到作者珍爱怜惜的目光，在他们身上，作者寄寓了自己最真切的生命和理想，而当作者逝去，这些人物却依然光彩四射，永远青春，正如穆旦在《冥想》中所感叹的：

为什么由手写出的这些字，

竟比这只手更长久，健壮？

它们会把腐烂的手抛开，

而默默生存在一张破纸上。

（原载《四川文学》2020 年第 6 期）

抗战与民族意识的艰难觉醒

——重读萧红的《生死场》

　　今年是抗战胜利 70 周年，当我们回首抗日战争时，我们可以看到抗日战争的过程是艰难、惨烈和充满曲折的，抗战的胜利来之不易。而其中一个重要的原因就在于，在抗战之前，中国并没有形成清晰、明确、坚定的民族意识与民族主义。这与当代中国有着鲜明的不同，我们只有回到历史的现场，才能更深刻地理解抗战与民族意识在中国的意义。

　　在传统中国，民族意识虽然存在，但并不是一个重要的身份认同标准，在"天下"与朝贡体系的视野中，对传统中国文化的认同与否是区分文明与野蛮、中国与外国的重要标志。近代以来，伴随着中国由传统"帝国"向现代民族国家的艰难转型，文化主义慢慢消退，民族意识才慢慢觉醒。但民族主义在中国的发展也经历了艰难曲折的历程，孙中山的"旧三民主义"中的民族主义主要针对的是满族与清政府，所谓"驱除鞑虏，恢复中华"主要是驱除满族统治，恢复汉族的政权；只有到了"新三民主义"，民族主义所针对的才是外国列强，要求恢复中国的主权。但在孙中山、章太炎等人的民族主义中，仍留有亚洲主义或黄种人认同的痕迹，这也是当前学界研究的热点。只有在抗战中，中国才逐渐形成了清晰的民族意识与民族主义，无论是国民党的新三民主义，还是共产党的"抗日民族统一战线"，民族意识都成为区分敌我、内外的重要标准。

在民间也是如此，只是过程更加艰难曲折。在萧红的《生死场》中，我们可以看到中国人民族意识觉醒的艰难过程。在小说中我们可以看到，生活在这个小村庄的村民在最开始并没有民族意识，他们没有见过日本人，不知道日本人的入侵会对他们的生活造成什么样的影响。他们生活在自己的世界中，为一只羊相互争斗，为邻里纠纷互相争吵，为生老病死而痛苦，他们沉浸在村庄的日常生活之中，他们的苦恼是劳作的艰苦，是生育的艰难，是生为女人的不幸，或者乡下人进城的卑微。在这里，我们可以看到传统中国人的经验与情感，可以看到阶级意识与女性意识的萌芽，但只有他们亲眼看到日军的残暴无情之后，才会意识到这是另外的一种人，才会有民族意识的觉醒。

按照本尼迪克特·安德森的说法，民族主义是一种"想象的共同体"，但对于中国人来说，这种"共同体"意识不仅是想象的，而且是在被侵略、被欺侮与被损害的历史过程中建立起来的。千百年来，在中国乡村中占据主流的身份认同是家族意识、血缘意识、亲缘意识以及地方意识，人们也以这样的方式建构其自我意识。家族意识与地方意识的建构来自于传统中国文化，这是一种更具经验性的自我意识，人们在现实的直接经验中，便可以判断我是什么地方的人，我是谁的兄弟姐妹，属于哪一个家族。而相比之下，民族意识无疑是一种更加现代，也更加抽象的认同方式，对于中国这样一个大国来说，在民众中建构起整体性的民族认同并不是那么容易的。而现代中国的民族意识，正是在对家族意识、地方意识与个人意识的克服中才逐渐形成的，也是在艰难曲折的历史过程中形成的。

在《生死场》中，我们可以看到民族意识艰难的觉醒。《生死场》共十七节，第十一节只有几行，但却是全书的转折：

"雪天里，村人们永没见过的旗子飘扬起，升上天空！

全村寂静下去，只有日本旗子在山岗临时军营门前，振荡的响着。

村人们在想：这是什么年月？中华国改了国号吗？"

在此之前，村里的人们生活在平静的生活之中，二里半的心思都在他的羊身上，金枝在经历着一个女人的苦难，对于日军的占领，村里人的反应也很冷淡。但是伴随着日军宣传"王道"的车子下乡，及其烧杀抢掠，村里人从漠不关心逐渐认识到这是与他们的性命攸关的事情，这就是民族意识的觉醒。在这里我们可以看到，现代中国的民族意识并不是自然而然产生的，而是在经受了蹂躏与痛苦之后才诞生的，是在血与泪中诞生的。

在《生死场》中，村民终于觉醒了，他们从日常生活的小纠纷中挣脱出来，开始团结起来斗争：

"李青山的大个子直立在桌前：'弟兄们！今天是什么日子！知道吗？今天……我们去敢死……决定了……就是把我们的脑袋挂满了整个村子所有的树梢也情愿，是不是啊？……是不是？……弟兄们？……'

回声先从寡妇们传出：'是呀！千刀万剐也愿意！'

哭声刺心一般痛，哭声方锥一般落进每个人的胸膛。一阵强烈的悲酸掠过低垂的人头，苍苍然蓝天欲坠了！

老赵三立到桌子前面，他不发声，先流泪：'国……国亡了！我……我也……老了！你们还年轻，你们去救国吧！我的老骨头再……再也不中用了！我是个老亡国奴，我不会眼见你们把日本旗撕碎，等着我埋在坟里……也要把中国旗子插在坟顶，我是中国人！我要中国旗子。我不当亡国奴，生是中国人，死是中国鬼……不……不是亡……亡国奴……'"

但是每个人也都是带着自己的经验与痛苦在觉醒，比如小说中写到，"金枝鼻子作出哼声：'从前恨男人，现在恨小日本子。'"对于金枝来说，她以前仇恨的对象是男人，现在仇恨的是日本人，这看上去似乎不成逻辑，但在小说中我们可以看到，金枝正是受过男人的苦才恨男人，也是受过日本人的罪才恨日本人，她是带着女性的痛苦经验开始觉醒的，她的民族意识有着个人的内在逻辑。

觉醒也有先后，相对于李青山和老赵三，小说中的二里半私心更多，他不舍得他的羊，但在小说的最后，他终于告别了他的羊：

"二里半的手，在羊毛上惜别，他流泪的手，最后一刻摸着羊毛。

他快走，跟上前面李青山去。身后老羊不住哀叫，羊的胡子慢慢在摆动……

二里半不健全的腿颠跌着颠跌着，远了！模糊了！山岗和树林，渐去渐远。羊声在遥远处伴着老赵三茫然的嘶鸣。"

这是小说的结尾，我们可以看到，二里半终于克服了个人意识，走上了抗争的道路，他的觉醒是艰难的，也是深刻的。唯其如此，才更真切，才更动人。现代民族意识是民族觉醒的前提，没有民族意识，也就不会有抗日战争及其胜利。民族意识的觉醒是艰难的,《生死场》生动地描绘了这一过程。在这里,我们应该强调,文学在现代中国民族意识的觉醒中起到了独特而重要的作用,《生死场》不仅描述了民族意识的觉醒,而且这一小说的写作、出版、传播本身,也是现代民族意识宣传与社会动员的一部分。鲁迅在为《生死场》所做的序言中说,"北方人民的对于生的坚强,对于死的挣扎,却往往已经力透纸背",胡风在《〈生死场〉读后记》中指出:"然而被抢去了的人民却是不能够'驯服'的。要么,被刻上'亡国奴'的烙印,被一口一口地吸尽血液,被强奸,被杀害。要么,反抗。这以外,到都市去也罢,到尼庵去也罢,都是不出这个人吃人的世界。"他们都对《生死场》中的民族意识及其生命力有极高的评价。《生死场》创作于 1934 年,萧红病逝于 1942 年,她没有看到抗战的胜利。

在纪念抗战胜利 70 周年的今天,重读萧红的《生死场》,我们可以看到民族意识的觉醒是如何艰难,也可以看到抗战的最终胜利是如何来之不易。只有认识到抗战的艰难、惨烈与曲折,我们才能更深刻地理解我们的先辈是在历史绝境中突围,才能更深刻地理解抗战胜利对于中国的伟大意义。在今天,民族意识与民族主义已是当代中国人自我意识的一部分,也是当代中国社会的主流意识,我们已处于一个完全不同的历史与现实语境。但是我们只有深刻地理解抗战,理解历史,才有可能把握未来。而在这方面,《生死场》等优秀的文学作品,恰恰为我们打开了一个新的空间,让我们可以在复杂的历史境遇中看到中国人民族意识的觉醒,而这或许正是文学对于抗战的意义,对于今天的启迪。

（原载《文艺报》2015 年 09 月 09 日）

现代中国的经验如何生成美学？

——重读沈从文的《边城》

　　沈从文的《边城》，我读过不知有多少遍了，此次重读，又有不少新的感触。或许经典作品就是如此，当我们过几年后再重读时，总会融入自己新的人生经验与审美体验，也会对之有新的发现。关于《边城》的研究已经很多，在这里，我不想再重复对其艺术风格、语言特色等方面的研究，而只想以阅读《边城》的体验，谈谈现代中国的经验如何生成美学这一问题。

　　我们可以看到，《边城》所写的故事虽然发生在湘西一隅，但是仍处于现代中国的时代大潮之中，在小说中我们也可以看到不少当时现实生活的因素，比如关于军阀生活的描述，关于翠翠母亲爱情故事的描写等，这些因素可以让我们清晰地辨识出故事所发生的具体时空，但是另一方面，作者对这些因素并没有着意强调（也没有回避），而只是以简单交代的方式加以淡化，显然作者所感兴趣的地方并不在这里，在我看来，他的艺术敏感点在于：（1）相对于变化性的时代因素，作者更关注恒久不变的因素，这也就是为何作者着力描述水手、妓女的生活方式，以及地方风情、风俗的缘故；（2）相对于复杂的因素，作者更关注简单的因素，小说中作者所写的人是简单的人，故事也是简单的故事；（3）相对于社会性的因素，作者更注重抽象的美，小说中作者略去了社会现实中不少可以展开的情节，而着重于描述自然风情之美、民俗人情之美、小儿女情态之美。

恒久，简单，美，我想这些构成了解读《边城》的关键词，也构成了沈从文美学思想的核心或支点。这与注重时代性、复杂性、社会性的美学相比，形成了另外一种不同的美学风格。在小说中，我们首先看到的是一幅风景画，山水，白塔，老人，女孩，黄狗，简约的笔墨勾勒出了一幅水墨画似的意境，然后展开的是一幅幅风俗画，端午，赛龙舟，渡船，碾坊，提亲，让我们在民俗之中看到了诗情画意，也看到了淳朴的人心。小说的故事也十分简单，写的只是一个老人和孙女翠翠二人相依为命的故事，以及翠翠与两兄弟天保、傩送之间的微妙情感，作者将这一故事放置于风景画与风俗画的背景中，不着重描写他们之间的复杂情感，而注重描述简单情感的细微波折之美。我们可以看到，在这个小说中也颇具戏剧性的因素，比如翠翠喜欢傩送而天保先来提亲，傩送与天保之间竞争性的情敌关系，以及小说最后的老人之死等等，如果换一个注重情节的作家来写，必定会突出这些戏剧性的因素，而沈从文则只是以淡淡的笔墨略加渲染，将这些可能的激烈冲突化解在淳朴的人心中，也化解在冲淡的文字之中。同样，如果换一位注重时代性、复杂性、社会性的作家来写，即使同样的题材，也会有另外的写法，或许他会删去小说中的风景画与风俗画，而更注重时代政治经济背景的描写，或许不会再写单纯的人与简单的故事，而注重故事的复杂性与人物的多侧面，或许不会再注重抽象之美，而更注重现实的社会性因素——当然这样的写法也并非不可以，在剧烈变化的现代社会，注重时代性、复杂性、社会性也是一种重要的美学，或者可以说是 20 世纪中国文学的主流，但是这样的美学并不属于沈从文，也无法产生《边城》。在这个意义上，我们可以说，对于一个作家来说最重要的是寻找到自己的艺术敏感点，并在对社会现实的体验中形成处理素材的独特角度与方式，只有这样，才能写出具有独创性的经典作品，正如《边城》之于沈从文一样。

　　但是另一方面，在《边城》中并非没有作者对现代中国的现实体验，只是这种体验以一种曲折的方式表达出来，我们需要透过文本考察作者的现实处境，才能真正把握住作者、作品与现实的关系，也才能进一步探讨作者独特的美学是如何在文本中"生成"的。如果将作品与作者联系起来，我们可以发现其中至少存在着三组矛盾，那就是现代 / 传统、都市 / 乡村、男性 / 女性。作者置身于现代社会，但所写的内容却是传统民俗风情之中的故事；作者置身于大都市之中，但所写的内容却是乡村或边城的人物；作者是一位男性作家，小说的主人公却是一位乡村少女。这三组矛盾让我们看到，作者所描述的并非"现实"中的边城，而是投射了作者现代都市经验的"理想性"的边城，或者说正是因为对都市生活的失望，才让作者将情感、理想以及"乡愁"投射到边城，为我们描述了一个现代桃花源。虽然不一定一一指实，但小说中人物的淳朴，人际关系的简单，对金钱的淡泊，对礼俗的重视等等方面，却都是对现代都市病的针砭，或者一种批判。可以说，正是对时代、社会中复杂性因素的回避，使作者选择了永恒、简单与美的事物，这既形成了作者观察世界的独特视角，也形成了他独特的艺术世界。

　　在小说的叙述态度与叙述方式中，我们也可看得出来，作者对笔下的风景、人物是欣赏乃至向往的，小说的叙述姿态自由、随意、舒展，在漫笔式的游走中，作者的目光似乎四处留恋，但又隔着一层距离，他以贴近的方式远离，又以远离的方式贴近，他全知全能地讲述着这个故事，但又不紧不慢，不急不缓，既不无得意（作为控制叙述节奏的作者），又满怀惆怅（为笔下的人物），小说也在匠心写出了自然，在法度中写出了性情，宛如风行水上，荡起层层涟漪。

在《边城》中，沈从文为我们描述了生命中最为美好的事物，也让我们看到了最值得珍惜的生活与情感方式。这是一个少女的心动与缠绵心思，是一位老人的关爱与生死嘱托，两个青年的勇敢、踌躇及其情感纠结。我们可以说，这样的"爱与哀愁"是人类社会的永恒主题，是一个普遍性的"情结"，但同时，这也是中国的故事，是茶峒的故事，是沈从文笔下的故事。沈从文在这个故事中写出了人类共同的哀愁，但又带有着鲜明的时代性、民族性及其个人的独特性。但问题就在于，沈从文以什么样的方式为这个故事赋予了生命，让它从狭窄走向开阔，从故事成为了艺术？

我想在这里，以下因素是值得关注的。首先是强烈的个人生命体验，置身于现实生活中，每个人都会有具体的感受，在文学作品中，现代中国的经验是通过作家"个体"的生命体验表现出来的，而不是一种抽象的存在，具体到沈从文与《边城》，我们可以说，对现代都市生活方式的厌弃与对传统乡村习俗的欣赏，既是沈从文的生存与内心的真实体验，也构成了这篇作品的基础。其次是独特的艺术观，这表现在作者在选材、构思、写作时的独特性，比如在《边城》中，沈从文就回避了时代性、复杂性、社会性的题材，而选择了恒久简单的美，当然这里并不是说所有恒久简单之美都是独特的，注重时代性与复杂性的美学也可能是独特的，关键在于，作者能否在某一题材中发现与自己的艺术敏感点相契合的因素，只有这样，一个作家才能真正发现属于自己的题材，也才能真正形成自己独特的艺术世界。再次是为艺术作品赋形的能力，这涉及到一个作家的创作能力，以及将自己的构思写成作品时的完成度，不少人有独特的生命体验与艺术观，但无法写出优秀的作品，甚至无法成为一个作家，即在于他无法将这一体验赋予一定的形式，或者说难以将之艺术化，因而仅只能停留在个人体验的层面，在这方面，《边城》行云流水般的叙述及其独特的风格与语言，可以给我们以启示。

在现代文学史上，《边城》已是一部经典作品，它继承了传统中国美学的因素而又进行了创造性的转化，形成了一种现代中国的独特美学，这不同于传统中国的美学，也不同于现代西方的美学，而是中国作家在现代中国的独特创造，现在我们仍置身于中国的现代进程之中，我们希望看到有更多作家能够将现代中国的经验以独特的艺术形式表达出来，创造出我们这个时代的经典之作，我想在今天我们重读沈从文及其《边城》，不仅是要重温经典，也可以从这个方面获得启迪。

（原载《博览群书》2013 年第 05 期）

重返历史的态度与方法

——洪子诚《材料与注释》的启示

　　洪子诚教授最近出版的《材料与方法》，是他在《我的阅读史》之后的最新著作。此书的重要价值不仅在于研究方法上的创新，而且在于他为当代文学研究打开了一个全新的视野与空间，让我们可以深入当代文学的内部肌理，看到更深层次的"真实"，在当前的文学常识与逻辑之外重构历史的丰富性与复杂性。

　　作者在自序中说，"收入本书的是近年写的一组资料性文章。最初的想法是，尝试以材料编排为主要方式的文学史叙述的可能性，尽可能让材料本身说话，围绕某一时间、问题，提取不同人和同一个人在不同时间、情境下的叙述，让它们形成参照、对话的关系，以展现'历史'的多面性和复杂性。"① 这样的方法之所以重要与有效，在于当代中国及其文学评价体系的剧烈变化，"十七年文学""文革文学""新时期文学""90年代文

---

① 《材料与注释》自序，北京大学出版社 2016 年 9 月

学""新世纪文学"，在不到 70 年的时间内，当代文学经历了数度"断裂"，人们习惯于以断裂之后新的文学评价体系审视之前的文学，当前通行的是以"新时期文学"及其之后的文学评价体系，批评前二十七年的文学作品、文学现象与文艺思潮。这样的方式虽然简单清晰，在一定的历史时期内也具有合理性与意识形态效果，但却忽略了"断裂"背后可能存在的延续，以及"简单"背后的历史纠结与复杂性因素。

洪子诚教授近年来致力于清理简单的"断裂论"的影响，重建当代文学史叙述的丰富性与复杂性。在与谢冕等人合著的《回顾一次写作——〈新诗发展概况〉的前前后后》一书中，他通过重新审视 1950 年代编写的《新诗发展概况》、重新反思 1980 年代的"新的美学原则"，试图在 1950 年与 1980 年代两种不同的"新的美学原则"之间建立起一种复杂的内在关联。在《我的阅读史》一书中，他梳理自己在不同时期对当代作家及国外经典作品的阅读感受，力图展现在历史的巨大转折中"自我""文学""经典"的变异，并努力在不同历史时期的"断裂"中重建一种内在的稳定性，这既是作者安放自我的精神寄托，也是对流行的史学方法的反思与反拨。

《回顾一次写作》与《我的阅读史》的方法论意义在于，洪子诚并不将当前关于文学的观念作为理解的前提，而是将之"历史化"与"相对化"，同时也并不简单地批判此前的历史时期，而是进入其时代语境，展示其合理性及其内在困境，而在不同时代的比照中充分展现历史的逻辑，及其丰富性与复杂性。不同的是，在《回顾一次写作》中，洪子诚所梳理的是一个具体的诗歌写作实践；在《我的阅读史》中，他所面对的是个人阅读经验，更具私人性，因而也呈现出了更多的内在纠结与精神矛盾，但在他的梳理过程中，我们也可以更清楚地看到作者内在"自我"的形成、转折及其不断反思的过程，同时也能看到他将"自我"相对化，重返历史的河流中发掘文学的努力。

《材料与注释》也是如此，但是在这里，作者转向对当代文学史上重要人物与事件的梳理，他将不同时期、角度的材料相互比照，形成了一个丰富的阐释空间，让人与事的复杂性充分展现了出来。值得注意的是，在《材料与注释》中，收入了一篇《我的阅读史》中的文章，作者在自序中说，"《1967年〈文艺战线上的两条道路斗争大事记〉》一篇，已见诸《我的阅读史》（北京大学出版社，2010年，原题目为《思想、语言的化约与清理》）一书，本来不应该重复收入。但是，它有助于读者了解书中材料的来源，有助于了解我在处理这些问题时的态度和情感，知道我其实也经历过那样的年代，对这些文章涉及的人物的处境不是完全隔膜、无知。所以还是将它放在这里，它也可以看作本书的'代序'。"[1] 在这里，我们可以将此篇文章看作《我的阅读史》和《材料与注释》之间的桥梁，其意义并不仅仅在于作者从清理个人阅读经验转向梳理当代文学史，更在于作者是带着对那个年代的同情与理解进入的，"其实我也经历过那个年代"，因而作者不是外在于那个年代，而是那个年代的一部分，或者说作者生命的一段历程是属于那个年代的，所以他思考那个年代也是思考自我的一种方式，作者并没有将那个年代及其中的"自我"虚无化，而是尽量贴近并还原那个年代，并作出自己的阐释与理解。

这样的态度之所以重要和非同寻常，就在于它克服了时代的巨大惯性，让我们看到了更深层次的历史真实。新时期以来，很多作家与知识分子"也经历过那个时代"，但他们选择的方式或者是遗忘与撇清关系，或者是完全站在新时期的立场上加以审视，如果说这在新时期初期出于政治

---

[1] 《材料与注释》自序，北京大学出版社 2016 年 9 月

因素有可以理解的地方，但是在 40 年后的今天，问题则转变成了另外的问题。是否可以客观公正地描述那个年代，不仅考验着研究者的思想方法与思想能力，而且也考验着一个人面对"自我"与历史的真诚态度。在不少人的回忆文章中，我们看到的是一个错误的时代和一个正确的人，作者的"自我"似乎并没有参与到那个时代的进程之中，对于那个时代自己的言行，则以轻描淡写的方式化解，并不认为那是"自我"生命历程中的一段。但是在洪子诚这里恰恰相反，他顽强执着地剖析自我，重返历史，并不断从中发掘新的生长点与可能性："在时隔三十年之后，重读《大事记》和我写的批判文章，重读'文革'后期的那些讲课笔记，难以相信这些文字出自我的手。设若这些资料不再留存，设若留存了而我不再去重读，对当年情景的想象将是另一种面貌：这是确定无疑的。"[1]"现在，我当然不会再认同《大事记》的观点，认同那种对历史的描述和方式，如果有人重读这份材料，相信也倾向于把它看作错误时代的一个毫无可取的'怪胎'。不过对我来说，《大事记》（也包括《评反革命两面派周扬》等）仍有它值得重视的'价值'。从'认知自我'来说，它可能是了解思想、情感变迁的轨迹，了解生命与连续关系的一个'症候性'文本；假如我还愿意了解自己的话。从认识当代文学与当代史来说，作为当年主流论述的扩展、补充，可以从《大事记》中窥见当代激进政治、文艺理念的内部逻辑，具体形态，从中见识文学—政治的'一体化'目标在推动、实现过程中，存在着怎样的复杂、紧张的文化冲突，也多少了解这一激进的文化理念的历史依据，以及它在今天延伸、变异的状况。"[2]此处摘引的部分，可以说明洪

---

① 《材料与注释》208 页，北京大学出版社 2016 年 9 月
② 《材料与注释》209 页，北京大学出版社 2016 年 9 月

子诚的态度与方法，他并不将过去的"材料"简单地视为"怪胎"，而力图在不同的语境中激活其思想活力，从而带领我们进入历史的内部逻辑。

洪子诚不仅以这样的方法对待自己的阅读与写作，也以这样的方式看待当代文学中的人物与事件。在《1966年林默涵的检讨书》的按语中，他写到："对'文革'以及当代多个以暴力方式开展的政治/文艺运动中产生的大量检讨书、认罪书，在今天重读，最重要的一点是不能离开产生这些文字的环境，孤立来讨论写作者的思想、人格、心理。林默涵的这份被迫撰写的材料，在今天可供参照的史实、资料价值虽有，但不是最重要的。它的意义，也许在另外的方面。在政治高层发动的'群众专政'中写下的这些文字，我们也许能依稀读出被批判者在被迫自承'罪责'的情况下仍有所坚持，它也能清晰见识在扭曲的时代撰写者心理、语言相应发生怎样的扭曲，也为我们了解特定时期产生互相揭发、告密的文化有怎样的土壤，以及被批判者如何为遭到的'惩罚'而寻找'错误'。这些情景，经历者在当年见怪不怪，习以为常；今天'重温'，却可能会感受到那种'喜剧的可怕'。"在这里，洪子诚并没有将这份材料视作"认罪书"，也没有将之视为过去的无用之物，而是将之作为一个具有症候性的文本，以之进入那个时代，而在大量的注释中，他也将不同时期的相关文本列出，与正文形成一种对话关系。

比如在检讨书中，林默涵谈到，"周扬是一个老奸巨猾、善于应付形势变化的'变色龙'。每一次运动到来他总能找到一种颜色，把自己掩护起来。"洪子诚在注释中写到，"林默涵这份材料，应该是最早系统论述周扬的所谓'两面派''变色龙'的人格表现。半年多后发表的《评反革命两面派周扬》（署名姚文元，刊于《红旗》1967年第1期），在事实和论述逻辑上，可以看作林默涵材料的扩充和强化；也可以说，林默涵《我的罪行》中对周扬'两面派'的全面清理，为姚文元文章确立了基础。1994年2月，林默涵接受李辉访问（那时候周扬已去世），对周扬有这样的描述：'我觉得周扬只用人不关心人，运动以来，就把所有的人都推出来。他总是保护自己……'在这次访谈中，林默涵夫人插话说周扬'虚伪'，而李辉编著的收入当代思想文化界人士谈周扬的访谈录，就名为'摇荡的秋千'……"[①] 在这里，洪子诚将林默涵的材料放置在周扬的阐释史上，不仅引用同时（稍后）的材料，也引用另一时代林默涵的谈话，以说明周扬的"人格表现"。我们可以看到，尽管不同材料的语言与情感色彩不同，但却都抓住了周扬的性格特点。

在另一篇文章中，洪子诚又涉及到这一问题，"周扬的'两面派'，自然与权力、地位等有关，但不可否认的是，其中也有着为探求事物真相而出现的犹豫、矛盾和分裂。像他们所面对的问题，如文学与政治，作家主体性与'党性'……处理这些问题，不太可能坚持某种一成不变的'始终'和'一贯'。'当代'批评家在这样的环境中遇到的难题，他们做出的复杂反应，是需要离开简单的道德判断然后才能理解的。"[②] 而在另一篇文章的注释中，在注解周扬"极端狂妄""明目张胆"时，洪子诚写到，"这里体现了周扬的抱负，他的勃勃雄心。这是他可恨、可恶之外的可爱、可敬之处。知道自己确实'不是很有学问'，也明白处于思想、政治'夹缝'之中，还是要做'开辟道路'的人。只不过，由于所处的狭窄、危险重重的政治环境，由于'文化官僚'（萧乾语）的身份，也由于视野、学识上的

---

① 《材料与注释》163 页，北京大学出版社 2016 年 9 月
② 《材料与注释》226 页，北京大学出版社 2016 年 9 月

限制，这一抱负难以实现。……"① 此外还有，"在当时，虽说社会主义现实主义文学已经取得辉煌成就，是人类历史上最先进的文学，但对于周扬来说，他心仪、试图追逐的对象，却是文艺复兴、19 世纪的'资产阶级文艺'。"② 在这些文章与注释中，作者以"同情"的态度对周扬做出了分析与阐释，让我们看到了周扬内在的不同层面，这些层面的充分展开，也展现出一个在历史之中丰富而复杂的周扬。

　　不只对待周扬如此，对其他人物也是如此。在《1966 年林默涵的检讨书》文章的最后，作者在罗列了林默涵的人生经历之后谈到，"这样的忠心耿耿，这样的革命经历，却在自己为之奋斗的阵营中，给自己加上了'反革命黑帮积极帮凶'、'作恶多端，干尽坏事，犯了大罪''越来越堕落''政治投机分子''罪恶必须彻底清算'等的判决，可能让人感到怪异，也感到心痛。而他所期望的'革命群众'，也没有让他'到工农群众'中去改造，不久他就被投入监狱，有长达十年的牢狱生涯。读了这样表现历史悖谬情景的材料，再读史铁生《关于詹牧师的报告文学》，就会明白中国当代不会出现'荒诞派'文学的原因：你无论如何虚构荒诞情景，也超不过现实已发生的一切。"③ 而在另一篇文章中，作者谈到林默涵在冯雪峰与《鲁迅全集》中一条注释的表现时说，"虽说不应将'道德'问题与社会环境剥离，但也不应将一切推到外部环境，认为个人无需担责，也不必做什么忏悔吧，至少是有那么一点不安和愧疚，哪怕是沉默静思也好。一个浅显的道理是，所处的境遇也许相似，但人与人之间确有不同。我们也

---

① 《材料与注释》146 页，北京大学出版社 2016 年 9 月
② 《材料与注释》119 页，北京大学出版社 2016 年 9 月
③ 《材料与注释》187 页，北京大学出版社 2016 年 9 月

不应该将这种高下的差异轻易抹平。"在这里，作者的议论超出了对具体人物的简单品评，而是在深入探讨时代与道德问题，其中的历史感慨包含着丰富而深沉的意蕴。

在《材料与注释》中，"材料"占据着主体的位置，"注释"则从不同角度对材料做出说明、解释或延伸，作者尽量以客观冷静的笔触做出阐释，让"材料"与"注释"形成一个充满张力的丰富空间。但有时候作者也逸出，以简短精炼的文字对人物做出精彩的评论，发人之所未发，可以让我们看到作者眼光的独特和思考的深入。比如谈到张光年，"他自己说，周扬对他很信任，'喜欢我的笔墨'，文章'总要让我"理发"，在文字上帮他润色'，'这也让我倒霉了，长期地改文件、改报告、改社论，学会了字斟句酌，可自己的文风也变坏了。'（参见李辉编著，《摇摆的秋千——是是非非说周扬》）。不过，在'十七年'中国作协领导层的几位批评家中，他"变坏"了的理论文字，总的来说，比林默涵、刘白羽、陈笑雨、陈荒煤、冯牧的略胜一筹，甚至也可以说好的不是一星半点。……最主要的是，在那个反右、批判修正主义成为主潮的时代，当周扬等试图对激进路线作'纠偏'，修复这一路线后遗症的时候，张光年善于以周密、有弹性的文字，在左顾右盼中表达这种政策转移的理论和现实依据。"① 再如康濯，"此后，康濯在大跃进、反右倾和 60 年代初调整时期，也都有不断翻覆转向的表现。这虽属个人品格，但在一定意义上，也是某种社会、政治制度的产物，正如韦君宜所言：'按政策，他们还是不能苟（奇）求这样的人，这人仍然出任方面。'权力既需要，也鼓励产生这种性格，但又卑视他们；

---

① 《材料与注释》131 页，北京大学出版社 2016 年 9 月

这是矛盾的方面。"①作者简短的议论，让我们看到了历史及其中人物的复杂性。

或许更为重要的是，《材料与注释》中触及到了一些当代文学史研究中的深层次问题，比如1957年毛泽东在颐年堂的讲话中谈到，"马、恩驳杜林，很用了一番心思。但是当了政的斯大林就不一样，批评不平等，很容易，像老子骂儿子。'一朝权在手，便把令来行'。批评不要利用当政的权力，需要真理，用马克思主义，下工夫，是能战胜的。"作者在注释中说，"毛泽东这里说的那种利用当政权力'老子骂儿子'式的批评，自然不仅存在于斯大林时期的苏联，也存在于许多时候的当代中国。毛泽东这篇讲话在这个问题上，就显露出其内在矛盾。"②这里的关键之处不仅在于谈到毛泽东的"内在矛盾"，也向我们揭示了当代文学运作机制中行政权力的重要作用，这方面的研究似乎尚未充分展开。再比如，"当代文艺界各个时期'官方'发表的文章，各个年份纪念《讲话》的社论，它们对《讲话》阐释的变化，在阐释时所要强调的方面，会在看来周全稳妥的文字中透露出来。当年的写作者为了这种表达而字斟句酌，遣词造句上煞费苦心，避免因表达上的失当深陷困境，而读者也训练出了机敏的眼睛、嗅觉，来捕捉到哪怕是细微语气的变化。在这一切都成为'历史'的今天，最后受苦的是当代文学、当代文化的研习者——也要继续努力训练眼睛、耳朵的灵敏度，他们没有办法规避这个'吃二遍苦，受二茬罪'的命运。"③在这里，作者不仅揭示了纪念《讲话》这一经典文本在不同时期的微妙差

---

① 《材料与注释》34页，北京大学出版社 2016 年 9 月

② 《材料与注释》13页，北京大学出版社 2016 年 9 月

③ 《材料与注释》150—151 页，北京大学出版社 2016 年 9 月

异，而且让我们看到了"重返历史"的难度。

　　在整体上，我们可以说《材料与注释》是对当代文学研究的重要推进，其最主要的贡献在于激活了沉睡的材料，让过去的史料与不同语境中的文本发生对话、碰撞，让当代文学史上的重要人物与事件呈现出丰富的层次。同时这也是中国左翼—社会主义文学研究的重要推进，作者深入到体制运作的最深层次，揭示其内在的逻辑、矛盾与困境，并在同情与理解的基础上，对其中的重要问题做出了深入探讨。无论是在方法论的意义上，还是在对历史阐释的洞察力上，《材料与注释》都堪称典范，其中揭示的问题需要我们进一步探讨。

（原载《文艺争鸣》2017 年第 3 期）

附录

历史与当代经验中的个人

　　——李云雷访谈录

作为作家的李云雷

　　付宇：对于多数人来说，对您的了解更多是从您作为批评家的身份而来，而今天我想从您作家的身份开始我们的交流，通过对您的小说的阅读，我想用"写作即自由"几个字来形容您的文本创作，在您的文本创作中有着极大的自由，这种自由不只说题材与内容的自由，而是通过文本呈现出来的您精神世界的丰盈与自由，那么您开始拿起笔进行小说、诗歌创作初衷是什么呢？

　　李云雷：我最初是从事小说创作的，也是因此才考北大中文系，但是到了北大，尤其是读了博士以后，就主要以写评论为主，一直到现在仍然主要写评论，创作的小说与诗歌并不多，但对我个人来说却很重要。创作的初衷我想和很多年轻人一样，主要是对世界的好奇和表达的冲动，不过现在也发生了一些变化，那就是对个人经验独特性的体认，以及将之艺术化的冲动，也就是说以前我们总感觉自己和别人是差不多的，都是从小就开始读书，读到大学，然后工作，但是突然有一天，你会发现自己和别人是不一样的，你的家庭与别人不一样，你的成长道路尤其是细节与别人不一样，你读的书、看的电影也与别人不一样，你对世界的看法也与别人不同，而这种不同让你认识到，在这个世界上，只有你一个人是这样的。在这个时候，一个人会感到极大的孤独，在某些方面很难与他人沟通，很难相互理解，但另一方面，这也让人有了极大的自由，我想这个时候的创作，就是将个人的独特经验讲述出来，与他人交流、与世界交融的重要方式。

付宇：通过阅读，从内容上我粗糙地将您的小说分为两类：一类是《葬礼》《无止境的游戏》这样的文本，具有着八十年代以来文学的先锋色彩，但似乎随着时间的发展，这类先锋小说的创作似乎不是您着笔的重点，而另一类是《父亲与果园》《舅舅的花园》《花儿与少年》，文本中追忆了过去的乡村生活，以及"我"离开农村进入城市后的感受与体验，以及包含于其中的，您做为一个知识分子主体对社会问题的提出与思考，《我们去看天安门》中朱波来到城市，他没有好好读书、考上大学，找工作到处碰壁，"难道就应该让他们成为社会发展的牺牲品吗？"一句反问，振聋发聩。从阅读体验上来讲，这些文本给我带来的感觉与其说是小说，更像是自我经验的记录。那么是什么促使您逐渐远离先锋性的文本创作转而向乡村大地的追忆与重新观望的呢？您是如何看待自己写作的这两类内容的？在您看来，个人经验与文本写作，究竟有怎样一种微妙的关系？

李云雷：我们这一代的写作者，最初都受到过先锋文学的影响，这在思维方式与形式、语言、叙述方式等方面都留下了很深的痕迹，但是先锋文学对我们来说，只是一种青春期的叛逆与狂欢，并没有真正面对世界，真正面对个人的生命体验，所以随着这一代人的成长，便逐渐从先锋文学中走出来，探索新的表达方式，我写作上的转向也是这样，我觉得以前的创作在形式、结构上有探索，但后来的作品更接近个人的生命体验。个人经验与文本写作的关系，不同的人有不同的理解，就我而言，我觉得经验为我们提供了观察与理解世界的立足点，也是创作的出发点。尤其在我们这个飞速发展的社会，我们的日常经验随时都在变化之中，对经验与细节的重视，也是我们理解"自我"的一个重要方式，我曾经经历过没有电的时代、没有电话的时代、没有电脑的时代，但现在这些却是我们日常生活中不可或缺的东西，现在再回头去看，很难想象没有电脑、没有电话甚至没有电的生活，我们那时是怎么过来的？这样的疑问会将我们现在的生活"相对化"，让我们去重新思考与面对我们的生活，让我们认识到我们的日常生活是整个时代变化的一部分。当然文本创作立足于经验，而不能仅限于经验，还需要思想的融入、艺术的提炼，才能真正成为优秀的艺术品，在这方面，我也还需要继续探索。

　　付宇：您进行文本创作、熟悉文学创作内部的艰辛与美好，这是否也给您的文学批评带来了不一样的影响？或者说，通过文本写作，您从中得到了什么？您从事文学创作、同时也是一名文学评论家，那么您如何看待批评家和作家二者的互相关系与影响呢？

　　李云雷：对于有创作经验的人来说，从事文学批评的一个长处可能在于，可以从创作内部去观察与思考，可以更贴近作家的创作与艺术的规律，这与只从外部视角对作品评论会有较大的差别。我现在创作虽然不多，但写作的时候也能体会到创造的艰难与美好，也能体会到创作过程中的焦虑、苦恼与期待，可以更加理解作家的创作过程。在我看来，批评家与作家共同面对世界，但他们表达的方式不同，批评家更具理性与理论色彩，而作家则更偏重于经验，理想的状态是批评家与作家可以互相对话、互相启发，在文学史上我们也可以看到不少这样的例子。批评家与作家的关系应该是平等的，批评家既不是"法官"，也不是附庸，而是与作家共同面对世界，以不同的方式在发言，两者各有长处。作家可以从批评家那里得到启发，有时甚至能发现批评家比自己更了解自己的作品；批评家则可以从作家那里看到对世界更加直观的、经验的、细节的认识以及艺术上的探索，这有时比理论概括更切近世界的本质。

底层文学

付宇：提及您的文学批评，人们最先想到的多是您的"底层文学"的研究，您曾经说过，"底层叙事"才是一种真正的先锋，那么在最初，是什么契机与缘由，让您开始关注"底层文学"并为之呐喊的呢？

李云雷：最初是在 2004 年，当时伴随着曹征路的《那儿》、陈应松的《马嘶岭血案》等作品的发表，关于这一类作品有不少命名与争议，当时有人称为"底层写作""底层叙事"等，后来"底层文学"才成为一个约定俗成的文学命名，我也介入到了这一过程中，并撰写了一些文章，参与到了其中的讨论。我关注"底层文学"有两方面的契机，一是与我的出身与成长经历有关，我出身于农村，对乡村生活的艰难有一定的体验，二是与我对文学的反思有关，在"底层文学"出现之前，我们的文学中有"纯文学"、主旋律文学、通俗类的畅销书，但没有一种文学面对现实、面对底层民众的生活，我在学校里读书，一直读到博士，受到的也是"纯文学"的教育，读先锋文学，读卡夫卡、博尔赫斯、卡尔维诺等等作家，但是有一天我们也会反思：我们阅读的文学与我们的生活有什么关系，与我们的生命体验有什么关系？当认识到这些文学无法表达我们的体验时，我们便会寻找一条文学面向现实、面向底层的道路。

付宇：您曾经定义过广义的底层文学与狭义的概念，在狭义的"底层文学"概念中，您说这是以知识分子与专业作家为创作主体的文学，那么对于很多知识分子与专业作家来说，他们或许并无底层经验，文学来源于生活，那么创作出优秀底层文学作品的可能性在哪里？很多底层人民并不读书，底层创作的作品并不能为底层民众阅读与欣赏的话，其最终的意义又在哪里？

李云雷：我所说的主要是"底层文学"的代表作家曹征路、王祥夫、陈应松、胡学文等人，这些作家是知识分子与专业作家，但他们大都对底层生活有较为深入的了解，有的也是来自于底层的，所以他们能够对底层的生活有较深刻的描绘。我之所以做出广义与狭义"底层文学"的区分，当时主要是要阐释"打工文学"与"底层文学"的分别与联系，也将"打工文学"作为广义"底层文学"的一部分。当时有人提出的一个疑问是，底层文学作家是知识分子或专业作家，不能够"代表"底层，而打工文学的作者书写的是个人经验，也不能够"代表"底层，我当时通过这样的区分，主要是想说明，这两种不同类型的作家可以从不同角度关注底层，可以互相取长补短，让"底层文学"有更好的发展，而不必为谁代表底层而争论。

你提到很多底层民众并不读书，底层文学的作品并不能为底层民众阅读与欣赏，确实是一个理论与实践上都很重要的问题，也是一个复杂的问题，但我觉得，能够表达底层声音的文学出现本身就是一个进步，你所说的是在进步过程中出现的问题，这里既有底层文学面临的问题——是否能适应底层民众的阅读习惯与欣赏趣味，也有底层民众自身的处境及其带来的问题——是否有足够的时间、兴趣阅读文学作品，等等。但是我觉得另一方面，在整个社会的意识领域中，能够表达出底层的声音，让整个社会意识到底层的存在，这也是"底层文学"的一个重要作用。

付宇：您在《重申"新文学"的理想》中写道，今天的新文学面临着整体性的危机，其中包括文学先锋性、精英性、公共性的丧失，因而您提出重申新文学的理想，这里"底层文学"对于重申新文学的理想有哪些意义？

李云雷：在我对"新文学"的理解中，新文学包括不同的派别与传统，比如"为人生"的文学、"为艺术而艺术"的文学、自由主义文学、左翼文学等，在20世纪文学史中，这些不同派别的文学互相争论、此消彼长，构成了20世纪文学丰富的传统。但是1990年代以后，在大众文化与消费主义的冲击下，"新文学"本身却遭遇到了巨大的危机，也就是我说的先锋性、精英性、公共性的丧失，在这种状况下，文学的基本观念、基本运行方式都发生了巨大的变化，从一种精神或艺术的事业更多变成了一种游戏、消遣的方式，在这个意义上，我们有必要重申"新文学"的理想，将文学视作一种精神与艺术的事业，让文学成为我们精神生活的一种重要形式。在这个意义上，我们可以说"底层文学"是"新文学"中"为人生"的文学、左翼文学、人民文学这一脉络在新世纪的延续，在"底层文学"的观念与实践中，包含了"新文学"对文学的观念、社会功能、运行机制的基本理解，所以"底层文学"在新世纪的崛起，可以说是"新文学"复兴的一部分，也可以让我们看到"新文学"所包含的丰富的能量。

付宇：《我们为何而读书》这篇文章在您的众多批评文章中给我的印象极为特别，您的其他的文章更多的是温和平稳，而这篇文章在您的著作中则显得激进激昂，文章说道"我们必须抛弃'个人奋斗'的幻想，只有在整体的社会结构中，在时代与历史的演变中，才能更深刻地认识与把握底层与我们自己的命运。"而事实上，个体能量是非常有限的，在社会各阶层日益稳固的今天，社会结构已很难改变，那么问题来了，我们是否能把握底层与自己的命运？我们该如何把握命运？（或者把这里的"我们"替换为"底层"）

李云雷：这篇文章确实和我别的文章有所不同，因为融入了个人的经验与感情，也有对自己以前所受的文学教育的反思。现在我仍然认可你所引用的那段话，问题是现在"个人奋斗"以及"成功者神话"已经成为了一种新的意识形态，这样的幻想很难打破。现在社会各阶层正在日益凝固化，但是中国如果要向前发展，必然要打破这样的社会结构，从而让整个社会充满活力，我觉得我们只有融入这个过程中，才能把握住底层与自己的命运。

付宇：2004年起，底层文学受到了来自各方的注意，甚至成为一种文学潮流，您是这股潮流中重要的参与者，而如今时隔多年，现在您对"底层文学""底层叙事"所持的主要观点是什么呢？

李云雷：我认为"底层文学"是新世纪以来最重要的文艺思潮，在文艺界产生了重要而积极的影响，到现在"底层文学"一方面仍在延续，一方面其基本观点也为不同派别的艺术思潮吸收，从而形成了关注底层的广泛的社会与文艺思潮。同时，底层文学不仅关注底层，也关注现实、关注世界，这对扭转1980年代以来中国文学注重形式、技巧与叙述的倾向，起到了重要作用；而在当今娱乐化的整体文化氛围中，"底层文学"对文学严肃性与艺术品质的坚持，也让我们看到了"新文学"理想在今天的延续，也看到了文学未来的可能性。

付宇：再次回到您写作者的身份，文学批评上您倡导"底层文学"与"底层叙事"，但在您的文本创作中，与其相关者并无太多，其实这也是我最开始讲到的阅读您作品的重要感受"写作即自由"的原因之一，兼有作家与批评家身份的您或许并没有必然的对于您理论与写作内质要求的同一性，但还是在此想问您，为什么没有通过自己的文本创作实践着"底层文学"呢？

李云雷：我觉得这可能与我个人的生活体验较为简单相关，我从小生活在农村，然后到城市里读大学，博士毕业后到研究机构工作，所熟悉的只是乡村生活与校园生活。文学来源于生活，我从事创作时只能从自己熟悉的生活入手，所以写的大都是乡村生活，多年前个人记忆中的乡村生活。但是另一方面，在我的作品中也有"底层情结"，这并不是一种外在的视角，而是从底层看世界的方式。

如何讲述新的中国故事

付宇：您说底层文学不仅为我们提供了认识历史的契机，而且在全球化的时代为书写中国经验提供了一个新时期的视角——来自民间与底层的视角。您看来，今天我们的文学能否在底层文学的探索中构建起新的价值观与新的美学？

李云雷：这也是我寄希望于底层文学的，"底层文学"之所以能引起文学界那么大的兴趣，不仅仅是文学写作上多了"底层"的题材，而更在于"底层"为我们提供了观察中国与世界的新视角，其中也蕴含着新的价值观与新的美学，即从底层出发构建的文学世界与美学世界，这也是底层文学可能为当代中国文学发展带来的最重要的贡献，但这样的构想还需要扎根于底层文学的发展中，作为评论者，我们需要对其中出现的重要问题进行讨论、争鸣，只有这样，才能促进底层文学与中国文学的发展。

付宇：五四新文化运动以来，小说作为一种外来文体，如何表达中国人的经验与情感，是一个没有完全解决的问题，当代作家也在不断探索之中。"乡土中国"在向"城市中国"转变，那么在您来看，当代作家该如何讲述中国故事，才能写出中国人在当今世界的遭遇，准确传达出中国经验呢？进而创造出我们这个时代的经典？（您曾经写道，中国文学的伟大不在于能否得到外国人的承认，而在于能否得到本国读者的欢迎，能否将中国的独特经验表达出来，能否在中国的历史进程中发挥作用。我想您的这段表述对于中国当代文学的发展无疑是有意义的指导。）

李云雷：这里涉及到两个问题，一是作为一种外来文体的"小说"，如何表达中国人的经验与情感，二是在中国的巨大变化中，我们的文学能否刻画出变化中的"中国"？这两个问题又是紧密相关的。我觉得认识到小说是一种外来的文体，并不是说小说就不能表达中国人的经验与情感，而是要对其表达的效果与可能性有一种反思与自省，要将小说"相对化"，认识到小说是"方法"，表达中国人的经验与情感才是更高的、更内在的追求。只有在这个意义上，我们才能在中国人经验与情感的基础上，对小说这种"文体"本身进行改造，进行新的探索，使之更适合表达中国人的经验与情感。在这个意义上，我们所需要的，不是模仿西方经典，而是要创造出新的形式。当然不模仿西方经典，也不是要模仿传统中国的经典，我们可以学习、借鉴中外经典，但更重要的是要在现实中汲取创造的力量。

我们所说的"中国人的经验与情感"也不是本质化的，而是在历史中发展变化的，我们的文学要扎根于当代中国的现实之中，但也要有历史的眼光与世界的眼光。有了历史的眼光，我们才可以在历史的发展与变化中发现当代经验的独特性；有了世界的眼光，我们才能在一个更大的视野中发现中国经验的独特性。我觉得以这样的眼光扎根于当代中国的现实，我们就有可能创造出当代的经典。

你所引用的那几句话出自我2006年的文章《如何讲述中国的故事》，这其实是对1980年代以来美学规范的一种反思，现在看来，1980年代我们的文学中发展出的是一种精英化、西方化、现代主义式的美学标准，现在我们处于一个新的历史时期，有必要对这样的标准进行反思，从而促进中国文学的发展。

付宇：您说当下的中国价值观有着古今、新旧的矛盾，近一百年的价值巨变也是空前绝后的，而这并没有得到作家们足够的关注，或许这是中国没有出现真正大师的原因之一，此外有些作家成为"中产阶级"的"成功人士"后，他们的文学成为了这个阶层的审美或标签，从而丧失了对现实的观察、思考及艺术化的能力。那么除此之外，在您看来，还有哪些因素，导致了当代文学中没有陀思妥耶夫斯基、巴尔扎克、托尔斯泰这样真正大师的原因？我们的文学现实是否能克服这些阻碍大师形成的因素呢？（在今天，我们如何在文学创作中确立中国的主体性？如何讲述好中国故事？恐怕对于评论界与作家来说都是必须面对的问题，您通过对底层文学的正名拓展了这个问题的可回答空间。)

李云雷：谢谢你读的这么细致，我觉得对当代作家来说最为重要的，是走出 1990 年代以来的文学规范与文学潜意识，对 1990 年代以来文学的基本观念做出反思。具体说来，其中最值得反思的是"个人化写作"与"日常生活"，这两个关键词在 1990 年代以来文学的发展中曾起到了重要的作用，但我们应该认识到，这样的观念的提出，在当时有其具体的针对性，比如"个人化写作"针对的是政治性写作、公共性写作，"日常生活"针对的是宏大的历史与现实叙事，这在当时是有效的。但 20 多年过去之后，我们也可以发现其弊端，那就是我们的作家大多都沉浸于"个人"与"日常生活"之中，对此之外的事情则丧失了表达的兴趣、愿望与能力，这是我们今天有必要反思的。

我们应该意识到，"个人"及其"日常生活"都处于历史之中，并且是历史发展变化中的一部分，尤其在当代中国迅猛的发展与剧烈的变化之中，我们的"个人"与"日常生活"并不是一成不变的，也不是从来如此的，我们只有在历史变迁与社会结构的对比中，才能认识到此时此刻的"个人""日常生活"的相对性与有限性，也就是说，我们的"个人"与"日常生活"在不同时期是不一样的，不同社会阶层的"个人"与"日常生活"也是不同的，认识到"个人"与"日常生活"的相对性与有限性，我们才有可能走出这种观念的限制，在一个更大的视野把握中国经验的丰富性与复杂性，并将之作为自己写作的动力。

鲁迅说，"无穷的远方，无数的人们，都与我有关。"我们只有打开封闭的视野，将整个历史与当代经验视为个人创作的对象、对话的目标，才能将他人的痛苦转化为自己的痛苦，才能认为历史的发展与"个人"有关，才能具有更为宽广的胸怀与更为高远的追求。

"70后"的突围之路

付宇：每一代人都的写作都有对其所处的时代精神的概况，有着其独特的精神体验，在您看来，70后作家的整体的艺术风格是怎样的？

李云雷：70后作家中较为成熟的作家，每个人都有较为鲜明的艺术风格，但就整体而言，这一代作家也有相似之处，那就是他们更偏重于"个人写作"与"日常生活"，相对于前几代作家，他们缺少宏大叙事的野心，而更愿意在个人经验范围内取材，这使他们的创作更具生活质感，更有艺术性，但另一方面，也缺乏对时代生活的整体把握与思考，缺少思想性与介入意识，这在一定程度上也对他们构成了限制。

付宇：对于"70后"作家来说，共同面临的一个现状是历史的全面隐退，您也在文章中提及，这一代作家在新旧体制转换中是被遗忘被抛弃的，自然，一代人有一代人的文学，一代人有一代人的书写经验，70后作家也有着他们的个体经验与集体记忆，可是就目前作家来说，国内一流作家中70后寥寥无几，那么在您看来70后作家他们的突围之路在哪里呢？

李云雷：与上述问题相关，我认为70后作家的突围之路就在于，突破个人经验的限制，将个人的生活经验"相对化"，在历史演变与社会结构中认识"自我"，从而打开一条通向"他人"的道路，不断拓展观察与思考的范围，从而在整体上把握当代中国的经验，突破"自我"的藩篱，才能有新的美学与新的创造。当然，当我们强调集体记忆时，也并不是要离开个体经验，作家的创作来自生活，不可能也不必要摒弃个人的生命体验，而是从这里出发，走向一个更开阔的世界。

付宇：在您看来"70后"作家和上几代作家的差距主要体现在那些方面？他们相较其他几代作家的优势又是什么？

李云雷：我觉得用"差距"与"优势"这样的词褒贬过于鲜明，不如说不同代际的作家各有其特点，相比较于其他几代的作家，70后作家最大的特点在于"过渡"，他们成长的年代正是中国发生巨大转折的年代，从革命时代到改革时代，从计划经济到市场经济，从物质匮乏到物质丰富，从多子女家庭到独生子女，中国在很多方面都发生了巨大的变化，而这种变化又是在较短的时间剧烈地发生的，在文学上也是如此，在他们接受文学教育的时代，正是文学思潮风起云涌的时代，他们的文学观念也在不断更新。这样的"过渡"是此前各代作家也都经历过的，但对处于成长期的70后作家来说影响更大，而80后、90后作家所生活的环境，"过渡"已经基本完成了，对"过渡"本身不会有太大的体会与感触，这可以说是70后作家的独特之处，而70后作家应该将这一独特之处发挥出来，表现出过渡时代的各种矛盾、冲突与痛苦，如何深刻地影响了他们自身，这是其他代际作家所不具备的。

付宇：目前文学评论界的整体情况来看，老而弥坚的"50后""60后"批评家依旧是中坚力量，"80后"批评家也受到了关注，而70后是被遮蔽的一代，作为70后作家与评论家，您如何看待这个"遮蔽"？您如何看待70后的批评现状？

李云雷：70后评论家也有不少优秀的评论家，但70后评论家与此前评论家不一样的一个特点是，他们成长于学院体制逐步建立的过程中，与1990年代以来中国知识分子"学院化"几乎是同步的，这带来的一个问题是，70后评论家更多地生活在学院中，更多地关心理论问题、文学史问题或学科建设问题，真正介入当代文学现场的评论家并不是很多，或许这是他们"被遮蔽"的重要原因。我觉得 70 后评论家应该更多地介入批评现场，理论问题与文学史问题固然重要，但更重要的是对当代文学的前沿问题有敏感、有兴趣、有能力介入，这不但可以将学术研究之所得加以实践与应用，而且新的问题、新的现象、新的美学经验也会刺激新的学术生长点。一代人有一代人的问题，70 后评论家只有将自己的问题带入到文学现场，带入到批评实践中，才能真正开辟自己的时代。

付宇：您认为"70 后"作家和批评家之间需要更多的互动吗？两个群体应该如何对话？

李云雷：70 后作家与批评家确实需要更多的互动，有学者提出批评家和同代作家要"共同成长"，也是这样的意思，同一代的作家与批评家有相似的成长经历、教育背景与文学追求，互动起来会有更深入的了解，应该有助于彼此的成长，但我们也不必将这一观念绝对化，优秀的作家和批评家都是超越代际的，不只是对某个年龄段的读者有吸引力，我们读托尔斯泰，读马尔克斯，读鲁迅，读李白杜甫，读《红楼梦》，作者的年龄或属于哪个代际并不是很重要的问题，对于 70 后作家与批评家也是这样，作为作家或批评家都要力图超越代际，成为一个有独特思想艺术追求的人，在此基础之上的对话、交流乃至交锋，可以对彼此造成刺激，可以相互切磋，我觉得这样的对话才是真正有意义的。

付宇：关于代际批评有很多争议，许多人都在用"50 后""60 后""70 后""80 后""90 后"这样的划分方式，另一些人则反对这种划分，认为这是个无效的概念。您如何看待代际批评的划分？

李云雷：我觉得代际划分有一定的合理性，毕竟中国处于剧烈变化的时代，每一代人都有独特的生活经验、成长经历与美学趣味，他们的创作也有不同的特点。但代际划分的凝聚化与机械化，可以说是当代文学批评的主要问题，似乎以这样的方式把作家简单归类，就解决了问题，这除了商业上的运作之外，就是批评家的懒惰或无力。如果我们回顾一下，可以发现最早是在1990年中后期出现了"70后"的概念，此后才出现了"80后"，又上推才出现了"50后""60后"等概念。

在以年龄区分不同的作家之前，我们主要是以不同的思想艺术流派来划分不同作家，比如在1980年代，我们有不同的文学流派，比如"伤痕文学""反思文学""寻根文学""先锋文学""知青文学"等等，在那时年龄的因素并不重要，比如汪曾祺也会被归入"寻根文学"，但他比韩少功、李锐等人年龄要大很多，再比如在"先锋文学"中，马原的年龄也与余华、苏童、格非等人相差较大，但这些因素并不妨碍他们被归为同一个艺术流派。

以年龄这种看似自然的划分方式，取代了思想艺术流派的划分，这本身就是当代文学的一个重要症候。不同思想艺术流派之间有竞争，有争鸣，有互动，是一种在动态中不断发展变化，充满活力的文学生态，而以年龄这种自然要素来划分，写作者各安其分，长幼有序，看似自然，其实取消了活力。

在这个意义上，我们应该强调，真正优秀的作家都是超越代际的，我们也希望批评家能够以新的命名方式取代代际划分，让当代文学充满活力。

今天，如何进行文学批评

付宇：在您的表述中，1980年代是文学的黄金时代，文学走在社会前面，走在思想文化界的前面，很多值得讨论的思想命题都是由文学界率先提出并产生积极影响，不得不说，八十年代是每个知识分子不想告别的年代，最近几年文学批评则很受诟病。您觉得中国当代文学批评存在哪些问题？当下批评失语、批评失效一直是媒体的热门话题，您认为这个批评失语、失效了吗？

李云雷：这涉及到两个问题，一个是时代与文学环境的变化，1980年代文学在整个社会与文化领域中处于重要的位置，但伴随着1990年代大众文化与消费主义的兴起，文学在整体文化格局中逐渐被边缘化，在这样的文学与社会环境中，文学和文学批评已很难像1980年代那样产生重要乃至轰动性的影响。

另一个是如何评价当代中国的文学批评。关于文学批评失语、失效的问题，如果相对于1980年代来说，确实文学批评已很难产生社会性的影响。这里既有环境变化等外部原因，也有文学批评自身的问题，也即我们的文学批评很少关注当代中国最核心的精神与社会问题，并以文学或批评的方式介入。在这个意义上，对文学批评失语、失效的批评是有道理的。文学与文学批评的必要性与重要性，在任何环境中，也只能靠其自身的品质与作为来建立，如果我们的文学或文学批评，关注当代中国最核心的精神与社会问题，并能先于其他社会领域提出，我相信也一定会得到社会各界的关注。当然这是一个比较高的要求，对批评家的思想能力是一个较大的挑战。

付宇：在您看来，今天文学的批评在整个社会中处于怎样的作用与位置？批评家们的角色又是如何？奥威尔曾有一篇文章《我们为什么不读小说》中，对我们为什么不读小说这个问题探寻的原因之一是现代小说的封面都有着著名学者的推荐，看似很优秀的作品翻开却让人大失所望，因而人们不相信推荐，也不愿意读小说了，这是否也是现在中国读者中存在的问题？

李云雷：在我看来，奥威尔文章中的说法只是表面的原因，其实根本问题有两个，一是我们这个时代能否创作出优秀的小说？二是小说这种文体，是否还能成为当代人精神生活的重要形式？这两个问题又是联系在一起的，如果小说能成为人们精神生活的重要形式，人们必然要探索新的小说艺术。但在我们这个时代，大众文化与消费主义占据了文化的大部分份额，很多人对待文学的态度只是娱乐与消遣，在这样的境况下，严肃的文学与文学批评在整个社会中处于一种边缘化的位置，批评家的角色也是尴尬的，但这并不一定是悲观的态度，在任何时代，人们其实都有精神生活的需要，对当下境况的清醒认知，可能反而有助于我们的探索与创造。

付宇：您如何理解整体意义上的中国当代文学（这里当代文学的定义为1949年以来中国大陆文学）？其中有没有哪些作家作品特别打动您，是可以迈入经典行列的？

李云雷：在整体意义上理解中国当代文学，我们需要一个坐标系，在这里，我们可以举出两个参照，一是在中国文学的纵向发展中，中国当代文学和现代文学一样，同样是中国文学现代化转型以来的一部分，而中国当代文学在整体上的成就已不亚于现代文学，但是在中国文学数千年来的脉络中，我们可以看到，中国当代文学尚未形成一整套相对稳定的美学体系；二是在当代世界文学的横向结构中，中国当代文学正在崛起，已取得了相当的实绩，在世界范围内已经引起了广泛的关注。经典的形成有复杂的文化政治因素，很难以个人的眼光评定。

付宇：您认为好的批评家应该具备什么样的素质？您心目中好的文学批评应该是什么样的？或者说您认为好的文学批评应该具备什么样的

品质？

李云雷：评论家首先要有艺术的敏感，其次要有公正的态度，这可以说是从事文艺评论的基本素质，拥有这两点，可以成为一个比较好的评论家。但对于当前的文艺评论来说，仅仅具有这些还是不够的，一位优秀的评论家还应该具备另外两个重要的因素，一是要有对时代与世界变化的敏感，二是要有提出新问题的思想能力。

我们的时代是一个飞速发展、剧烈变化的时代，从1980年代到现在，我国文艺的整体格局发生了巨大的变化，文艺的生产、传播、接受方式也发生了巨大的变化，如果一位评论家对这些变化不敏感，只是就作品评作品，很难对文艺作品做出深入细致的阐释。我在最近的一篇文章中谈到，中国已经走出了近代以来启蒙与救亡的总主题，展现在我们面前的将会是一个新的中国形象，一个新的世界图景，这个中国与世界对于我们来说也是陌生的，我们需要摆脱旧的知识结构与思维惯性，重新认识中国与世界，也重新认识文艺与我们自身。我觉得这是当前文艺与文艺评论面临的重要问题，只有认识到这一点，我们才能更加从容自信地讲述新的中国故事。

同时在这一过程中，新的文艺作品、文艺现象、文艺思潮不断涌现，作为一个评论家，我觉得应该在新的社会现实与美学经验的基础上，提出新的问题与新的思想命题。一代有一代之文艺，每个时代面临的文艺问题也都不一样，青年评论家应该从个人的生命体验与美学经验出发，不断提出新的问题，进行讨论、争鸣，这才能切入时代的核心命题，彰显出一代人的思想与美学追求。